ONIRIA

B.F. Parry

ONIRIA

LIVRE 1
Le Royaume des Rêves

hachette

HILDEGARDE

À tous ceux qui connaissent l'importance de rêver,
et à ceux qui ont oublié comment on fait.

PROLOGUE

Sept ans plus tôt,
dans un appartement parisien…

— Et si j'étais tué par un monstre, comme maman ?

L'enfant était terrorisé. Assis sur son lit, en pyjama, il s'accrochait à son ours en peluche comme si sa vie en dépendait. Il était épuisé, mais se forçait à garder les yeux grands ouverts.

— Ta maman n'a pas été tuée par un monstre, Eliott, dit sa grand-mère en lui caressant les cheveux. Tu ne risques rien, les cauchemars ne peuvent pas venir dans ta chambre.

— Mais ils sont dans mes rêves, et moi aussi ! objecta l'enfant. J'en ai rencontré un horrible hier, il était très méchant. Je suis sûr qu'il va revenir ce soir.

— Alors il faudra que tu te défendes comme je te l'ai appris. Tu te souviens ?

— Oui.

— Montre-moi comment tu fais.

L'enfant ferma les yeux.

— Ça y est, dit-il, je le vois. Il est bleu. Avec des poils

très longs et six bras. Il a une grande bouche pleine de dents pointues et des yeux énormes.

L'enfant rouvrit précipitamment les yeux.

— Je ne vais pas y arriver, Mamilou, gémit-il.

— Bien sûr que si. Allez, recommence.

L'enfant ferma de nouveau les yeux.

— Tu le vois ? demanda la grand-mère.

— Oui, répondit l'enfant d'une voix tremblante.

— Bien, alors dis-moi quel est son point faible.

L'enfant réfléchit.

— Il veut tout toucher.

— Il veut tout toucher ?

— Oui, ça se voit. Ses mains sont toutes sales. Il y en a même qui sont abîmées, il leur manque des doigts. Il a dû les coincer quelque part. Il ne peut pas s'empêcher de tout toucher, même si c'est dangereux.

La grand-mère eut un sourire de satisfaction. Cet enfant avait un don pour percevoir des détails qui auraient échappé à bien d'autres.

— Alors que vas-tu faire de cette information ? demanda-t-elle. Souviens-toi, c'est ton imagination qui commande : tu peux faire apparaître tous les objets que tu veux.

— Je mets devant lui plein d'objets dangereux : des braises, des oursins, des tapettes à souris, des prises électriques, des piranhas dans un bocal… Il s'approche. Il touche les braises. Aïe, il se brûle. Il n'est pas content, il me regarde d'un air méchant.

L'enfant eut un mouvement de recul, mais n'ouvrit pas les yeux.

— Il plonge ses mains dans le bocal des piranhas… Oh là là, le pauvre ! Maintenant il touche la prise électrique et… Il est tombé par terre. Il ne bouge plus.

L'enfant rouvrit les yeux. Cette fois-ci, il affichait un grand sourire. La grand-mère applaudit.

— Bravo ! s'exclama-t-elle. Tu y arrives de mieux en mieux, je suis fière de toi. Les monstres n'ont qu'à bien se tenir !

L'enfant se frotta les yeux et bâilla longuement.

— Allez, il faut dormir maintenant, dit la grand-mère en soulevant la couette pour que l'enfant s'allonge. Tu as école demain.

— Oh non, Mamilou, pas tout de suite ! Raconte-moi encore une histoire d'Oniria, s'il te plaît.

La grand-mère sourit, puis se rassit sur le lit.

— Bon d'accord, céda-t-elle, mais une courte alors, il est déjà tard. Est-ce que je t'ai déjà raconté l'histoire de la fée qui faisait tout de travers ?

— Non.

— C'est l'histoire d'une fée que j'ai rencontrée un jour, il y a très longtemps. Je me promenais dans le monde des rêves…

— Oniria, précisa l'enfant. Le monde où habitent tous les rêves et tous les cauchemars.

— Exactement. Comme tu le sais, le monde des rêves – Oniria – est gouverné par un roi.

— Ce roi, c'est le Marchand de Sable ? bâilla Eliott.

— Non, le Marchand de Sable distribue le Sable aux habitants du monde terrestre pour les faire rêver. Il ne s'occupe pas de politique. C'est une autre personne, un roi choisi par le peuple, qui règne sur Oniria. Au temps de mon histoire, le roi d'Oniria s'appelait Gontrand le Flamboyant. Son meilleur ami était un prince cauchemar qu'on appelait Sam le Balafré. Un jour, ils partirent inspecter une province reculée du Royaume…

La grand-mère laissa sa phrase en suspens. L'enfant s'était endormi. Elle déposa un baiser sur le front du petit garçon, remonta la couette sur ses épaules et sortit de la chambre sur la pointe des pieds.

Louise, alias Mamilou pour son petit-fils, connaissait bien la peur de dormir – l'hypnophobie, comme disaient les spécialistes – car elle-même en avait souffert quand elle était jeune. La première fois qu'Eliott avait fait une crise, une partie de son passé avait resurgi. Elle s'était rappelé cette époque lointaine ; comment elle *l'*avait rencontré ; comment *il* l'avait guérie ; comment sa vie avait basculé le jour où *il* lui avait donné le sablier, le jour où elle était allée *là-bas* pour la première fois… Cela faisait presque quarante ans que Louise s'efforçait d'oublier cette période de sa vie. Le souvenir du bonheur, lorsqu'on a dû y renoncer, est parfois plus douloureux que le malheur lui-même.

Pourtant, devant la détresse de son petit-fils de cinq ans, elle n'avait pas hésité. Elle avait convoqué des souvenirs enfouis sous des décennies d'amnésie volontaire pour apprendre à Eliott comment utiliser la force de son imagination. Elle savait que c'était la meilleure des thérapies. Et puis, il y avait autre chose. Elle ne rajeunissait pas ; il lui faudrait un jour transmettre le sablier. Elle ne voulait pas que quelqu'un le trouve après sa mort, en rangeant ses affaires. Non, elle voulait que tout ceci ait un sens. Eliott faisait preuve d'une excellente capacité d'observation et d'une imagination foisonnante. Il serait doué, c'était sûr. Un jour, quand il serait prêt, c'est à lui qu'elle donnerait le sablier. Avec ces exercices, en plus de l'aider à dominer ses peurs, elle était déjà en train de l'initier…

Louise n'avait rien dit à son fils, Philippe, le père d'Eliott, et encore moins à Christine, la nouvelle femme de Philippe. Elle leur avait seulement assuré qu'elle connaissait le problème de l'hypnophobie et qu'elle s'en occupait. C'était mieux comme ça. Christine avait un esprit beaucoup trop rationnel pour comprendre ses méthodes, et de toute façon elle laissait volontiers sa belle-mère s'occuper d'un enfant qu'elle avait adopté par devoir mais qu'elle n'avait jamais vraiment considéré comme le sien. Quant à Philippe… Louise ne lui avait rien raconté quand il était petit. Elle était encore trop fragile, à l'époque ; elle avait encore besoin de prétendre que tout cela n'avait jamais eu lieu pour ne pas succomber au chagrin. Surtout, elle voulait protéger son enfant. Lui donner une chance de grandir à l'abri de toutes les questions qui ne manqueraient pas de le tourmenter s'il était au courant. Alors révéler maintenant de tels secrets à son fils de trente-cinq ans ! Louise ne savait tout simplement pas comment faire.

D'autant plus que, depuis la mort de Marie – la première femme de Philippe et la mère d'Eliott –, il avait changé. Il était resté un homme charmant, un fils attentif et un père merveilleux ; mais lui qui était curieux de tout, lui qui se passionnait pour les grandes questions existentielles, lui qui voulait comprendre toutes les religions, une flamme s'était éteinte en lui. Il ne s'intéressait plus qu'au présent et au concret, fuyant tout ce qui était inexplicable. Inexplicable comme la mort de Marie, à trente ans, dans son lit. Longtemps il s'était réfugié dans le travail, dans les voyages. Plus tard, il avait semblé retrouver un certain équilibre en rencontrant la terre à terre Christine, pour qui tout ce qui n'avait pas une explication logique n'était que foutaises et balivernes.

Tous deux étaient à des années-lumière de Louise et de ses méthodes.

Louise ouvrit sans bruit la porte du salon. Philippe et Christine étaient assis sur de confortables fauteuils, les traits tirés et le teint pâle. Chacun donnait le biberon à un adorable nourrisson emmitouflé dans un pyjama rose. Les deux petites filles paraissaient sur le point de s'endormir, enfin rassasiées.

— Ça y est, souffla Louise en s'allongeant sur le canapé en cuir.

— Tu as réussi à le rassurer ? s'enquit Philippe.

— Oui, confirma-t-elle d'un ton las. Jusqu'à la prochaine fois.

— C'est devenu systématique depuis la naissance des jumelles, soupira Philippe.

— Que veux-tu, dit Louise, nous savions que l'arrivée de ses demi-sœurs chamboulerait Eliott. Je crois qu'il est plutôt content d'être grand frère, mais leur naissance a ravivé le souvenir de sa mère. Il sait qu'elle est morte dans son sommeil, donc il a peur d'aller dormir : ça me paraît plutôt logique. Il faut lui laisser du temps.

— En tout cas, ça devient difficile à gérer, intervint Christine. Entre Chloé et Juliette qui ne font pas encore leurs nuits et les cauchemars du petit, c'est épuisant ! Je reprends le travail dans moins d'un mois, il faut que ce soit réglé d'ici là !

— Est-ce que tu vois une amélioration, maman ? demanda Philippe.

— Oui, ça va déjà mieux, il se calme de plus en plus rapidement. Mais il faudra encore du temps pour que les crises cessent totalement.

— Combien de temps ? demanda Christine.

— C'est difficile à dire, soupira Louise. Quelques semaines, peut-être quelques mois…

Louise pouvait lire le désespoir dans les yeux fatigués de sa belle-fille. Christine jeta un regard implorant à Philippe, qui lui répondit par un hochement de tête approbateur.

— Alors c'est décidé, dit-elle. Demain, je prends rendez-vous pour lui chez un pédopsychiatre. Il faut mettre toutes les chances de notre côté pour régler la situation au plus vite. Louise, vous voudrez bien l'accompagner ?

Louise fit une moue dubitative mais garda ses réserves pour elle. Si elle doutait que l'intervention d'un pédopsychiatre puisse accélérer les choses, cela ne pouvait pas faire de mal. Alors à quoi bon s'opposer à Christine ? Quand cette femme avait décidé quelque chose, il était presque impossible de la faire changer d'avis. Il était inutile de gaspiller une énergie précieuse. Elle emmènerait donc Eliott chez le psychiatre.

Et elle poursuivrait son initiation.

TROP, TROP, TROP

Le dragon avait l'air particulièrement coriace.
La princesse devait donc être particulièrement jolie.

Eliott banda son arc et ajusta son tir, enregistrant à la seconde près les mouvements répétitifs du monstre. Sa fenêtre de tir était minuscule. Une flèche fusa droit vers le cœur, mortelle. Mais le dragon cracha une longue flamme qui carbonisa la flèche bien avant qu'elle n'ait atteint son objectif. Il allait falloir combattre au corps-à-corps. Eliott empoigna son épée et son bouclier pare-feu puis courut vers le monstre, sautant, roulant pour éviter les jets de flammes. Plus que quelques mètres, et il pourrait frapper. Eliott était rapide, très rapide, mais le dragon l'était encore plus. Il augmenta sa cadence de feu et une flamme atteignit Eliott de plein fouet. L'attaque était si puissante que le bouclier pare-feu perdit toute son énergie d'un seul coup : la prochaine flamme serait fatale. Eliott repéra, à quelques mètres de lui, l'objet qui pourrait le sauver. Il utilisa ses dernières forces magiques pour lancer au dragon un sort d'immobilité, puis plongea vers l'amulette de super-rapidité et la passa autour de son cou.

Juste à temps ! Aussitôt libéré de l'éphémère sortilège, le dragon cracha droit sur Eliott une langue de feu encore plus puissante que la précédente. Mais Eliott, super-rapide, avait déjà atteint la zone de combat rapproché. Il brandit son épée et frappa en plein cœur.

C'est à cet instant précis qu'il reçut, venant de nulle part, un traître coup sur le crâne qui lui fit perdre l'équilibre, et il tomba par terre.

Quand il releva la tête, Eliott se trouva nez à nez avec un dragon d'une tout autre espèce : M. Mangin, le prof de maths. Yeux noirs petits et cruels derrière ses lunettes cerclées de métal noir, sourire carnassier sous une moustache trop fine, il tenait à la main un livre de maths encore fumant, ou presque, du coup asséné avec force sur la tête d'Eliott.

— Alors, Lafontaine, encore en train de rêver pendant mon cours ?

— Je... Désolé, monsieur ! balbutia Eliott.

— Donnez-moi votre carnet de correspondance, beugla le professeur.

Une rumeur étouffée de petits rires et de chuchotements envahit la classe de 5ᵉ 4. Encore sonné d'avoir été sorti si brusquement de sa rêverie, Eliott se pencha pour attraper son carnet de correspondance dans son sac.

— Qu'est-ce que c'est que ça ?

La voix du professeur l'avait arrêté net dans son mouvement. M. Mangin montrait du doigt le cahier d'Eliott ouvert sur son bureau.

— C'est mon cahier de maths, monsieur.

— Ne soyez pas impertinent, rugit le professeur. Je sais bien que c'est votre cahier de maths. Je vous parle de ça !

Alors les yeux d'Eliott sortirent du brouillard. Il vit ce que désignait le professeur : un chevalier, une princesse, un donjon, un dragon... tout son rêve gribouillé machinalement au crayon dans la marge de sa leçon de géométrie. Le professeur attrapa le cahier et l'exhiba devant toute la classe.

— Regardez ce qu'a dessiné votre camarade ! lança-t-il d'un ton narquois.

C'était à qui étirerait le cou le plus haut pour voir. Les élèves se poussaient du coude et la rumeur se transforma en brouhaha.

— Il semble que M. Lafontaine se prenne pour un preux chevalier pourfendeur de dragons ! reprit le professeur, satisfait de son effet. Oubliez les contes de fées, Lafontaine, revenez sur terre et apprenez plutôt vos règles de calcul.

La classe entière éclata de rire. Eliott avait envie de disparaître sous terre. Pour ne rien arranger, il écopa de deux heures de colle et d'un mot à faire signer par ses parents.

Rien ne se serait passé comme cela l'année précédente.

En 6ᵉ, Eliott était un garçon joyeux, toujours partant pour une partie de foot ou de balle au mur. Il ne se séparait jamais de son meilleur ami, Basile, avec qui il partageait tout depuis le CP. Les caricatures de professeurs ou de célébrités qu'il dessinait en un rien de temps faisaient fureur dans la cour de récréation, de même que les histoires incroyables que son père rapportait de ses nombreux voyages, et qu'Eliott racontait avec passion. Philippe Lafontaine, le père d'Eliott, était grand reporter. Il travaillait pour une éminente chaîne de télévision française qui l'envoyait aux quatre coins du monde couvrir les sujets brûlants. Eliott l'adorait. Quand son père était en mission, il ne ratait jamais le journal télévisé et guettait son intervention, qu'il regardait avec ferveur. Le soir, dans son lit, il imaginait les aventures de son père dans ces pays lointains qui le faisaient rêver. Au collège, il n'était pas rare qu'un élève l'interpelle pour lui dire qu'il avait vu son père à la télévision. Eliott n'était pas arrogant, il se contentait de sourire. Mais, au fond de lui, quelle fierté d'être le fils d'un aventurier !

Et puis son père était tombé gravement malade. Quelques camarades avaient demandé à Eliott pourquoi ils ne le voyaient plus au journal télévisé. Eliott n'avait pas répondu. Il ne voulait pas en parler. Sauf avec Basile, bien sûr. Mais la mère de Basile avait été mutée, et toute la famille avait déménagé à Bordeaux. Eliott s'était retrouvé, en moins de deux mois, privé de son père et de son meilleur ami. Il était déboussolé. C'est à ce moment-là qu'il avait commencé à se renfermer sur lui-même.

Comme si cela ne suffisait pas, la rentrée de septembre avait amené un nouveau fléau. Il s'appelait Arthur. Nouveau au collège, Arthur arrivait des États-Unis et passait son temps à raconter toutes les merveilleuses choses qu'il avait vues et faites « aux States », comme il disait. Eliott était le seul de la classe à ne pas glousser de plaisir à chaque mot qu'il prononçait : il avait bien trop de choses en tête pour se soucier de faire partie de la cour du « roi Arthur ». Mais Arthur n'avait pas apprécié l'indifférence d'Eliott. Il avait commencé à lui lancer de petites piques pour le provoquer, prétendant qu'Eliott était jaloux. Eliott avait vu rouge. Pour la première fois depuis des mois, il avait parlé des voyages de son père, croyant impressionner Arthur. Mauvais calcul. Arthur avait traité Eliott de bébé qui avait besoin de son père pour exister. Eliott avait traité Arthur de crétin prétentieux. La guerre était déclarée. Une guerre déséquilibrée. Arthur était sûr de lui, charismatique, et il plaisait aux filles. Eliott, lui, était souvent d'humeur maussade, passait son temps à rêver et pouvait se montrer agressif si on lui posait trop de questions. Peu à peu, toute la classe s'était retournée contre lui.

Eliott poussa un soupir de soulagement lorsque la sonnerie retentit et ramassa ses affaires à toute vitesse. Vendredi soir, enfin !

Il sortit le premier de la classe et se rua dans les escaliers, manquant de renverser une élève qui descendait trop lentement. Arrivé dans la cour, il s'engagea dans un préau sombre qui débouchait sur une autre cour, plus petite : celle de l'école primaire qui jouxtait le collège. Comme tous les vendredis, il devait aller chercher ses petites sœurs, Chloé et Juliette, à la sortie de leur classe de CE1. Il espérait qu'elles ne seraient pas en retard, car il voulait quitter le quartier au plus vite : les rues adjacentes au collège ne tarderaient pas à être envahies par les élèves de sa classe, et il n'avait aucune envie de croiser leurs regards moqueurs.

Heureusement les jumelles étaient prêtes et l'attendaient à l'autre bout de la cour, bien droites dans leurs bottes et leur imperméable jaunes qui contrastaient gaiement avec le gris du sol, le gris des murs, le gris du ciel. Novembre à Paris : la cour était tellement trempée que parents et enfants devaient slalomer entre les flaques. Eliott n'avait pas de temps à perdre : il traversa tout droit, inondant ses baskets. Sans un mot, il attrapa les jumelles fermement par la main, une de chaque côté, et les entraîna d'un pas rapide vers la sortie. Ils s'engagèrent dans l'impasse de l'école et arrivèrent bientôt à l'angle de la rue Rembrandt.

— Alors, Lafontaine, on file en douce ?

C'était la voix d'Arthur. Eliott marmonna une série de jurons. Rien de bon ne pouvait sortir d'une confrontation avec ce crétin. S'il avait été seul, il aurait pu le semer : champion d'athlétisme, Eliott courait beaucoup plus vite que tous les élèves de sa classe. Mais les jumelles le ralentiraient. Et surtout, il ne voulait pas passer pour un lâche. Il se laissa donc rattraper par un groupe d'élèves de sa classe qui leur barra la route.

En regardant à qui il avait affaire, Eliott poussa un soupir exaspéré. En revanche, son « détaillomètre », lui, était aux anges. C'est ainsi qu'Eliott appelait lui-même son remarquable sens de l'observation, qui lui permettait de repérer en un clin d'œil des détails que personne d'autre ne voyait, et d'en tirer des conclusions le plus souvent exactes. Arthur le Crétin était au centre, bras croisés, jean slim, mèche rebelle et sourire en coin. Ses ongles impeccablement limés et propres étaient recouverts d'une fine couche de vernis transparent. À l'évidence, le soi-disant caïd de la classe s'était fait manucurer ! Cela méritait un tout nouveau surnom : « Arthur la Cocotte » serait parfait. À la droite de la Cocotte, Théophile Sac-à-puces se grattait derrière l'oreille gauche, ce qui renforçait le côté canin de ce grand costaud boutonneux qui suivait Arthur partout comme un toutou. Enfin, à la gauche d'Arthur, surexcitée comme toujours, Clara la Furie arborait son plus mauvais sourire. Le matin, elle était arrivée au collège avec un œil au beurre noir, prétendant qu'elle avait mis en déroute deux lycéens de seize ans. Mais on ne pouvait pas tromper le détaillo-mètre d'Eliott : en cette fin de journée, la blessure s'était estompée au lieu de changer de couleur. C'était du maquillage !

— On se dépêche pour aller sauver sa princesse, Lafon-taine ? se moqua Arthur, provoquant l'hilarité des deux autres.

— Oh, pas besoin, répondit Eliott, j'en ai une juste devant moi, avec de jolis ongles vernis.

Clara la Furie regarda bêtement les rognures qui lui servaient d'ongles et releva la tête en haussant les épaules. Arthur la Cocotte, lui, rougit jusqu'à sa mèche blonde et cacha ses mains dans les poches de son manteau.

— Allez, barrez-vous et laissez-nous passer, dit Eliott.

— Hors de question, vous ne bougez pas d'ici tant qu'on ne l'a pas décidé, aboya Arthur d'un ton menaçant.

Chloé se pelotonna contre Eliott. Quant à Juliette, Eliott retint fermement sa petite main crispée dans la sienne. Il la savait prête à faire goûter à Arthur sa redoutable spécialité : le coup de pied dans le tibia.

— Ouais, hors de question, répéta Théophile. On vous laissera passer que si, si, si...

Sac-à-puces manquait d'imagination. Mais pas la Furie.

— Si tu nous chantes la chanson d'amour que t'allais chanter à ta princesse, enchaîna-t-elle.

— C'est ça, la chanson d'amour ! s'écrièrent les deux garçons goguenards.

— Désolé, j'ai pas ma mandoline avec moi, répondit sèchement Eliott. Maintenant, laissez-moi passer.

— Oh, mais le preux chevalier va se fâcher tout rouge, on dirait ! se moqua Arthur.

— Moi j'ai une chanson ! cria Clara. Écoutez !

La Furie se mit à chanter de sa voix de crécelle, sur un air qui ressemblait vaguement au dernier tube d'un jeune chanteur à la mode dont toutes les filles du collège étaient amoureuses :

— *Eliott est un preux chevalier qui n'a peur de rien, qui n'a peur de rien. Eliott est un preux chevalier qui n'a peur de rien, sauf de M. Mangin !*

Les deux garçons éclatèrent de rire et reprirent en chœur la chanson inventée par Clara. Consterné par la stupidité de ses camarades de classe, Eliott soupira et entraîna les jumelles en sens inverse pour contourner l'obstacle.

— Regardez-moi ce poltron ! s'exclama Arthur. À la première difficulté il bat en retraite.

— Il est comme son père ! lança Théophile.

Eliott s'arrêta net. Il se retourna et dévisagea Sac-à-puces. Qu'est-ce que cet idiot pouvait avoir à dire sur son père ? Théophile, tout content d'être pour une fois le centre de l'attention, reprit lentement, en détachant chaque mot :

— Je sais, moi, pourquoi on ne voit plus le père d'Eliott à la télé. Ça fait six mois qu'il est soigné dans l'hôpital où travaille ma mère. Il paraît qu'il ne fait que hurler de terreur jour et nuit. Un vrai trouillard !

C'en était trop ! Eliott lâcha les jumelles et se jeta sur Théophile avec la ferme intention de l'étrangler. Sac-à-puces perdit l'équilibre et ils se retrouvèrent tous les deux sur le trottoir mouillé, bientôt rejoints par Clara la Furie, qui n'aurait pas raté une si belle occasion de se battre. Ce qui suivit fut un embrouillamini de bras tordus, de coups de tête, de coups de pied et de coups de genou. Eliott se défoulait de toutes ses forces sur les deux autres, qui le lui rendaient bien. Une vive douleur dans la main gauche lui arracha un hurlement : Clara l'avait mordu jusqu'au sang !

— Attention, v'là du monde ! s'écria soudain Arthur, qui n'avait pas rejoint la bagarre mais prenait beaucoup de plaisir à la regarder.

En effet, deux professeurs du collège venaient d'apparaître au coin de la rue. Leur conversation était tellement animée qu'elles n'avaient pas encore remarqué les bagarreurs. Théophile se releva d'un coup et tira Clara par la manche de son manteau. Celle-ci lâcha à regret les cheveux d'Eliott et les trois comparses s'enfuirent en courant, laissant Eliott à terre, trempé, la main en sang, le blouson déchiré et le corps entier douloureux. Chloé et Juliette s'approchèrent de leur frère, mais il refusa les deux mains qu'elles lui tendirent. Il se releva seul en maugréant.

Les deux femmes passèrent devant eux sans les remarquer.

Quand Eliott pénétra dans le bel appartement situé au deuxième étage d'un immeuble cossu de la rue de Lisbonne, il sut immédiatement que les ennuis n'étaient pas terminés. Une valise de grande marque était posée dans l'entrée à côté d'une paire d'escarpins parfaitement alignés ; un imperméable noir était suspendu à la patère ; un effluve de parfum hors de prix flottait dans l'air... Pas de doute, Christine était rentrée.

Les jumelles enlevèrent bottes et imperméable à toute vitesse et se précipitèrent dans le salon, tout excitées de retrouver leur mère partie en voyage d'affaires depuis dix jours. Eliott essuya ses baskets boueuses sur le paillasson. Il avait piètre allure ! Il ne fallait pas que sa belle-mère le voie comme ça. Il cacha sa main ensanglantée dans la poche de son blouson et avança sur la pointe des pieds, essayant de ne pas faire craquer les lattes du plancher. Avec un peu de chance, il pourrait se faufiler jusqu'à sa chambre et se changer avant de croiser Christine. Mais la chance n'était pas de son côté ce jour-là. Christine l'aperçut à travers la double porte vitrée du salon et l'interpella aussitôt.

— Mais qu'est-ce que tu as encore fait ? demanda-t-elle d'une voix suraiguë, sans même lui dire bonjour.

Elle s'approcha, droite comme un double décimètre dans son tailleur noir, ses cheveux roux tirés dans un chignon strict, et détailla Eliott de la tête aux pieds.

— Regarde dans quel état tu t'es mis ! Tu es complètement trempé, ton blouson est déchiré, et puis... Enlève ces chaussures tout de suite, tu vas mettre de la boue partout !

Eliott souffla bruyamment, mais s'exécuta sans protester. Cela faisait longtemps qu'il avait renoncé à discuter les ordres de Christine. Il enleva ses baskets et ses chaussettes. Christine aperçut alors sa main ensanglantée. Elle devint hystérique.

— Et fais attention avec cette main, rugit-elle, tu vas mettre du sang partout !

Cette fois, elle exagérait. Elle ne lui avait même pas demandé s'il avait mal ! Eliott se releva et se planta devant sa belle-mère, pieds nus, les baskets à la main et un sourire insolent accroché aux lèvres.

— Bonjour, Christine, dit-il. Moi aussi je suis content de te revoir.

Christine était quelqu'un d'important. Elle avait un poste très important dans un important cabinet d'avocats d'affaires ; elle ne lâchait jamais son smartphone de peur de rater un appel important ; elle connaissait un tas de gens importants et, quand elle les invitait à la maison, ils discutaient pendant des heures de sujets très importants comme le prix du pétrole, les prochaines élections ou le-vin-qui-irait-le-mieux-avec-ce-délicieux-foie-gras ; tous les dimanches matin, elle se rendait à son club de gym avec ses baskets à talons pour participer à des séances de sport aux noms bizarres comme « pilates » ou « body pump », parce que garder-la-forme-c'est-très-important ; elle détestait perdre du temps pour des choses de moindre importance, comme jouer à des jeux de société, regarder un film ou partir en vacances ; en revanche, elle trouvait vraiment très important que tout soit toujours bien en ordre et bien organisé.

Eliott s'était toujours accommodé de la rigidité de Christine, même s'il n'avait pas beaucoup d'affection pour elle. Mais depuis que son père était à l'hôpital, elle était devenue franchement invivable.

Christine ne releva pas l'impertinence d'Eliott. Elle alla droit au but, comme toujours.

— J'attends tes explications ! dit-elle.

— Je suis tombé, mentit Eliott.

— Tombé… répéta Christine d'un ton sceptique.

— Oui, confirma Eliott. J'ai trébuché sur le trottoir.

Christine toisait Eliott d'un air sévère. Ses longs ongles vernis tapotaient l'arrière de son téléphone. C'était toujours ce qu'elle faisait juste avant de piquer une colère mesurable sur l'échelle de Richter. Les jumelles observaient leur mère d'un air inquiet.

— Il s'est battu, lâcha soudain Chloé.

— Tiens donc, dit calmement Christine sans détacher son regard d'Eliott.

— Avec une fille, précisa la fillette. Parce qu'elle a inventé une chanson sur lui.

— Mais non, c'est pas ça ! corrigea Juliette. Il a d'abord sauté sur le garçon parce qu'il avait traité papa de trouillard. C'est après qu'il a tapé sur la fille.

— Merci pour la solidarité, les filles, s'énerva Eliott. Je m'en souviendrai !

— Ce n'est pas le sujet, trancha Christine. Qu'est-ce que c'est que cette histoire de chanson ? Et quel est le rapport avec votre père ?

Eliott soupira. Il faudrait de toute façon qu'il fasse signer son carnet de correspondance par Christine. Alors autant tout lui raconter maintenant. Il expliqua donc le rêve en classe, les dessins sur le cahier, l'humiliation par M. Mangin, les heures de colle et le mot à faire signer par les parents... Les jumelles s'étaient éloignées, mais Eliott les entendait fredonner la ritournelle inventée par Clara. Parfois, elles méritaient vraiment des claques ! Quant à Christine, elle l'écoutait à moitié, tout en écrivant un message sur son téléphone. Alors qu'Eliott était en train d'expliquer pourquoi il s'était battu, elle releva brusquement la tête.

— J'en ai assez entendu ! dit-elle d'un ton sec.

— Tu parles, protesta Eliott, tu n'as rien écouté.

— Ça suffit ! rugit Christine. Tu n'as pas à me parler sur ce ton. Donne-moi ton cahier de correspondance et file immédiatement dans ta chambre. Tu es privé de dîner.

Eliott sentit une vague de fureur l'envahir. Christine n'essayait même pas de comprendre, elle ne savait que juger et condamner. Cette femme n'était même pas sa vraie mère : de quel droit lui pourrissait-elle la vie ainsi ? Le visage écarlate, les poings serrés, il fit un effort considérable pour contrôler l'accès de violence qui montait en lui. Puis il ouvrit son sac à dos, attrapa son carnet de correspondance et le jeta aux pieds de Christine.

— Tiens, dit-il.

Christine se raidit encore plus, si c'était possible. Eliott pouvait lire la rage sur son visage.

— N'oublie pas d'être prêt à 10 h 30 précises demain matin, dit-elle d'une voix acérée. Nous allons voir ton père à l'hôpital. D'ici là je ne veux plus te voir !

— Ça tombe bien, moi non plus, rétorqua Eliott.

Il ramassa son sac et ses baskets, puis quitta le salon avec fracas.

Les jumelles avaient cessé de chanter.

En passant devant la porte de la cuisine, Eliott aperçut Mamilou, un tablier à carreaux rose noué autour de la taille ; elle préparait un pot-au-feu qui sentait délicieusement bon. Mamilou était la grand-mère paternelle d'Eliott. Elle était venue habiter avec son père et lui quand sa mère était morte, dix ans auparavant. C'était censé être provisoire, au début. Mais, plus tard, lorsque le père d'Eliott s'était remarié avec Christine, Mamilou était restée avec eux : Philippe et Christine travaillaient tous les deux énormément, et cela convenait à tout le monde que Mamilou s'occupe d'Eliott et de la maison. Elle l'accompagnait à l'école, faisait les courses et la cuisine. Elle avait continué ensuite à la naissance des jumelles : elle leur avait préparé des purées, lu des histoires, tenu la main lors de leurs premiers pas… et n'était plus jamais partie.

Eliott fit un rapide signe de la main à sa grand-mère.

— 'jour, marmonna-t-il.

— Rude journée ? demanda-t-elle.

— Tu n'imagines même pas, répondit-il.

Mamilou désigna du menton la main d'Eliott.

— Tu veux que je t'aide à la soigner ? demanda-t-elle.

— Non, ça va, bougonna Eliott, je vais me débrouiller.

— Comme tu veux, dit Mamilou. Je suis là s'il y a besoin.

Eliott passa à la salle de bains. Il rinça sa main sous l'eau, la désinfecta, la pansa rapidement et se hâta vers sa chambre. Il referma la porte derrière lui et s'y adossa avec soulagement.

La chambre d'Eliott était le seul endroit *non christi-nesque* de l'appartement. Sa belle-mère avait renoncé à la lui faire ranger, ce qu'Eliott considérait comme une victoire personnelle. Le sol était jonché de livres, de vêtements, de stylos, de pions et de cartes de différents jeux de société, ainsi que d'une quantité impression-nante de dessins. Eliott passait énormément de temps à dessiner. Et pas seulement pendant les cours de maths. Il dessinait les héros de ses histoires préférées, inven-tait des paysages, des personnages, des objets plus ou moins farfelus. Dessiner le détendait et lui permettait de s'échapper dans un monde rien qu'à lui. Un monde où Christine, M. Mangin, Arthur, Clara et les autres n'existaient pas.

Mais, ce jour-là, Eliott n'avait même pas envie de prendre ses crayons. Il lança ses baskets trempées à l'autre bout de la pièce, laissa tomber son sac à dos trop lourd sur la moquette et s'affala sur son lit. Ses yeux se posèrent sur la photo de sa mère qui trônait dans un cadre en argent sur sa table de nuit. Sa mère. Il lui en voulait d'être morte et d'avoir laissé son père se remarier avec cette sans-cœur de Christine. Il lui en voulait, et il s'en voulait de lui en vouloir. On lui avait expliqué qu'elle était morte dans son sommeil, paisiblement, sans s'en rendre compte. Ceux qui lui avaient dit cela pensaient probablement le rassurer. Mais pendant des mois il avait eu peur d'aller dormir, croyant qu'il mourrait à son tour. Il avait fallu toute l'habileté et la patience de Mamilou, ainsi que de nombreuses séances éprouvantes chez le pédopsychiatre, pour qu'il comprenne enfin que dormir n'était pas dangereux pour lui. Encore aujourd'hui, même s'il ne craignait plus chaque soir pour sa propre vie, il ne parvenait toujours pas à admettre qu'une femme de trente ans ait pu mourir dans son lit comme une vieille dame. Cent fois il avait posé la question. Cent fois il avait obtenu la même réponse insatisfaisante, celle qu'avaient donnée les médecins : cela peut arriver, mais c'est tout à fait exceptionnel.

Plusieurs heures étaient passées et Eliott était toujours en train de ruminer ses idées noires quand on frappa cinq petits coups à la porte. Eliott sut immédiatement que c'était Mamilou. Il se redressa et lui dit d'entrer. Mamilou pénétra dans la chambre sans faire de bruit, referma la porte derrière elle et mit un doigt sur sa bouche pour indiquer à Eliott de ne pas parler. Elle portait un panier en osier à la main et un air malicieux sur le visage. Elle s'approcha du lit et faillit trébucher sur un dictionnaire d'anglais ouvert en plein milieu de la pièce.

— Quand même, Eliott, chuchota-t-elle, tu pourrais au moins laisser un passage pour aller jusqu'à ton lit !

Puis elle enchaîna, d'un air de conspiratrice :

— Je t'ai apporté deux ou trois petites choses. Mais pas un mot à Christine ! Ni aux jumelles, elles ne savent pas tenir leur langue.

— Pas de danger, soupira Eliott, qui n'avait aucune envie de parler ni à l'une ni aux autres.

Mamilou s'assit sur le lit d'Eliott, posa son panier à côté d'elle et en tira une boîte en plastique remplie de pot-au-feu, du pain, du fromage et une bouteille d'eau. Eliott se jeta à son cou.

— Mamilou, t'es la meilleure ! lui dit-il à voix basse. Je meurs de faim !

Eliott s'attaqua aux victuailles avec appétit, sous le regard satisfait de Mamilou.

— J'ai autre chose pour toi, dit-elle.

— Quoi donc ? demanda Eliott en avalant une grosse bouchée de camembert.

Mamilou fouilla dans son panier en osier. Elle en tira un épais bloc à dessin et une petite boîte en fer qu'elle tendit à Eliott. Eliott ouvrit d'abord la boîte. Il découvrit une rangée de minuscules godets de peinture, un crayon, une gomme et quelques pinceaux. Il interrogea sa grand-mère du regard.

— J'ai trouvé ça aujourd'hui en rangeant le placard du fond du couloir, expliqua-t-elle. C'était le matériel d'aquarelle de ta mère.

— Le matériel de maman ! murmura Eliott, ému.

— Regarde ça, dit Mamilou en lui tendant le bloc de papier.

Eliott attrapa le bloc et souleva la couverture. Les premières pages étaient couvertes de croquis aquarellés représentant des animaux fantastiques. Sa mère était pro-bablement en train de faire des essais pour un nouveau projet… Elle était illustratrice de livres pour enfants. Toute une série de ses ouvrages étaient alignés sur l'étagère d'Eliott. Il ne laissait personne les toucher, surtout pas les jumelles.

— C'est beau, soupira-t-il en effleurant un croquis de dragon. Les détails, les couleurs, l'expression… tout est magnifique. Il paraît si réel ! Elle était vraiment douée.

— Très douée ! confirma Mamilou. Comme toi.

Eliott esquissa un sourire. Le premier de la journée. Mais c'était un sourire triste. Non. C'était un sourire douloureux. Eliott attrapa d'un geste brusque la boîte de couleurs et le bloc de papier et les lança de toutes ses forces à l'autre bout de la pièce.

— À quoi ça sert, que je sois doué ? s'emporta-t-il. Elle ne pourra jamais être fière de moi !

Eliott resta immobile plusieurs minutes, les yeux fixés sur les godets de peinture éparpillés sur le sol, au bord des larmes. Mamilou attendit avant de prendre la parole.

— Est-ce que tu veux me raconter ce qui s'est passé au collège ? demanda-t-elle en lui tendant un mouchoir en papier.

— C'est compliqué, grogna Eliott.

Il se moucha bruyamment.

— J'ai tout mon temps, répondit Mamilou.

Eliott releva la tête. Mamilou le regardait avec bien-veillance. Eliott la trouvait belle, avec ses cheveux blancs et courts, ses yeux bleus pétillants et ses joues ridées par des milliers de sourires. C'était sans doute, après son père, la personne qu'il aimait le plus au monde.

Il décida de lui raconter sa journée. Mamilou l'écouta sans l'interrompre. Rien à voir avec cette vipère de Christine. Au fur et à mesure qu'il mettait des mots sur les émotions qui l'avaient fait sortir de ses gonds, il se sentait devenir plus léger. Quand il eut terminé son récit, il se tut. Il ne savait plus quoi dire. Il espérait seulement que sa grand-mère ne serait pas furieuse. Car il savait bien que somnoler en cours de maths ou se battre dans la rue, même pour de bonnes raisons, n'entraient pas dans la définition du petit-fils modèle.

Ce fut Mamilou qui brisa le silence :

— Tu sais, Eliott, tu as le droit d'être en colère.

Eliott ne s'attendait pas à cela. Il la laissa continuer.

— Ta mère est morte et ton père est à l'hôpital depuis six mois. C'est parfaitement injuste ! À ta place, moi aussi je serais en colère. Mais ce n'est la faute de personne, et ta colère ne doit pas t'empêcher de vivre ; ta vie ne fait que commencer et te réserve encore beaucoup de bonnes surprises. Seulement, il faut que tu réagisses ! Tes notes tombent en flèche, il ne doit plus y avoir de place dans ton carnet de correspondance tellement il est rempli de mots de tes professeurs, tu n'invites plus d'amis à la maison et maintenant tu te bats dans la rue ! Tu vaux beaucoup mieux que cela, Eliott. Pense à ton avenir ! Il faut que tu fasses un effort, non pas pour tes professeurs, ni pour Christine, ni même pour ton père ou pour moi, mais pour toi.

Eliott ne sut pas quoi répondre. Bien sûr, elle avait raison, il devait redresser la barre. Mais il n'était pas sûr d'en avoir le courage : il en avait tellement marre de tout !

— Mamilou, tu peux me serrer dans tes bras ? demanda-t-il.

— Bien sûr, mon chéri, dit-elle.

Elle ouvrit les bras et le serra contre elle avec tendresse. Eliott enfouit son nez dans le châle en laine bleu pâle de sa grand-mère. Il sentait le pot-au-feu.

— Tu ne le diras à personne, hein ! dit-il.

— Quoi donc ?

— Que je te fais encore des câlins à mon âge.

— Mais non, mon chéri, sois tranquille, ta réputation est à l'abri.

Et ils pouffèrent de rire.

O 2

LE SABLIER

Le samedi matin à 10 h 30 précises, Eliott arriva dans l'entrée de l'appartement, qu'il trouva déserte. Il s'était réveillé à la dernière minute, avait pris une douche express, soigné sa main, sauté dans des vêtements pris au hasard dans son placard et englouti un bol de céréales au chocolat en battant des records de vitesse. Sa main ne saignait plus et il avait remplacé le bandage de la veille par un simple pansement après avoir inondé la blessure de désinfectant. « Mieux vaut ne pas lésiner, s'était-il dit, je suis sûr que cette tarée de Clara la Furie est capable de transmettre la rage ! »

Mamilou sortit de sa chambre et le rejoignit dans l'entrée. Elle avait l'air déguisée en pompier avec son pantalon noir, sa veste et ses bottes en cuir rouge et son chapeau de pluie assorti. Eliott ne put réprimer un sourire. Sa grand-mère avait parfois des accoutrements vraiment originaux, qu'elle portait avec le plus grand naturel.

— Allons-y, dit-elle. Christine et les jumelles nous attendent dans la voiture. Elles sont parties en avance pour faire le plein d'essence.

Ils descendirent le large escalier de l'immeuble, passèrent la grande porte cochère et se retrouvèrent dans la rue, sur le trottoir jonché de feuilles mortes. Il pleuvait des cordes. Eliott remonta le col de son blouson et rentra la tête dans ses épaules, tout en cherchant des yeux la grosse berline noire de Christine. Elle était garée un peu plus loin, en double file. Mamilou et lui se dépêchèrent de la rejoindre pour s'installer à l'abri.

— Attention à ne pas salir les sièges ! dit Christine en guise de salutation.

— Bonjour, Christine, dit Mamilou.

Eliott ne dit rien. Il n'avait aucune envie de parler à sa belle-mère.

— Salut, Eliott, clamèrent Chloé et Juliette en gloussant.

— Quoi, qu'est-ce qu'il y a de si drôle ? s'agaça Eliott.

— T'as une moustache ! s'écria Juliette.

— Oui, une jolie moustache, comme ton prof de maths ! renchérit Chloé pendant que Christine démarrait la voiture en pestant contre la pluie incessante.

— Comment sais-tu que mon prof de maths a une moustache ? bougonna Eliott en essuyant avec sa manche la trace de chocolat au-dessus de sa lèvre.

— Ben, on était là quand il a convoqué maman parce que tu es devenu trop nul en classe ! répondit Juliette.

— Allons, Juliette, ce n'est pas gentil de dire ça, intervint Christine d'un ton qui laissait entendre qu'elle n'en pensait pas moins.

Le silence qui suivit ne fut pas long. L'évocation du prof de maths d'Eliott avait inspiré Juliette, qui entonna

Eliott est un preux chevalier qui n'a peur de rien, qui n'a peur de rien. Eliott est un preux chevalier qui n'a peur de rien, sauf de M. Mangin.

Eliott protesta énergiquement, mais cela ne fit qu'aggraver les choses : Chloé se mit à chanter elle aussi et, s'entraînant l'une l'autre, les jumelles semblaient ne jamais devoir s'arrêter. Mamilou souffla bruyamment, mais elle ne dit rien. Elle faisait rarement des remarques aux jumelles devant leur mère. Quant à Christine, la chanson devait lui plaire, puisqu'elle se mit à battre la mesure sur le volant. L'usage de la force étant compromis par la ceinture de sécurité qui le plaquait sur son siège, Eliott se retourna vers la vitre et fit semblant de dormir. Privées du plaisir de l'énerver, les jumelles finirent par se lasser et se mirent à débiter tout un tas d'allitérations en « s » idiotes comme « Sissi savoura ce délicieux saucisson et susurra "c'est exquis !" sans salir son corsage ». Christine s'extasiait devant une telle maîtrise de la langue française chez des enfants aussi jeunes. Eliott, lui, enrageait de l'impunité dont jouissaient ses petites sœurs dès que leur mère était là.

La pluie avait enfin cessé quand ils arrivèrent à l'hôpital. Christine gara la voiture près de l'entrée du bâtiment réservé aux séjours de longue durée. Ils saluèrent Liliane, la dame de l'accueil, qui les connaissait bien à force de les voir passer chaque samedi matin, et s'entassèrent dans le petit ascenseur réservé aux visiteurs. Quand les portes s'ouvrirent, ils furent saisis par des hurlements qui résonnaient dans tout l'étage. Eliott reconnut la voix de son père et son cœur se serra : il n'avait pas l'air d'aller mieux, bien au contraire.

Presque six mois auparavant, le 25 mai très précisément, Philippe Lafontaine ne s'était pas levé le matin comme d'habitude pour prendre le petit déjeuner avec le reste de la famille. Christine avait cru qu'il avait avalé un somnifère pour se remettre du décalage horaire, car il rentrait tout juste d'un déplacement à Tokyo. Elle était donc partie au bureau, Eliott et les jumelles étaient allés en classe, et Mamilou avait décidé de rendre visite à une nièce qui venait d'avoir un bébé. Mais le soir, quand Eliott était rentré du collège, il avait trouvé un véhicule du SAMU garé devant l'immeuble. Philippe était toujours inconscient.

À l'hôpital, le verdict était tombé : coma. Pourtant il n'avait pas fait de chute, et ses analyses sanguines ne révélaient aucune substance toxique. Le coma avait donc été provoqué par une maladie. Mais laquelle ? Les médecins avaient soumis Philippe à toutes sortes d'examens. Chaque fois, plusieurs diagnostics étaient éliminés, et ceux qui restaient étaient de plus en plus effrayants. Au bout de quelques semaines, il avait été transféré dans une unité spécialisée pour les séjours de longue durée, où d'autres médecins avaient pris le relais. Il n'en était pas ressorti depuis, et son état n'avait fait qu'empirer. Il s'était mis à convulser, à marmonner des phrases incompréhensibles, puis à crier. Les médecins l'avaient bourré de doses croissantes de médicaments pour le calmer, mais il faisait toujours des crises effroyables.

Ce matin-là, il ne criait plus, il hurlait.

Les jumelles se pelotonnèrent contre Mamilou. Après avoir marqué un arrêt à la sortie de l'ascenseur, Christine se dirigea d'un pas résolu vers la chambre 325 située tout au bout du couloir. Mamilou et les jumelles la suivirent et Eliott ferma la marche, maussade. Il n'était pas sûr d'avoir envie de voir son père dans cet état-là.

Quand ils pénétrèrent dans la chambre, Philippe s'était calmé. Mais il faisait peine à voir : ses boucles brunes étaient parsemées de cheveux blancs, ses traits étaient tirés, ses yeux cernés, ses joues creusées. Il avait le teint blafard et semblait épuisé. Eliott frémit en constatant que les poignets et les chevilles de son père étaient attachés : les infirmières devaient craindre qu'il ne tombe du lit ou ne se blesse. Il pensa à Théophile. Qui pouvait bien être sa mère ? Était-elle médecin ? Infirmière ? Femme de ménage ? Laquelle de ces femmes qu'il croisait régulièrement était-elle la mère de Sac-à-puces ? S'il pouvait l'identifier, il se ferait un plaisir de lui écraser le pied avec l'un des chariots qui traînaient toujours dans les couloirs.

Au bout de quelques minutes, le médecin-chef du service, l'éminent Dr Charmaille, frappa à la porte de la chambre. Il était impressionnant : immense, avec une carrure de rugbyman, il avait deux énormes mains très poilues et une blouse blanche trop serrée qui lui donnaient l'air d'un grand singe endimanché.

— Madame Lafontaine, bonjour. J'aimerais vous parler un instant, dit-il depuis l'encadrement de la porte.

Christine et Mamilou se retournèrent toutes les deux en même temps. Puis Mamilou réalisa que ce n'était pas à elle qu'on s'adressait et, après avoir salué le médecin-chef, alla s'asseoir sur un fauteuil. Christine sortit de la chambre et referma la porte derrière elle. Eliott entendit son pas rapide s'éloigner dans le couloir. Il soupira. Si le grand manitou demandait à parler à Christine en privé, ce n'était pas bon signe.

— Qu'est-ce qui se passe ? demanda-t-il. Pourquoi le Dr Charmaille veut-il parler à Christine ?

— Je ne sais pas, dit Mamilou, dont les yeux trahissaient l'inquiétude.

— Il a peut-être enfin trouvé de quelle maladie souffre papa ? suggéra Juliette.

— Peut-être, dit Mamilou d'un air sceptique.

Les jumelles se réfugièrent dans les bras de Mamilou, et Eliott se plongea dans la contemplation d'un bouquet de fleurs défraîchies qui datait de leur visite précédente. De longues et angoissantes minutes s'écoulèrent en silence, avant que les talons de Christine retentissent de nouveau dans le couloir. La porte s'ouvrit. Lorsqu'il vit sa belle-mère, Eliott eut l'impression qu'une main glacée lui empoignait le cœur. Car les yeux de Christine étaient rouges. Elle avait pleuré. C'était très inhabituel.

Le Dr Charmaille se plaça au pied du lit, l'air grave.

— Ce que j'ai à vous annoncer n'est pas facile à dire, commença-t-il.

Eliott se cramponna au pied du lit où gisait son père.

— Malgré tous nos efforts depuis six mois, nous n'avons pas trouvé de quoi souffrait M. Lafontaine. Nous avons fait toutes les analyses, consulté les plus grands spécialistes, épluché les annales de la médecine… Nous n'arrivons à rien. Continuer ainsi serait inutile. C'est pourquoi nous avons décidé d'arrêter les recherches.

— Quoi ! s'écria Eliott. Mais vous ne pouvez pas laisser tomber ! Il faut continuer à chercher. Vous avez forcément oublié quelque chose !

— Je comprends ta réaction, dit le Dr Charmaille. Mais nous avons vraiment tout essayé. Ce qui arrive à ton père est hors de notre portée. Nous ne pouvons plus rien faire pour lui.

— Vous pouvez le maintenir en vie, intervint Mamilou. Vous allez continuer à le maintenir en vie, n'est-ce pas ? Le Dr Charmaille soupira.

— Nous pouvons effectivement continuer à le maintenir en vie, à le nourrir, à prévenir les complications liées à la station allongée prolongée... Mais tout cela est artificiel. Nous n'avons plus aucun espoir qu'il sorte du coma un jour. Et il ne pourra pas rester indéfiniment dans cet état. Sa santé se dégrade petit à petit. Il se dirige lentement vers un point de non-retour.

— Alors ça veut dire qu'il va mourir, dit Eliott d'une voix minuscule.

— Oui, dit le Dr Charmaille. Je suis désolé.

Un silence assourdissant envahit la chambre. Eliott eut l'impression qu'il n'y avait soudain plus une goutte d'oxygène à respirer autour de lui.

— Combien de temps lui reste-t-il ? demanda Mamilou.

— C'est difficile à dire, dit le Dr Charmaille. Quelques mois tout au plus. Tout dépend de l'évolution de ses fonctions vitales. Nous allons le transférer dans notre unité de soins palliatifs, où l'équipe fera tout son possible pour lui éviter de souffrir.

Eliott voulut demander plus de précisions, mais le corps allongé de Philippe s'agita de nouveau, et il se remit à hurler. Au début, c'était un enchaînement de syllabes incompréhensibles. Puis, peu à peu, il articula des mots et enfin des phrases.

— Non ! Arrêtez ! Arrêtez ! implorait-il de la voix rauque de celui qui a trop crié. Laissez-moi ! Laissez-moi, je vous en supplie ! Non, pas le Sable, pas le Sable !

Et puis, d'un seul coup, il redevint aussi calme et tranquille qu'un gisant de pierre.

— J'en étais sûre ! souffla Mamilou.

Tous se tournèrent vers elle. Elle resta un moment perdue dans ses pensées, puis réalisa que tout le monde l'observait.

— Je… Excusez-moi, balbutia-t-elle. L'émotion !

Christine, stupéfaite un instant, ordonna que chacun ramasse ses affaires. Ils prirent congé du Dr Charmaille et retournèrent à la voiture, chacun de leurs pas alourdi par le poids de ce qu'ils venaient d'apprendre. Le chemin du retour se fit dans le silence le plus absolu. Eliott regardait sans les voir les rues qui défilaient par la fenêtre. Il sentit la main de Chloé qui cherchait la sienne, et la serra doucement.

Ils déjeunèrent en silence et l'après-midi se passa dans le calme : les jumelles jouaient dans leur chambre ; Mamilou avait fait du feu dans la cheminée du salon et regardait les flammes danser d'un air absent ; Christine s'était enfermée dans son bureau comme d'habitude ; et Eliott relisait pour la dixième fois son livre préféré, *Charlie et la chocolaterie* de Roald Dahl, sans toutefois parvenir à s'y intéresser.

Personne ne parla non plus pendant le dîner. Même le moulin à paroles habituel des jumelles était en panne. Mais, au moment où Eliott apportait le plateau de fruits pour le dessert, Christine sortit de son mutisme.

— J'ai bien réfléchi, déclara-t-elle. Nous ne pouvons pas continuer comme ça.

Quatre paires d'yeux interrogateurs se tournèrent vers elle.

— Ça ne sert à rien de continuer à nous rendre à l'hôpital toutes les semaines : Philippe ne se rend même pas compte de notre présence et c'est devenu une véritable épreuve pour nous tous. Nous devons y mettre un terme.

— Quoi ! s'exclama Eliott.

Le plateau de fruits était soudain devenu incroyablement lourd. Eliott le posa in extremis sur la table avant de s'écrouler sur sa chaise. Son père était déjà abandonné par les médecins, il n'allait pas en plus être délaissé par sa famille ! Sans compter que lui aussi avait besoin de ces visites hebdomadaires. Depuis six mois, il s'y cramponnait comme à une bouée de sauvetage pour ne pas couler.

— Cette semaine, continua Christine, on m'a proposé un poste à Londres. C'est une très belle opportunité pour ma carrière, et Londres est une ville agréable à vivre. J'ai décidé de l'accepter. Nous déménagerons pendant les vacances de Noël. Je me suis renseignée, il ne devrait pas y avoir de problème pour que vous entriez tous les trois à l'école française en janvier.

— C'est pas vrai! s'exclama Eliott. C'est une blague! Dis-moi que c'est une blague!

— C'est très sérieux, assura Christine.

— On ne va quand même pas abandonner papa tout seul à Paris! s'insurgea Eliott.

— Nous continuerons à lui rendre visite de temps en temps, pendant les vacances, répondit Christine.

— De temps en temps! s'enflamma Eliott. Pendant les vacances! Mais c'est maintenant qu'il a besoin de nous! Après, ce sera trop tard. Et puis, moi, je n'ai pas du tout envie d'aller vivre à Londres!

— Allons, Eliott, sois raisonnable! s'agaça Christine. On ne peut pas dire que tu aies beaucoup d'amis à Paris. Et puis ton début d'année scolaire est un véritable fiasco… Déménager ne pourra te faire que du bien! D'ailleurs, j'ai pensé que je pourrais t'envoyer en pension dans un collège privé. On m'en a recommandé un très bien dans le Hampshire.

Eliott en resta bouche bée. En pension dans un collège privé? Lui? Avec son niveau d'anglais au ras des pâquerettes? Loin de son père et de Mamilou? Et puis quoi encore! Il était tellement en colère qu'il fut incapable d'articuler une réponse. Christine prit sans doute son silence pour une approbation puisqu'elle arbora son petit sourire satisfait et se tourna vers les jumelles.

— Et vous les filles, dit-elle, je suis sûre que ça vous plairait beaucoup d'aller habiter à Londres!

— Je ne sais pas, dit Juliette.

— Eliott a raison, dit Chloé, on devrait continuer de rendre visite à papa pendant que c'est encore possible.

— Enfin, les filles ! insista Christine. Londres, la reine d'Angleterre, les bus à étage, les écoliers en uniforme, les parcs, Big Ben...

Les filles n'avaient pas l'air convaincues. Elles regardaient leur mère d'un air dubitatif.

— Et Mamilou, demanda Chloé, elle viendrait avec nous ?

— Eh bien, je ne sais pas, il faut le lui demander, dit Christine en se tournant vers Mamilou. Est-ce que vous voulez nous suivre à Londres ? Ça ne me dérange pas si vous préférez rester à Paris, je trouverai bien une gouvernante pour s'occuper de la maison et des enfants. C'est vous qui décidez !

Eliott jeta à Mamilou un regard désespéré. Le visage de sa grand-mère s'était crispé en une expression de fureur contenue, très éloignée de sa douceur habituelle.

— C'est très aimable à vous, Christine, de m'autoriser à décider de l'endroit où je souhaite vivre ! dit-elle d'un ton glacial. J'ai choisi d'habiter avec vous pendant toutes ces années parce que je crois que ma présence auprès des enfants est bénéfique et leur apporte beaucoup plus que celle d'une gouvernante anglaise. Mais il est hors de question que je laisse mon fils tout seul. Je resterai donc à Paris.

— Bon, eh bien c'est réglé, alors, dit Christine. Je vais commencer les recherches pour le logem...

— Je n'ai pas terminé, la coupa Mamilou.

Christine la dévisagea. Elle n'avait pas l'habitude que Mamilou lui coupe la parole. Eliott et les jumelles avaient les yeux rivés sur leur grand-mère.

— Je suppose qu'il est inutile de vous demander de reconsidérer votre décision, dit Mamilou. Ni de vous rappeler que, en épousant Philippe, vous lui avez promis secours et assistance quelles que soient les difficultés.

— C'est inutile, en effet, répondit Christine, piquée au vif. Je ne suis pas médecin ! Je ne suis pas plus utile à Philippe à Paris qu'à Londres... Est-ce tout ce que vous aviez à dire ?

— Non, répondit Mamilou. Je pense aussi que ce départ est beaucoup trop précipité pour les enfants. C'est une période difficile pour eux. Je crois que les changer d'école et de ville en plein milieu de l'année scolaire serait une erreur.

— C'est à moi d'en décider, pas à vous ! rétorqua Christine.

— Et nous ? s'insurgea Eliott. On ne nous demande pas notre avis, à nous ?

— Toi, tais-toi ! dit Christine.

— Mais je...

— Reste en dehors de ça, s'il te plaît, dit Mamilou d'un ton ferme.

Les deux femmes se faisaient face, les yeux dans les yeux. On aurait dit deux fauves en train de se jauger avant de passer à l'attaque.

— Les enfants ont assez souffert d'aller voir à l'hôpital un homme qui crie et ne les reconnaît pas, dit Christine. Nous ne pouvons pas continuer à vivre comme s'il allait bientôt rentrer de voyage. Nous devons tourner la page.

— Mais vous parlez de lui comme s'il était mort ! s'écria Mamilou, indignée.

— C'est tout comme ! répondit Christine. Vous avez entendu le Dr Charmaille, il n'y a plus rien à faire !

— Non ! cria Mamilou en tapant du poing sur la table. Je ne peux pas vous laisser dire ça, Christine !

Puis elle continua, plus calmement :

— Nous devons garder espoir ! Pour l'instant, ce ne sont pas les bons moyens qui ont été employés pour le guérir. Mais il existe une solution, je le sais.

— Parce que maintenant vous vous croyez plus forte que les meilleurs médecins de Paris ! s'énerva Christine.

— Bien sûr que non ! assura Mamilou. Mais j'ai... une intuition.

— Une intuition ! siffla Christine d'une voix suraiguë. Voyez-vous ça ! Arrêtez de prendre vos rêves pour des réalités, Louise, et arrêtez surtout de donner de faux espoirs aux enfants. Votre attitude est totalement irresponsable. Nous irons à Londres, avec ou sans vous, c'est mon dernier mot.

— Et vous, arrêtez de masquer votre fuite derrière de fausses justifications ! rétorqua Mamilou. On vous a proposé un superbe poste à Londres, tant mieux, je suis ravie pour vous. Mais ne dites pas que vous voulez déménager pour le bien-être des enfants, c'est faux.

— Le bien-être des enfants est au cœur de mes préoccupations ! s'écria Christine.

— Alors essayons de trouver une solution qui leur permette de terminer leur année scolaire à Paris, proposa Mamilou. Ils pourraient rester ici avec moi et vous pourriez prendre un pied-à-terre à Londres et rentrer le week-end par exemple. Cela permettrait de réfléchir sans précipitation à la question des visites à l'hôpital. Partir à Londres est une décision lourde de conséquences pour eux : ils devront quitter leur école, leur maison, leurs amis, et surtout s'éloigner de leur père...

— Et ce sera très bien pour eux, rugit Christine. Philippe est devenu un fardeau pour les enfants comme pour moi.

Mamilou blêmit, effarée de ce qu'elle venait d'entendre. Eliott, lui, était rouge de fureur. Il dut se mordre la lèvre pour ne pas crier.

— Alors c'est comme ça que vous voyez mon fils ? dit Mamilou d'une voix étranglée. Un fardeau ! Un fardeau pour votre image et pour votre carrière ? Il vous était bien utile tant qu'il était un journaliste en vue, respecté par le gotha parisien. Mais vous n'avez que faire d'un mari malade !

— Pensez ce que vous voulez, je m'en fiche, dit sèchement Christine. Mais arrêtez de critiquer mes décisions.

— On croirait entendre un dictateur de bas étage ! lâcha Mamilou. Bon sang, mais ça vous arrive de vous mettre à la place des autres ?

— Au moins je sais quelle est ma place, ce qui n'est visiblement pas votre cas, rétorqua Christine. Faites attention, Louise. Je tolère votre présence ici depuis longtemps, mais les choses pourraient changer.

— Des menaces, maintenant ? On aura tout vu ! Vos méthodes sont dignes de la mafia !

— Ça suffit ! aboya Christine. Je ne vous permets pas de m'insulter devant les enfants !

— Et moi, je ne vous permets pas de traiter mon fils et mes petits-enfants comme du bétail !

Il y eut un bref silence, puis Christine reprit la parole.

— Sortez de chez moi, dit-elle d'un ton dur comme de l'acier.

Mamilou ne réagit pas.

— Sortez de chez moi tout de suite, répéta Christine. Vous n'avez plus rien à faire ici. Prenez vos affaires et disparaissez de nos vies.

Eliott, Chloé et Juliette n'osaient pas faire un geste. Leurs yeux allaient, épouvantés, de Christine à Mamilou et de Mamilou à Christine. Comment avait-elles pu en arriver là ?

Mamilou resta figée un moment. Puis, sans dire un mot, elle plia sa serviette avec application, but la fin de son verre d'eau et quitta la table.

Eliott avait les larmes aux yeux.

Deux heures plus tard, Eliott était dans sa chambre en train de dessiner à grands traits rageurs des caricatures de Christine en dictateur, avec moustache et uniforme militaire. Il entendit frapper cinq petits coups à la porte. Mamilou. Il se précipita pour ouvrir. Mamilou se tenait entre deux valises et un sac de voyage en tapisserie, la mine grave.

— Je suis venue te dire au revoir, dit-elle.

— Ce n'est pas vrai, Mamilou, dit Eliott en reculant d'un pas. Tu ne peux pas partir, pas maintenant !

Mamilou passa son bras autour des épaules d'Eliott et l'entraîna dans la chambre, puis referma la porte derrière eux.

— C'est comme ça, Eliott. Je pars aujourd'hui mais je reviendrai, je te le promets. Je ne vous abandonnerai jamais, tes sœurs et toi.

— Alors emmène-moi avec toi ! supplia-t-il. Il est hors de question que je reste dans cet appartement maudit avec cette espèce de psychopathe ! Je préfère encore sauter par la fenêtre...

— Ne dis pas de bêtises, Eliott, dit Mamilou. Je sais que c'est difficile à accepter, mais il vaut mieux que tu restes ici, du moins pour l'instant. Ça ne durera pas, je te le promets.

— Mais quand vais-je te revoir ?

— Je ne sais pas, dit Mamilou. Pas encore.

— Et où vas-tu aller ? demanda Eliott, la gorge serrée.

— Ne t'inquiète pas pour moi, j'ai plus d'un tour dans mon sac. Mais il y a quelque chose dont je voudrais te parler.

Mamilou s'assit sur le lit et fit signe à Eliott de l'imiter. Puis elle plongea ses yeux dans ceux de son petit-fils.

— Eliott, dit-elle, j'ai quelque chose de très important à te dire. Nous n'avons pas beaucoup de temps, donc il faut que tu m'écoutes attentivement, sans m'interrompre. D'accord ?

— D'accord, mais je...

— Eliott !

Eliott se tut. Mamilou prit une profonde inspiration.

— Je sais de quel mal souffre ton père, déclara-t-elle.

— Quoi !

— Je m'en doute depuis un moment déjà, continua Mamilou, mais j'en ai acquis la certitude tout à l'heure, à l'hôpital. Ton père n'est pas dans le coma, Eliott. Il n'est pas malade. Il dort d'un sommeil artificiel qui ne cesse jamais.

Eliott fronça les sourcils. Il ne comprenait rien à ce charabia.

— Et toi, Eliott, tu peux le sortir de cet état, ajouta Mamilou.

— Moi !

— Oui, toi. Il existe un moyen de sauver ton père. J'aimerais m'en occuper moi-même, mais c'est impossible. Toi, en revanche, tu peux le faire. Seulement, ça n'est pas sans danger. Tu risques d'être blessé si tu te lances dans cette aventure. Tout se passera bien si tu appliques à la lettre ce que je vais te dire, mais je veux que tu prennes la décision toi-même.

— Mais de quoi parles-tu, Mamilou ?

— Je vais tout t'expliquer, dit Mamilou, mais seulement si tu réponds à ma question : acceptes-tu de prendre des risques pour sauver ton père ?

— Je ferais n'importe quoi pour sauver papa, dit Eliott.

— Alors je vais te révéler un secret. Un secret dont je n'ai jamais parlé à personne : ni à ton père, ni même à ton défunt grand-père Charles.

Le corps tout entier de Mamilou tremblait d'émotion.

— Tu te souviens des histoires que je te racontais quand tu étais petit ? demanda Mamilou. Tu te souviens d'Oniria ?

— Bien sûr que je m'en souviens, dit Eliott. Mais quel est le rapport ?

— Oniria existe, Eliott. Toutes les histoires que je t'ai racontées sont vraies. Je n'ai rien inventé. Je sais que tu me prends pour une folle en ce moment, mais tu dois me croire.

Eliott écarquillait les yeux, se demandant effectivement si sa grand-mère ne commençait pas à perdre la tête. Mamilou sortit de sa poche un objet brillant qu'Eliott n'avait jamais vu, et le plaça dans la main de son petit-fils. Eliott observa avec curiosité l'étrange bijou qui pendait au bout d'une chaîne en or. C'était un objet sans âge, aux lignes épurées : une médaille d'or parfaitement ronde au fond gravé de motifs étranges, et, aplati entre ses bords épais, un délicat sablier de verre. Eliott le retourna dans tous les sens. Le sable qui se mit à couler était d'un bleu si sombre qu'il semblait absorber la lumière. Eliott était incapable de dire si ce bijou avait été fabriqué la veille ou trois mille ans auparavant. Mais il le trouvait magnifique. Plus que cela. Eliott se sentait irrésistiblement attiré par lui. Une force incontrôlable l'obligea à passer le pendentif autour de son cou. Il était comme hypnotisé.

— Ce sablier est le sésame qui te permettra de te rendre à Oniria, dit Mamilou. Tu le garderas autour de ton cou, cette nuit, et tu...

La porte de la chambre s'ouvrit brusquement et Christine apparut dans l'encadrement.

— Ça y est, demanda-t-elle, vous avez fait vos adieux ?

— J'ai besoin de plus de temps, répondit Mamilou.

— Vous avez une minute, dit Christine.

— Il m'en faut au moins dix ! s'indigna Mamilou.

— Dans une minute, si vous n'êtes pas partie, je passe vos valises par la fenêtre, menaça Christine. J'attends.

Christine resta dans l'encadrement de la porte, les yeux rivés sur le cadran de sa montre. Mamilou paraissait désemparée. Elle hésita un instant, puis serra Eliott dans ses bras.

— Quand tu seras là-bas, chuchota-t-elle à son oreille, demande à voir le Marchand de Sable et explique-lui précisément ce qui arrive à ton père. Montre-lui le sablier, il t'aidera. Souviens-toi de tout ce que je t'ai appris quand tu étais petit... Tu en auras besoin, là-bas. Évite les cauchemars et tu n'auras pas d'ennuis. Si tu en croises un, tu sais comment te défendre. Utilise ton imagination.

— La minute est terminée, dit alors Christine d'une voix forte.

Mamilou desserra son étreinte.

— Sois courageux, mon Eliott, dit-elle, cachant mal son trouble. Tout va bien se passer. À bientôt, mon chéri.

— À bientôt, Mamilou, murmura Eliott, la voix vacillante.

Mamilou se leva et se dirigea vers la porte. Elle se retourna juste avant de sortir et fit un signe d'adieu. Eliott le lui rendit, puis la regarda attraper ses valises, muet. La révolte qui avait éclaté au fond de lui se heurtait à un mur d'impuissance et d'incompréhension.

— Vous avez déjà embrassé les filles ? demanda Christine.

— Oui.

— Alors plus rien ne vous retient ici. Adieu, Louise.

— Adieu, Christine.

Eliott entendit les pas de Mamilou et le grincement de ses valises à roulettes s'éloigner dans le couloir, puis le bruit de la porte d'entrée.

Après un moment, il se leva pour fermer la porte de sa chambre, la mort dans l'âme et des questions plein la tête. Il sentait le métal froid du pendentif contre sa poitrine.

Eliott ne s'expliquait pas les propos incohérents que sa grand-mère venait de tenir. Mamilou avait inventé Oniria pour l'aider à s'endormir quand il était petit. Oniria était le monde où se déroulaient les rêves et les cauchemars des humains. Un monde immense où les êtres, les objets et les lieux nés de l'imagination des dormeurs continuaient d'exister après que leurs créateurs s'étaient réveillés. Un monde fantastique où les elfes et les princesses de contes de fées côtoyaient les monstres les plus féroces dans un joyeux désordre. Un monde où l'on pouvait boire de la bonne humeur ou cueillir un tabouret. Un monde où l'on pouvait partir à la recherche d'authentiques trésors gardés par des dragons, ou encore remonter le temps pour rencontrer les Incas. Les seules limites étaient celles de l'imagination des dormeurs qui créaient Oniria, nuit après nuit, grâce à la poudre étincelante que le Marchand de Sable leur distribuait pour les faire rêver.

Il était évident qu'un tel endroit n'existait pas ! Comment Mamilou pouvait-elle sérieusement prétendre le contraire ? Y avait-il un message caché dans ses propos ? Ou alors était-elle dans un état de choc tel que son cerveau avait flanché ?

Eliott était sûr d'une seule chose : ce soir-là, il dormirait avec le pendentif de Mamilou autour du cou. Il savait qu'il n'avait pas le choix. C'était une sensation étrange... comme si ce sablier lui imposait sa volonté.

3

La trace d'un rêve

Eliott eut beaucoup de mal à s'endormir. Allongé sur son lit, il manipulait du bout des doigts le sablier de Mamilou. Il avait la migraine à force de chercher des réponses à des questions insolubles, mais ne pouvait s'empêcher de passer en boucle dans sa tête les événements des deux derniers jours.

Il revivait cette visite à l'hôpital, son père qui hurlait et la terrible annonce du Dr Charmaille ; puis le moment où Christine avait annoncé leur prochain déménagement à Londres ; et Mamilou qui lui donnait le pendentif ; Chloé et Juliette qui faisaient des allitérations en « s » dans la voiture ; le carnet de correspondance jeté aux pieds de Christine ; M. Mangin qui le frappait avec son livre de maths ; Arthur et Clara qui chantaient *Le preux chevalier ;* les jumelles dans leur imperméable jaune… Le Dr Charmaille qui prétendait qu'on ne pouvait plus rien faire pour Eliott et qu'il fallait l'envoyer en pension ; les jumelles en uniforme qui prenaient le thé avec la reine d'Angleterre ; Mamilou qui proposait à Eliott de le couper en deux pour le mettre dans ses valises ; Christine qui brandissait une montre démesurée en répétant d'un air menaçant « tic-tac, tic-tac, tic-tac, tic-tac »...

Christine portait une petite moustache carrée et un uniforme militaire vert kaki barré d'une grande écharpe blanche. Elle mesurait au moins cinq mètres de haut et marchait en titubant, les bras écartés, comme un pantin de carnaval. Elle poursuivait Eliott en criant d'une voix grave : « Si tu continues comme ça, je vais t'envoyer dans une pension très stricte où l'on ne fait que des maths, tu verras ! » Christine sortit de ses poches géantes deux livres de maths à couverture jaune citron et les lança à la poursuite d'Eliott. Volant à toute vitesse tels d'étranges canaris, les deux livres rattrapèrent Eliott et se mirent à tournoyer autour de lui en piaillant « Salut le sot ! Sais-tu susurrer sans cesse ces si suaves sentences ? » ou encore « Celui-ci sauta soudain par-dessus son saxo, ça c'est sûr ». Ils tournaient, tournaient, et lui pinçaient les bras et le visage en faisant claquer leurs pages. Il dut se jeter par terre et se mettre en boule pour se protéger.

Tout à coup, une musique nasillarde retentit, assourdissante. Intrigués, les livres-canaris cessèrent leurs attaques. Eliott en profita pour relever prudemment la tête : une dizaine de roulottes de cirque approchaient. Le convoi s'arrêta à leur niveau et un monsieur Loyal descendit de la première roulotte, suivi par deux acrobates hyper-musclés, une panthère noire et une ribambelle de clowns.

Sans sommation, les acrobates se jetèrent sur la Christine géante et la ligotèrent avec des cordes multicolores, effectuant autour d'elle des sauts incroyables pour mieux la

LA TRACE D'UN RÊVE

ficeler. Elle se débattit rageusement et essaya même de s'enfuir, mais ses jambes étaient prises dans les cordages et elle s'affaissa de tout son long, manquant d'écraser monsieur Loyal au passage. Il n'eut pas l'air de s'en émouvoir et sortit de sa poche un gros pistolet violet en plastique qu'il braqua sur le cou de la Christine géante. Sans hésiter, il appuya sur la gâchette et la prisonnière se figea aussitôt, incapable de bouger ou d'émettre un son. Seuls ses yeux tournaient à toute vitesse dans leurs orbites.

La panthère, quant à elle, s'était mise en chasse des livres de maths. Tel un chat poursuivant des canaris, elle bondissait et donnait des coups de patte et de dents, arrachant quelques pages à chaque assaut. Les livres avaient beau battre des pages comme des fous, ils avaient de plus en plus de mal à échapper à l'animal. Finalement, la panthère réussit à en assommer un d'un coup de patte, puis à attraper l'autre dans sa gueule. Monsieur Loyal approcha, accompagné de deux clowns qui se saisirent des livres. Il dégaina à nouveau son gros pistolet violet, tira dans la couverture de chacun des livres, ordonna qu'on les enferme eux aussi, puis déclara qu'il n'avait plus de munitions et se dirigea d'un pas décidé vers la tête du convoi. Eliott le suivit des yeux. Une inscription s'étalait en grosses lettres violettes et argentées sur la première roulotte : *Cellule de Renseignement, d'Attrapade et de Maintien de l'Ordre.*

Eliott sentit derrière lui le souffle chaud et haletant d'un animal. Il tourna lentement la tête. Deux yeux blancs au milieu d'un pelage noir, à quelques dizaines de centimètres de son visage, lui rappelèrent qu'il était assis, sans défense, juste à côté d'une panthère noire en liberté ! Subitement pris de panique, il se releva et se mit à courir. Il courut vite. Très vite. Mais pas aussi vite que la panthère, qui le rattrapa, bondit sur lui et le plaqua violemment face contre terre. Eliott sentait les griffes de l'animal dans son dos, prêtes à le lacérer au moindre mouvement. Il réussit toutefois à tourner la tête sur le côté. Une dizaine de clowns approchaient.

— Au secours ! cria-t-il. Appelez le dompteur ! Sauvez-moi !

— Le dompteur ! s'offusqua une voix féminine dans son dos. Mais je n'ai pas besoin de dompteur, je sais me tenir !

C'était la panthère.

— Madame la panthère, s'il vous plaît, dit Eliott dans une tentative désespérée, laissez-moi partir ! Je ne suis pas bon à manger, je suis beaucoup trop maigre.

— À manger ! Décidément, je ne sais pas pour qui vous me prenez ! Je suis végétarienne : je me nourris exclusivement de graines et de légumes bio.

— Alors pourquoi m'avez-vous attaqué ? gémit Eliott, qui mordait toujours la poussière.

— Je ne vous ai pas attaqué, rétorqua la panthère, c'est vous qui vous êtes enfui. J'ai pensé que vous aviez peut-être quelque chose à vous reprocher, alors je vous ai rattrapé. Et force est de constater que vos propos sont aussi suspects que votre attitude ! Nous allons attendre sagement tous les deux que monsieur Loyal revienne.

Eliott chercha un moyen de s'échapper, mais plus il réfléchissait, plus il trouvait que tout cela n'avait aucun sens. D'abord, il n'avait jamais entendu parler d'une panthère douée de langage. Ni d'une panthère végétarienne. Et puis les livres-canaris n'existaient pas non plus. Sans compter que, dans son souvenir, Christine mesurait beaucoup moins de cinq mètres de haut et n'avait pas de moustache...

La lumière se fit brusquement dans son esprit. Comment avait-il fait pour ne pas s'en rendre compte plus tôt ? Il était évidemment en train de faire un cauchemar ! Pour en sortir, il fallait donc tout simplement qu'il se réveille ! « Ça ne devrait pas tarder, se rassura-t-il mentalement. Quand on se rend compte qu'on est en plein cauchemar, on se réveille tout de suite après. »

Mais Eliott ne se réveilla pas tout de suite après. Ni un peu plus tard. Ni même beaucoup plus tard. La panthère était toujours là et ne semblait pas du tout disposée à le laisser partir. Il commençait à angoisser. « Il faut que je parle, se dit-il. Il faut que je crie, et je vais me réveiller. »

Il se mit donc à crier :

— C'est un cauchemar, c'est un cauchemar, c'est un cauchemar, C'EST UN CAUCHEMAR !

Cela eut pour seul effet de provoquer une réaction bizarre chez les clowns, qui étaient restés à distance. Ils s'approchèrent d'Eliott, les bras en avant, tels des zombies :

— Cauchemar ! Cauchemar ! Cauchemar ! Cauchemar ! scandaient-ils.

Eliott était terrifié. Les clowns n'étaient plus qu'à quelques mètres de lui.

— Cauchemar ! Cauchemar ! Cauchemar ! Cauchemar !

Eliott essaya de se dégager, mais les griffes de la panthère se plantèrent douloureusement dans son dos.

Eliott se réveilla en sursaut et se retrouva dans son lit, en sueur, le cœur battant et le corps endolori. Il se rendit à la salle de bains pour se passer un peu d'eau sur le visage. Quand il releva la tête face au miroir, il étouffa un cri de stupeur. Ses cheveux châtains étaient collés par la sueur et son maigre visage était encore plus pâle que d'habitude, à tel point que ses grands yeux sombres paraissaient exorbités. Il avait l'air d'un fou en plein délire. Mais, ce qui le troublait surtout, c'étaient les étranges traits rouges qui apparaissaient sur ses joues et son front. Il regarda de plus près. C'étaient de petites blessures. Des griffures, ou plutôt des pincements... En voyant le reflet de sa main, Eliott s'aperçut qu'elle portait les mêmes marques. Vite, il releva une manche de son pyjama, puis l'autre : ses bras en étaient couverts jusqu'au coude. Un pressentiment effrayant envahit Eliott. Une idée absurde qu'il écarta aussitôt. Mais cette idée revint aussi vite qu'il l'avait chassée. Avec appréhension, il enleva son haut de pyjama et regarda son dos dans la glace en tordant le cou.

Quatre petites plaies rouges saignaient en arc de cercle, juste à l'endroit où la panthère avait enfoncé ses griffes...

L'INCROYABLE SECRET

Eliott passa toute la matinée du dimanche à tourner en rond dans sa chambre. Ce qui lui arrivait était tout simplement aberrant ! Cette blessure dans son dos pouvait-elle provenir des griffes de la panthère ? Et les traces rouges des livres-canaris ? Se serait-il vraiment retrouvé en chair et en os à Oniria, le monde des rêves, pendant son sommeil ? C'était ce qu'avait prétendu Mamilou en lui donnant le sablier, la veille... Et pourtant c'était absurde ! Totalement insensé ! Non, c'était probablement un insecte qui lui avait fait ça. Eliott s'assit à son bureau. Il alluma son ordinateur et chercha sur un moteur de recherche tous les insectes qui sévissaient dans les appartements parisiens et le genre de blessures qu'ils provoquaient. Rien ne ressemblait à ce qu'il avait vu dans le miroir. Agacé, Eliott se jeta en arrière contre le dossier de sa chaise et s'absorba dans la contemplation du plafond. Au bout de quelques minutes, il se leva précipitamment et ouvrit pour la dixième fois de la matinée le tiroir de sa table de nuit, dans lequel il avait rangé l'étrange bijou. Qu'est-ce que c'était que ce sablier ? Et pourquoi Mamilou ne lui en avait-elle jamais parlé auparavant ? Jusqu'à ce qu'il sache lire, Mamilou lui avait raconté des histoires d'Oniria presque tous les soirs. Pas une seule fois elle n'avait mentionné l'existence d'un sablier aux vertus magiques. Bien sûr, elle commençait toujours ses histoires par « Un jour où je me promenais à Oniria... » ou quelque chose d'approchant. Bien sûr, Eliott avait cru qu'il existait un monde parallèle et secret connu de sa seule grand-mère. Mais, à l'époque, il croyait aussi au Père Noël ! Eliott tourna le sablier dans tous les sens à la recherche d'un indice. En vain. Les motifs gravés au fond de la médaille semblaient purement décoratifs. Et s'ils ne l'étaient pas, Eliott était bien incapable d'en déchiffrer le sens. Il souffla bruyamment, se releva et se remit à faire les cent pas dans sa chambre.

En fait, ce dont il avait besoin, c'était de parler avec Mamilou. Il fallait qu'elle lui raconte tout ce qu'elle n'avait pas eu le temps de lui dire la veille. Enfin... en partant du principe qu'elle n'avait pas tout simplement perdu la raison ! Dans tous les cas, il devait lui parler. Évidemment, elle n'avait pas de téléphone portable ni d'adresse mail, cela aurait été trop simple. Elle disait toujours que ces nouvelles technologies n'étaient pas faites pour elle et qu'elle n'y comprenait rien... Où pouvait-elle être ? Elle avait bien une sœur, mais elle habitait La Rochelle. Mamilou n'avait sûrement pas pris le train à 10 heures du soir ! Avait-elle débarqué chez des amis en plein milieu de la nuit ? Eliott tressaillit à l'idée qu'elle était peut-être allée à l'hôtel : il n'allait quand même pas appeler tous les hôtels de Paris pour vérifier !

Vers midi et demi, la voix de Christine retentit depuis le salon. Elle appelait Eliott et les jumelles pour le déjeuner.

Le seul son de la voix de cette scélérate, chasseuse de grand-mère et abandonneuse de père, donna à Eliott des envies de meurtre. Il hésita à rester enfermé dans sa chambre toute la journée, mais son estomac criait famine. Et puis, si Christine avait la moindre information au sujet de Mamilou, il devait l'obtenir. Il se décida donc à sortir de son antre.

Il colla son oreille sur la porte pour vérifier si la voie était libre. Les jumelles passèrent en courant, puis plus rien. Il pouvait sortir. Eliott bondit dans la salle de bains et s'y enferma à double tour. Il fut soulagé en voyant son reflet dans la glace : les traces rouges avaient largement diminué, on les distinguait à peine. Si quelqu'un lui posait des questions, il pourrait faire croire qu'il s'était griffé. Quant à la blessure dans son dos, elle avait arrêté de saigner et, de toute façon, on ne voyait rien sous son pull. Il pouvait se montrer au reste de la famille.

Le repas se déroula dans une ambiance électrique. Les jumelles n'arrêtaient pas de se plaindre de la nourriture. Elles disaient qu'elles préféraient largement le poulet rôti que Mamilou préparait tous les dimanches. Christine s'énerva, prétendant que le repas était forcément délicieux puisqu'il venait du meilleur traiteur de Paris, et assura aux jumelles qu'elles seraient privées de télé pendant une semaine si elles se plaignaient encore une fois. Les jumelles se turent enfin. C'était le moment de partir à la pêche aux informations.

— Christine, est-ce que tu sais où est allée Mamilou ? demanda Eliott.

Chloé et Juliette levèrent aussitôt le nez de leur assiette.

— Ma parole, s'énerva Christine, vous vous êtes donné le mot tous les trois ! Je ne sais pas où elle est, et je ne veux pas le savoir. C'est compris ?

— Alors, on ne va plus jamais la voir ? s'enhardit Juliette d'une voix inquiète.

— Je ne sais pas, tonna Christine. Ne me posez plus de questions.

Christine ne savait rien, c'était une évidence.

Eliott se réfugia dans sa chambre dès la fin du déjeuner. Il essaya de réviser ses leçons d'histoire pour préparer le contrôle prévu le lendemain. Peine perdue ! Il abandonna au bout d'un quart d'heure après avoir lu vingt fois la première phrase sans en retenir un seul mot. Épuisé, il finit par s'allonger pour faire une sieste. Sans le sablier, pour ne pas prendre de risques.

Eliott fut réveillé en sursaut par un coup de sonnette. Il regarda son réveil : 16 h 08. Il avait dormi presque deux heures. Il tendit l'oreille, espérant sans trop y croire reconnaître Mamilou. Mais la voix qui résonna dans l'entrée n'était pas celle de sa grand-mère. Un instant plus tard, Chloé frappa à sa porte et glissa sa petite tête blonde par l'ouverture :

— Maman te demande dans le salon, dit-elle.

Eliott se frotta les yeux et suivit sa sœur, ébouriffé et mal réveillé, se demandant ce que Christine pouvait bien lui vouloir. Sa belle-mère discutait avec une vieille dame qu'Eliott connaissait de vue : c'était Mme Binoche, la voisine du quatrième. Christine se tourna vers lui, affichant son plus beau sourire.

— Eliott, mon chéri, dit-elle d'un ton mielleux qui lui donna la nausée, est-ce que tu veux bien aller aider Mme Binoche, s'il te plaît ? Elle a besoin d'un coup de main.

Christine devait vraiment vouloir impressionner Mme Binoche pour l'appeler « mon chéri ». Elle ne l'appelait jamais comme ça. D'habitude, c'était simplement « Eliott » ou « petit » ou encore « toi, là », mais jamais « mon chéri ».

— J'ai fait de la pâte à gaufres, expliqua Mme Binoche de sa voix chevrotante. Mais je n'en fais pas souvent, donc je range mon gaufrier tout en haut d'un placard. Et je n'ose pas monter sur mon escabeau, à cause de ma mauvaise jambe. Alors je me suis dit : « Colette, il y a un jeune garçon au deuxième étage qui voudra certainement t'aider en échange d'une ou deux gaufres ! » Tu aimes les gaufres, n'est-ce pas, mon garçon ?

— Euh, oui, grogna Eliott qui n'avait aucune envie d'aller chez Mme Binoche, gaufres ou pas gaufres.

— Alors vas-y, Eliott, conclut Christine. Mais dépêche-toi, je suis sûre que tu as encore du travail à faire.

Eliott avait très envie de refuser et de retourner dans sa chambre en claquant la porte. Mais il avait aussi besoin de se changer les idées. Alors pourquoi pas, après tout ? Il suivit donc Mme Binoche, espérant ne pas regretter sa décision. Il ne connaissait pas très bien la vieille dame, mais son détaillomètre flairait le traquenard : avec son gilet en maille rose et ses chaussons assortis, Mme Binoche avait exactement l'allure de la grand-mère qui habite dans un appartement sombre puant le chat, avec plein de petits bibelots partout, et qui vous invite à boire le thé pour vous parler pendant des heures des sujets les plus ennuyeux du monde ou, pire, vous montrer de vieilles photos jaunies de gens que vous ne connaissez pas.

Quand Mme Binoche ouvrit la porte de son appartement, Eliott ne fut pas surpris de se trouver dans un vestibule obscur, avec du papier peint à grosses fleurs et une patère couverte de manteaux démodés. La vieille dame lui demanda de l'attendre dans la cuisine le temps qu'elle ferme ses verrous. Il y en avait trois, en plus du loquet de la serrure. Une paranoïaque ! Ça commençait mal.

Eliott entra dans la cuisine et son cœur fit un bond dans sa poitrine. Le gaufrier était déjà sur la table, deux belles gaufres étaient posées sur une assiette et juste derrière se tenait Mamilou, un immense sourire aux lèvres.

— Confiture ou sucre glace ? demanda-t-elle.

Eliott dégusta une première gaufre, qu'il trouva extraordinairement bonne : elle était croustillante à l'extérieur et moelleuse à l'intérieur, légère, délicatement parfumée. Mais c'était surtout la présence de Mamilou qui lui donnait sa saveur. Tout en mangeant, il observait sa grand-mère du coin de l'œil, guettant d'éventuels signes de sénilité précoce. Mais Mamilou semblait en pleine possession de ses moyens. De son côté, Mme Binoche affichait un sourire espiègle : visiblement, tout cela l'amusait beaucoup. Eliott, lui, n'avait pas envie de rire. Une femme jetée dehors par sa belle-fille et contrainte de trouver des stratagèmes pour voir son petit-fils en cachette... Mme Binoche était-elle idiote pour ne pas se rendre compte de l'aspect tragique de la situation ?

— Alors, maintenant, tu vas habiter ici ? marmonna Eliott.

— Pas définitivement, répondit Mamilou. J'ai dormi à l'hôtel cette nuit. Mais je devais absolument trouver un moyen de te voir rapidement. Après ce qui s'est passé hier soir, j'étais folle d'inquiétude. C'est pourquoi je suis venue frapper à la porte de mon amie Colette, et elle m'a gentiment proposé de rester chez elle quelque temps.

— Tu n'as pas peur que Christine s'en rende compte ? demanda Eliott.

— Je sais être discrète, assura Mamilou. Mais il faut que tu me promettes de ne pas lui dire que je loge ici. Je ne tiens pas à ce qu'elle vienne mettre son nez dans mes affaires.

Eliott acquiesça avec empressement. Moins Christine en savait, mieux il se portait ; c'était une règle qu'il suivait depuis bien longtemps.

— Et ne dis rien aux jumelles non plus, ajouta Mamilou. Ça me brise le cœur de ne pas pouvoir les réconforter, mais elles risqueraient de tout raconter à leur mère.

— Ne t'inquiète pas, Mamilou, je ne dirai rien à personne.

— Bien. Colette m'a également assurée de sa discrétion. C'est elle qui m'aidera à te contacter sans éveiller les soupçons. Et on peut dire qu'elle a rempli sa première mission avec brio !

— Merci, dit Mme Binoche avec fierté. Je dois avouer que jouer les vieilles dames esseulées m'a beaucoup amusée !

Mamilou sourit.

— Colette, s'il te plaît, dit-elle, j'ai besoin de parler en tête-à-tête avec mon petit-fils. Voudrais-tu nous laisser un instant ?

— Bien sûr, répondit Mme Binoche. J'avais justement très envie de nettoyer mon argenterie.

Elle fit un clin d'œil à Eliott et sortit de la cuisine en refermant la porte derrière elle. Eliott garda son regard fixé sur la poignée. Mme Binoche était surprenante, et loin d'être stupide. Le détaillomètre allait avoir besoin d'une petite révision.

— Tu as dormi avec le sablier que je t'ai donné ? demanda Mamilou, faisant sursauter Eliott.

Il hocha la tête en signe d'approbation.

— Tout s'est bien passé ? demanda-t-elle. Tu as pu voir le Marchand de Sable ? Ou obtenir un rendez-vous ?

Mamilou parlait du Marchand de Sable comme s'il s'agissait d'un prof ou d'un conseiller bancaire. Elle ne semblait pas réaliser à quel point ses propos étaient saugrenus ! Eliott, lui, avait tellement de questions en tête qu'il ne sut comment répondre à celles de Mamilou. Il se contenta de soulever ses vêtements pour lui montrer son dos.

Mamilou blêmit d'un seul coup.

— Tu es blessé ! s'affola-t-elle. Oh mon Dieu ! Que s'est-il passé ?

— C'est une bonne question, dit Eliott. Et c'est plutôt à moi de te la poser, je crois.

Mamilou ferma les yeux et poussa un long soupir.

— Tu as raison, dit-elle, je suis vraiment désolée. Je pensais avoir plus de temps, hier soir, pour tout t'expliquer calmement et te mettre dans de bonnes conditions pour ton premier voyage. Mais Christine est arrivée, j'étais émue, je ne savais pas quand j'allais te revoir, je... J'ai paniqué. Je t'avais déjà donné le sablier, je ne pouvais plus faire machine arrière. Je t'ai laissé partir là-bas avec très peu d'explications, c'était complètement stupide. Je suis désolée, mon chéri, vraiment désolée.

Eliott n'avait jamais vu sa grand-mère dans un tel état d'affolement. Depuis toujours, Mamilou avait été son roc, celle sur qui il savait qu'il pouvait compter. Même quand elle était fatiguée ou malade, même quand son propre fils était tombé dans le coma, Eliott n'avait jamais vu Mamilou flancher. Jamais, jusqu'à aujourd'hui.

— Je vais tout t'expliquer maintenant, ajouta-t-elle. Nous prendrons le temps qu'il faut.

Mamilou marqua une pause et se servit une tasse de thé. Eliott trépignait d'impatience.

— Quand j'étais un peu plus âgée que toi, commença-t-elle, j'ai rencontré quelqu'un. Un jeune homme. Il s'appelait Amastan. Nous sommes très vite devenus amis. Amastan n'était pas comme nous ; il venait d'un monde parallèle, qui existe depuis aussi longtemps que le nôtre et qui lui est intimement lié. Il venait de ce monde dont je t'ai raconté les merveilles quand tu étais petit : Oniria, le monde des rêves.

Eliott dut se pincer le bras pour vérifier qu'il n'était pas lui-même en train de rêver, et que c'était bien Mamilou, sa Mamilou, qui était en train de lui raconter ça.

— Amastan était l'un des apprentis du Marchand de Sable, continua Mamilou. Il venait dans notre monde pour faire sa distribution de Sable, c'est comme ça que je l'ai rencontré. Un jour, il m'a donné un sablier qui permettait d'aller dans son monde. J'y suis allée souvent, pendant près de dix ans. J'y ai vécu des aventures incroyables.

Mamilou regardait dans le vide. Elle souriait, mais ses yeux étaient tristes.

— C'est ce sablier que je t'ai remis hier soir, continua-t-elle, reprenant ses esprits. C'est lui qui t'a emmené à Oniria la nuit dernière.

— Alors tu confirmes ce que tu disais hier ? demanda Eliott, qui n'osait pas y croire. Oniria existe, et cette nuit j'y suis allé en chair et en os !

— Pas en chair et en os, corrigea Mamilou. Seul ton esprit a voyagé.

— Mais… Et ma blessure ! s'écria Eliott.

— Pas si vite, dit Mamilou, laisse-moi t'expliquer. Le Sable que le Marchand de Sable et ses employés distribuent chaque jour aux habitants de la Terre a des propriétés très particulières. Quand tu étais petit, je t'ai seulement dit qu'il faisait rêver, pour simplifier. Mais, d'un point de vue technique, ce que fait le Sable, c'est qu'il libère notre imagination de l'emprise de notre corps.

— Qu'est-ce que c'est encore que cette…

— Je sais que ça paraît fou, coupa Mamilou, mais écoute-moi jusqu'au bout, s'il te plaît. La nuit, notre corps, notre volonté, notre intelligence ainsi que toutes les autres composantes de notre esprit restent bien au chaud dans notre lit. Mais, sous l'action du Sable, notre imagination s'échappe et se rend à Oniria. Là-bas, elle se matérialise sous une forme physique qui ressemble le plus souvent au corps terrestre du rêveur, mais avec des yeux blancs. C'est ce qu'on appelle un Mage.

— Alors les Mages dont tu parlais dans tes histoires, ce n'étaient pas des magiciens ! C'étaient...

— Des imaginations en plein rêve, oui.

Eliott dévisagea sa grand-mère. Il n'y avait aucun signe de folie sur ce visage qu'il connaissait si bien.

— OK, dit-il. Donc tu es en train de me dire que, toutes les nuits, les imaginations de tous les êtres humains s'envolent vers un monde parallèle et se matérialisent sous forme de Mages, sans que personne s'en rende compte.

— Oui.

— Et que, le matin, les imaginations reviennent et chacun se réveille comme si de rien n'était !

— C'est exactement ça, confirma Mamilou. Quand l'imagination réintègre le corps du rêveur, le reste de l'esprit effectue un travail de brouillage. C'est pour cela qu'on se souvient toujours peu ou mal de ses rêves.

— C'est le truc le plus dingue que j'aie jamais entendu ! souffla Eliott.

— Je sais, dit Mamilou avec un sourire d'excuse.

— Et le Mage, demanda Eliott, que devient-il quand l'imagination réintègre le corps du rêveur ?

— Le Mage n'est que la matérialisation de l'imagination dans le monde des rêves, expliqua Mamilou. Si l'imagination n'est plus à Oniria, il disparaît... pour réapparaître la nuit suivante.

— Et ça n'arrive jamais que l'imagination reste coincée à Oniria ?

— Jamais. Quand quelqu'un se réveille en sursaut, il arrive que son imagination, prise de court, mette quelques secondes à le rejoindre. Cela provoque une confusion dans l'esprit du dormeur qui ne sait plus très bien où il est...

— Je me suis réveillé en sursaut cette nuit, dit Eliott. Mais je savais très bien où j'étais et je me souvenais parfaitement de tout ce qui venait de se passer... C'est à cause du sablier, n'est-ce pas ?

— Oui, le sablier change tout, confirma Mamilou. Ou plutôt les sabliers, car il en existe plusieurs comme celui-là. Ils sont encore plus puissants que le Sable : ils permettent de libérer l'esprit tout entier, pas seulement l'imagination. Une fois libre, l'esprit se rend à Oniria. Là-bas, il se matérialise sous une forme physique qu'on appelle un Créateur. Un Créateur est très différent d'un Mage car il est constitué d'un esprit entier, avec son imagination bien sûr, mais aussi sa volonté, son intelligence, sa mémoire... Les Créateurs n'ont jamais les yeux blancs, sauf s'ils le décident. Par défaut, ils ressemblent au corps terrestre du rêveur ; mais, avec de l'entraînement, ils peuvent prendre d'autres formes. Ils se souviennent de tout ce qu'ils vivent à Oniria. Mais surtout, les Créateurs maîtrisent ce qu'ils font, contrairement aux Mages qui ne contrôlent rien.

— C'est pour ça que nos rêves sont si bizarres ? Parce que les Mages ne contrôlent rien ?

— Absolument. L'imagination se nourrit de ce qu'elle a pu observer pendant la journée et, une fois transformée en Mage, elle crée toutes les lubies qui lui viennent. Ce sont ces lubies qui font Oniria : ses villes, ses montagnes, ses infrastructures, ses plantes, ses animaux, ainsi que toutes les créatures de rêve et de cauchemar qui y habitent.

— Autrement dit, Oniria est un monde créé par des dingues...

— On peut le voir comme ça, s'amusa Mamilou. C'est surtout un monde incroyablement beau et poétique, dont nous aurions beaucoup à apprendre... Mais je m'égare. L'autre différence fondamentale entre les Mages et les Créateurs, c'est que les Mages ne risquent rien à Oniria alors que les Créateurs y sont autant exposés que dans notre monde, si ce n'est plus. C'est pour cela que tu as été blessé.

— Attends, Mamilou, objecta Eliott, il y a un truc qui cloche, là : si mon corps est resté dans mon lit, si seul mon esprit a voyagé, je ne vois pas comment j'ai pu être blessé !

Mamilou réfléchit un instant.

— Tu te souviens, dit-elle finalement, le jour de ta rentrée en 6ᵉ ? Tu étais tellement angoissé que tu as vomi ton petit déjeuner. Tu avais très mal au ventre.

— Si je m'en souviens ! grogna Eliott, qui n'aimait pas qu'on lui rappelle cet épisode. Papa a cru que j'avais l'appendicite et il m'a emmené chez le médecin, mais je n'avais rien du tout.

— Exactement. Ton corps n'était pas malade, mais ton esprit l'était parce que tu étais angoissé. Il a réussi à persuader ton corps que ça n'allait pas, et tu as eu mal au ventre. Cela s'appelle la somatisation et cela arrive très souvent.

— Alors c'est ça qui s'est passé avec la panthère ? demanda Eliott. C'est mon esprit qui a persuadé mon corps que j'étais blessé ?

— Oui c'est… Quelle panthère ? s'affola Mamilou.

— Celle qui a planté ses griffes dans mon dos, dit Eliott en pointant son pouce par-dessus son épaule.

— Oh, mon pauvre chéri, je suis désolée, c'est ma faute, gémit Mamilou. Oniria est sans danger pour les Mages, car l'imagination seule est incapable de convaincre le corps de quoi que ce soit. Mais, pour les Créateurs, c'est différent : à cause de la somatisation, tout ce qui t'arrive là-bas a exactement les mêmes conséquences que si cela t'arrivait dans le monde terrestre. C'est pour cela – entre autres – que je t'ai donné le sablier à toi et pas à quelqu'un d'autre. Parce que, quand tu étais petit, je t'ai appris comment te défendre contre les cauchemars en utilisant la force de ton imagination.

— Pourquoi « entre autres » ? demanda Eliott. Tu avais d'autres raisons de me le donner à moi ?

— Ça fait longtemps que je t'ai choisi, Eliott, dit Mamilou avec un sourire.

— Quoi ! s'exclama Eliott.

— J'ai commencé à faire ton initiation quand tu avais cinq ans, en te parlant d'Oniria et en t'apprenant à te servir de ton imagination pour combattre les cauchemars. Au début, je voulais seulement t'aider à dépasser ton hypnophobie. Mais, peu à peu, j'ai constaté à quel point tu étais doué. Ton sens de l'observation, ton imagination, tes talents de dessinateur, tout cela te prédisposait à devenir un excellent Créateur. Alors j'ai décidé que ce serait à toi que je transmettrais le sablier, un jour, quand tu serais prêt.

Eliott était troublé d'apprendre que sa grand-mère avait fait de tels projets pour lui depuis si longtemps. C'était un sentiment étrange, mêlant la désagréable impression d'avoir été manipulé et la fierté d'avoir été choisi.

— Idéalement, j'aurais aimé attendre encore un peu, continua Mamilou. Jusqu'à tes quinze ans, peut-être... Mais ton père est tombé malade. J'ai soupçonné assez vite que cela pouvait avoir un rapport avec Oniria, et j'ai voulu te donner le sablier plus rapidement, pour que tu puisses lui venir en aide. Mais ce n'étaient que des soupçons, je n'étais pas sûre, et je te trouvais encore un peu jeune pour affronter de tels dangers... J'ai hésité longtemps.

— Et tout d'un coup, hier soir, tu as décidé que j'étais prêt ? demanda Eliott d'une voix teintée de reproche.

— Bien sûr que non ! se défendit Mamilou. Mais tout s'est précipité hier. Ton père a parlé du Sable pendant sa crise, c'était la preuve qui me manquait. Et puis, tu as entendu comme moi le Dr Charmaille. Si nous voulons sauver ton père, il n'y a plus une minute à perdre. Dans quelques semaines, il sera peut-être déjà trop tard. Je ne pouvais plus attendre pour te transmettre le sablier. Je voulais le faire dans de bonnes conditions, prendre le temps de t'expliquer... J'ai passé l'après-midi à réfléchir à la façon dont j'allais aborder les choses avec toi. Mais il y a eu cette dispute avec Christine, je ne savais pas quand je te reverrais... Alors j'ai décidé de te donner le sablier avant de partir. Je pensais avoir suffisamment de temps. Mais Christine a déboulé dans ta chambre beaucoup trop tôt. Ou trop tard : je t'avais déjà donné le pendentif, je ne pouvais plus faire machine arrière...

— Pourquoi ? Tu aurais pu le reprendre.

— J'aurais pu, mais je ne voulais pas. Le sablier exerce une attraction irrésistible sur la personne qui le voit pour la première fois. Tu n'aurais pas pu dormir une seule seconde tant que tu n'aurais pas mis ce pendentif autour de ton cou. Si je le reprenais, je te condamnais à des nuits sans sommeil jusqu'à ce que je trouve un moyen de te revoir ! J'aurais dû résister à Christine, la laisser passer ses nerfs sur mes valises et prendre le temps de bien t'expliquer. Mais j'ai paniqué. J'étais à la fois émue, triste, en colère, inquiète aussi... Je te demande pardon, mon Eliott.

— Tu sais, Mamilou, ne t'en veux pas trop, la rassura Eliott. Je crois que c'était plutôt mieux que ça se passe comme ça, finalement.

— Ah bon ? s'étonna Mamilou. Tu n'aurais pas aimé avoir plus d'explications ?

— Si, bien sûr, dit Eliott. Mais, si tu m'avais raconté tout ça hier soir, avant mon expérience de cette nuit, avant la peur de ne pas me réveiller à temps, avant la découverte de ces blessures incompréhensibles sur mon corps... je ne t'aurais jamais crue !

Mamilou sourit et passa sa main dans les cheveux de son petit-fils.

— Je te crois, maintenant, reprit Eliott, mais il y a quand même quelque chose que je ne comprends pas. Si tu te doutais depuis longtemps qu'il fallait aller à Oniria pour guérir papa, pourquoi n'y es-tu pas allée toi-même ?

— Crois-moi, je me serais précipitée là-bas si j'avais pu le faire, dit tristement Mamilou. Mais je n'en ai pas le droit.

— Pas le droit ? s'étonna Eliott.

Mamilou fit une mimique embarrassée.

— Il se trouve… hésita-t-elle. Il se trouve que ma dernière aventure là-bas ne s'est pas très bien terminée. J'ai fait quelque chose… quelque chose qui était interdit, et j'ai été bannie d'Oniria.

— Quoi ! s'exclama Eliott.

— C'est la vérité, dit Mamilou d'un air peiné. J'ai été bannie et les autorités d'Oniria ont placé un sortilège sur le sablier pour m'empêcher de l'utiliser à nouveau.

— Quel genre de sortilège ?

Mamilou ne répondit pas tout de suite.

— Hé bien c'est assez radical, murmura-t-elle. Si j'utilise le sablier une seule fois, dès que j'aurai mis les pieds à Oniria je mourrai aussitôt.

Eliott déglutit avec difficulté. On ne pouvait pas faire plus radical ! Mamilou avait détourné le regard et sa voix s'était enrouée. Il n'eut pas le cœur de lui demander ce qu'elle avait pu faire d'assez grave pour mériter une telle punition.

— Mamilou, demanda-t-il après quelques secondes, tu crois vraiment que le Marchand de Sable pourra guérir papa ?

— Oh oui, répondit Mamilou en essuyant ses larmes avec un mouchoir. En tout cas, si quelqu'un peut faire quelque chose, c'est lui. Je pense qu'une personne mal intentionnée utilise le Sable pour faire dormir ton père sans arrêt.

— Mais pourquoi quelqu'un ferait-il ça ?

— Je n'en sais rien, Eliott. Tout ce que je sais, c'est que la réponse se trouve à Oniria.

— C'est peut-être le Marchand de Sable lui-même qui fait dormir papa sans arrêt ! suggéra Eliott. C'est son Sable après tout. En allant le voir, je vais peut-être me jeter dans la gueule du loup !

— Oh ça, ça m'étonnerait, rétorqua vivement Mamilou. Une telle aberration ne peut être issue que d'un acte de malveillance. Si le Marchand de Sable se rendait lui-même coupable de ce genre de choses… eh bien… ce ne serait pas le Marchand de Sable.

Eliott regarda sa grand-mère d'un air perplexe. Cette explication n'avait rien de satisfaisant.

— Tu sais, continua Mamilou, le Marchand de Sable n'a pas grand-chose à voir avec ce que nos contes populaires en ont fait. Cet homme est plus puissant que le président des États-Unis ! Mais il n'est pas choisi par le peuple comme nos dirigeants. Il ne fait pas de campagne pour être élu. Et il n'est pas non plus en poste parce qu'il est le fils de quelqu'un ou parce qu'il contrôle l'armée. Il ne doit rien à personne. Il est désigné par un être magique : un être immortel, infaillible et incorruptible, qui est capable de lire les âmes et assure l'harmonie d'Oniria depuis la nuit des temps. Il est choisi pour sa compétence, bien sûr, mais aussi et surtout pour sa probité. Car Marchand de Sable est une fonction extrêmement sensible, qui ne tolérerait aucun écart.

Mamilou avait parlé avec tant d'autorité qu'Eliott regrettait presque d'avoir suggéré que le Marchand de Sable pouvait être mêlé à cette histoire.

— Bon, dit-il. Alors c'est quoi le plan pour le trouver, ce Marchand de Sable ?

— Oh, c'est très simple, dit Mamilou. Il y a des bureaux d'accueil des nouveaux arrivants un peu partout à Oniria. Ils sont là pour répondre aux questions des rêves et des cauchemars qui débarquent, mais aussi à celles des Créateurs comme toi. Il suffit que tu leur demandes un rendez-vous avec le Marchand de Sable.

— Mais je les trouve comment, ces fameux bureaux ? Je demande à la première personne que je rencontre ?

— Oui, par exemple. Les Oniriens sont très aimables, tu verras. Mais, pour éviter les ennuis, le mieux serait que tu t'endormes en pensant à un endroit agréable.

— Ah bon, pourquoi ?

— Parce que l'image que tu as en tête au moment de t'endormir détermine l'endroit où tu vas te retrouver à Oniria. Ça marche avec les êtres, les objets et les lieux. Si tu t'endors en pensant à la panthère qui t'a blessé hier, tu te retrouveras automatiquement à côté d'elle.

Eliott frissonna à cette idée.

— Si tu t'endors en pensant, je ne sais pas moi... à un champ de maïs, eh bien tu te retrouveras dans un champ de maïs. Ça marche à tous les coups. Le mieux serait donc que tu t'endormes en pensant à un endroit sans danger, dans lequel tu ne risqueras pas de tomber sur un cauchemar, mais pas désert non plus pour pouvoir demander ton chemin. Un stade par exemple, ou une école. L'important, c'est que l'endroit auquel tu penseras évoque quelque chose de positif pour toi.

— Et si jamais je tombe quand même sur un cauchemar ?

— En principe, il n'y a aucune raison pour qu'il t'attaque. Surtout si tu dis que tu es un Créateur : les cauchemars s'en prennent aux Mages, mais laissent les Créateurs tranquilles. Cela dit, ils peuvent te faire du mal sans le vouloir. Et tu devras également te méfier des Mages, qui sont imprévisibles et peuvent faire des dégâts. Si jamais l'un d'entre eux t'attaque, que ce soit un cauchemar ou un Mage, tu pourras te défendre exactement de la manière dont tu te défendais contre les monstres quand tu étais petit.

— Je ferme les yeux, j'imagine une arme ou n'importe quel autre objet utile pour me défendre, et tout ce que j'ai visualisé dans ma tête se matérialisera comme par enchantement ?

— Exactement. Tu peux créer à peu près tout ce que tu veux.

— Tu es sûre ? Parce que, dans mon rêve d'hier, je n'ai rien maîtrisé du tout. J'ai tout subi du début jusqu'à la fin.

— C'est parce que tu n'avais pas conscience d'être un Créateur ! Tu croyais être un Mage, et tu t'es comporté comme un Mage. Mais la prochaine fois, tu verras, il te suffira de fermer les yeux, de te concentrer et d'imaginer un lieu ou un objet, et il apparaîtra immédiatement. C'est très simple. Par exemple, si tu as soif, tu fermes les yeux, tu imagines que tu as un verre d'eau dans la main et hop, il apparaît. Si tu as envie de te baigner, tu imagines que tu es à la plage et tu t'y retrouves.

— C'est de la magie ! s'enthousiasma Eliott.

— Si on veut. En fait, c'est juste une question de concentration et d'imagination.

— Et tu crois vraiment que j'arriverai à faire ça ? s'émerveilla Eliott.

— Mais bien sûr que oui ! assura Mamilou. Tu as déjà un bon entraînement derrière toi avec les objets, et tu apprendras vite à faire la même chose avec les lieux. Pour les êtres, c'est autre chose, ce sont des créations plus complexes. Les Mages arrivent sans problème à les créer, car ils n'ont pas conscience de la difficulté et ne sont pas bridés par leur conscience. Mais, pour les Créateurs, c'est autre chose ! La plupart sont incapables de créer un être vivant. Cela dit, vu ton talent de dessinateur et ton imagination, je pense que tu y arriveras. Mais pas tout de suite, il te faudra un peu d'entraînement.

— C'est incroyable, dit Eliott, des étoiles dans les yeux.

— Oui. C'est une sensation grisante de pouvoir créer tout ce qu'on imagine, acquiesça Mamilou. Le plus important, ce sont les lieux, car ça peut te sauver la vie.

— Ah bon ?

— Absolument. Si jamais tu te retrouves en difficulté, si tu es dépassé par les événements et que tu n'arrives pas à te défendre, une seule chose à faire : tu fermes les yeux, tu visualises dans ton esprit un endroit, n'importe lequel, et tu t'y retrouveras immédiatement. Si cet endroit existe déjà à Oniria, tu t'y déplaceras. S'il n'existe pas encore, ton imagination le créera là où tu te trouves. On appelle cela le pouvoir de déplacement instantané. Ça fonctionne à tous les coups, même avec les endroits que tu n'as pas encore visités. Il suffit d'avoir une description très détaillée, ou mieux une photo, pour rejoindre un lieu précis. Ce pouvoir m'a permis de me tirer d'affaire à de nombreuses reprises à l'époque. Cela doit devenir un réflexe pour toi.

— Attends, Mamilou, dit Eliott, si je peux faire des déplacements instantanés, je n'ai pas besoin d'aller dans un bureau d'accueil. Il suffit que je pense au Marchand de Sable, et je me retrouverai à côté de lui.

— Non, Eliott, dit Mamilou, le déplacement instantané ne fonctionne qu'avec les lieux, pas avec les êtres ni même avec les objets.

— Mais tu as dit que si je m'endormais en pensant à la panthère, je me retrouverais près d'elle !

— Exact. Le moment où l'on s'endort est une exception. Mais rejoindre une personne est plus compliqué que rejoindre un lieu ou un objet. Une description, une photo ne suffisent pas à visualiser un être vivant de manière assez précise : il y a aussi la voix, la gestuelle, tout un ensemble de choses qui lui sont propres et qui sont fondamentales pour identifier quelqu'un. En clair, pour rejoindre quelqu'un, il faut l'avoir déjà rencontré. Donc, pour voir le Marchand de Sable, il te faudra passer par les bureaux d'accueil.

— Bon, d'accord, j'ai compris, dit Eliott, un peu déçu que les possibilités des Créateurs ne soient pas illimitées. Je m'endors en pensant à un endroit agréable pour éviter les cauchemars, je demande le bureau d'accueil le plus proche, et là je dis que je suis un Créateur et que je voudrais parler au Marchand de Sable...

— Et bientôt nous saurons pourquoi ton père est maintenu endormi depuis si longtemps...

— On réglera le problème, et papa se réveillera ! s'enflamma Eliott. Il rentrera à la maison, toi aussi, et on ne partira pas à Londres.

— N'anticipe pas trop quand même, dit Mamilou. Mais oui, tout va s'arranger. En attendant, rentre vite chez toi, sinon Christine risque de se demander ce que tu fabriques. Je ne tiens pas à ce qu'elle vienne te chercher ici ! Et puis tu dois avoir des devoirs, non ?

— Oui, un paquet ! répondit Eliott d'un ton maussade.

Il avait complètement oublié ses devoirs et n'avait aucune envie de les faire. C'était tellement moins excitant que tout ce que Mamilou venait de lui raconter !

Eliott se leva et Mamilou l'accompagna jusqu'au vestibule. Juste avant d'ouvrir la porte, elle tourna la tête à droite et à gauche pour vérifier que Mme Binoche ne pouvait pas l'entendre.

— Et pas un mot de tout cela à quiconque ! chuchota-t-elle. L'existence d'Oniria n'est connue que par une poignée de personnes sur cette Terre, et cela doit rester ainsi. Sinon, je n'ose même pas imaginer ce qui pourrait se passer ! Ce serait terrible.

— Ne t'inquiète pas, répondit Eliott, je n'ai pas envie qu'on me prenne pour un fou !

Mamilou regarda affectueusement son petit-fils et l'embrassa sur le front.

— Allez, file, dit-elle. Et prends bien soin de Chloé et de Juliette. Pour elles aussi, la situation est difficile. Et elles n'ont pas la chance de savoir tout ce que tu viens d'apprendre !

5

LA PRINCESSE QUI CROYAIT AUX LÉGENDES

Eliott avait bâclé ses exercices de maths et réussi à se concentrer pendant dix minutes à peine sur sa leçon d'histoire. Impossible de faire mieux. À présent il gisait sur son lit, le sablier de Mamilou pendu à son cou, et attendait que le sommeil arrive. Ses mains étaient moites et ses jambes avaient la tremblote. Le trac. Il respira profondément pour tenter de se calmer, les yeux fermés, s'efforçant de garder à l'esprit une image précise : celle de l'endroit qu'il avait choisi pour débuter son premier véritable voyage à Oniria en tant que Créateur.

Il avait jeté son dévolu sur l'un des paysages fantastiques qu'il dessinait chaque fois que son père rentrait de voyage, et qui mêlaient les souvenirs du bout du monde du grand reporter avec ses inventions personnelles. Il en avait toute une collection, qu'il conservait précieusement dans une chemise cartonnée cachée sous son matelas. Celui qu'il avait choisi ce soir représentait une plantation d'arbres fruitiers : orangers, pêchers, cerisiers, figuiers... Les fruits de toutes les saisons poussaient en même temps ; les arbres se penchaient pour aider les enfants à grimper dans leurs branches ; un ruisseau de chocolat serpentait entre les troncs, et il y avait même des distributeurs de crème Chantilly. Eliott avait dessiné ce paysage à l'âge de sept ans, quand son père, de retour de Palestine, avait vanté la beauté et le parfum des plantations de citronniers. Le trait était encore hésitant. Eliott avait dessiné des paysages bien plus beaux, depuis. Mais celui-là restait l'un de ses préférés, et il en avait souvent rêvé.

Eliott finit par s'endormir.

Il avait beau s'y attendre, il fut ébahi par le spectacle qui s'offrit à lui quelques minutes plus tard. Des centaines d'arbres fruitiers, tous magnifiques ; un parfum de fruits mûrs et de chocolat ; des enfants se pressant autour d'un énorme distributeur de crème Chantilly... Tous les détails étaient là. C'était bien *son* verger, tel qu'il l'avait imaginé cinq ans plus tôt.

Eliott n'en croyait pas ses yeux.

Il s'approcha d'un cerisier et tendit la main. Aussitôt, l'arbre abaissa l'une de ses branches, invitant Eliott à y monter. Il hésita. Et si tout ceci n'était qu'illusion ? Mais la branche sur laquelle il grimpa était aussi réelle et solide que celles du gros marronnier qu'il escaladait autrefois, dans le jardin de ses grands-parents maternels. Il goûta une cerise. Elle était plus rouge, plus juteuse, plus savoureuse que toutes celles qu'il avait mangées dans le monde terrestre. Eliott se frappa les joues, se pinça, se mordit même le bras pour vérifier qu'il ne se trouvait pas au milieu d'un rêve ordinaire. Mais ces arbres, leurs fruits et les cris des enfants qui jouaient dans leurs branches étaient bien réels.

Il n'y avait plus de doute possible. Mamilou avait dit la vérité : Oniria existait bel et bien.

Eliott resta un long moment perché sur son arbre, émerveillé, avant de se décider à demander son chemin. Il pria le cerisier de le déposer à terre et se dirigea vers le distributeur de crème Chantilly. La plupart des enfants qui faisaient la queue quelques minutes auparavant avaient disparu. Seul restait un écolier de sept ou huit ans, cartable sur le dos, qui versait avec application un nuage de crème légère dans un bol rempli de framboises. Eliott lui demanda où se trouvait le bureau d'accueil le plus proche.

— Aucune idée, répondit l'écolier en haussant les épaules. Demande à Aanor, près de la rivière, elle sait plein de choses, elle pourra sûrement t'aider.

Eliott allait descendre vers la rivière quand son regard fut attiré par un éclat de lumière venant du distributeur de crème. Il s'approcha. Une affiche était collée sur la machine. Elle était aussi fine qu'une feuille de papier, mais aussi lumineuse qu'un écran d'ordinateur.

Tout en haut de l'affiche, à côté d'un emblème arrondi, une inscription en larges lettres violettes et argentées s'imposait au regard : *Cellule de Renseignement, d'Attrapade et de Maintien de l'Ordre*. Eliott fit la grimace. C'était le même intitulé que sur la roulotte de cirque de la veille.

Puis il continua sa lecture.

Avis de recherche
Créateur

Sur ordre de Sa Majesté la Reine Dithilde,
Souveraine d'Oniria, tout Créateur doit se présenter
dans les plus brefs délais à l'un des bureaux
d'accueil ou à l'un des escadrons de la CRAMO.
La collaboration active de chaque Onirien est exigée.

Sigurim
Directeur de la CRAMO

Eliott n'aimait pas ça.

Pourquoi la reine d'Oniria voulait-elle absolument mettre la main sur un Créateur ? Et quelle était la fonction de cette CRAMO ? Les termes « Renseignement » et « Maintien de l'Ordre » évoquaient la police ou les services secrets. Mais « Attrapade » ? Qu'est-ce que ça voulait dire ? Une image dérangeante s'imposa à l'esprit d'Eliott : celle de monsieur Loyal utilisant son pistolet violet pour tétaniser la Christine géante, sans sommation, sans une once d'émotion, comme s'il s'agissait de fixer des affiches au mur avec une agrafeuse.

Décidément, il n'aimait pas ça.

Eliott observa plus attentivement l'emblème de la CRAMO, à la recherche d'un indice. Un serpent, gueule grande ouverte, se faisait trancher le cou par les dents acérées d'un autre animal. Un petit animal au museau pointu, aux yeux allongés et aux oreilles rondes. Un animal dont le prof de biologie d'Eliott avait parlé en classe quelques semaines auparavant. Un animal protecteur, vénéré en Inde pour sa capacité à tuer les cobras. Une mangouste. Eliott frissonna. Protecteur ou non, une telle violence se dégageait de ce dessin que son instinct lui criait de fuir au plus vite. Mais la fierté et l'impérieuse nécessité de sauver son père lui interdisaient de renoncer si facilement. Dès lors, que faire ? Eliott réfléchit. Il était sûr d'une seule chose : il était hors de question qu'il se présente à un bureau d'accueil tant qu'il n'en saurait pas plus sur cette CRAMO et sur les intentions de la reine. Il restait donc une seule chose à faire : mener l'enquête. L'écolier avait parlé d'une certaine Aanor qui « savait plein de choses ». Il commencerait par elle.

En prenant bien soin de cacher son identité pour éviter de se retrouver avec un pistolet violet braqué sur la tempe.

Eliott se dirigea vers la rivière d'un pas décidé. Plus il avançait, plus le parfum du chocolat devenait enivrant. Arrivé à la rivière, il était devenu irrésistible. Eliott trempa un doigt dans le liquide chaud et onctueux. Ce chocolat était aussi délicieux que dans ses rêves, et il ne put s'empêcher de s'allonger à plat ventre pour le laper à même le ruisseau.

Lorsqu'il se releva, Eliott avait du chocolat jusqu'au menton. S'il ne voulait pas faire peur à cette Aanor, il fallait qu'il se rince le visage. Mais il n'y avait pas d'eau dans cet endroit, il était bien placé pour le savoir. C'était le moment de tester ses pouvoirs de création. Eliott regarda à droite et à gauche pour vérifier qu'il n'y avait personne. Puis il ferma les yeux et se concentra, visualisant les moindres détails de l'objet qu'il voulait créer. Il se sentait à l'aise, sûr de lui. Il avait effectué ce geste des centaines de fois, petit, sur les conseils de Mamilou. Lorsqu'il rouvrit les yeux, la petite fontaine en pierre qu'il venait d'imaginer était apparue à quelques mètres de lui. Eliott la contempla avec émerveillement. Mamilou avait raison : quelle sensation grisante de pouvoir créer tout ce que l'on imagine !

Eliott fit quelques pas, pencha la tête et se frotta énergiquement le visage sous l'eau.

— Tu te promènes souvent ici ?

De surprise, Eliott se cogna la tête contre le robinet. Une jeune fille à peine plus âgée que lui était assise sur le rebord de la fontaine et le fixait de son intense regard doré. Avec ses longs cheveux blonds qui flottaient dans la brise, son sourire énigmatique à la Mona Lisa et sa longue robe blanche, elle ressemblait à un ange. Elle était belle. Très belle.

Trop belle, s'insurgea le détaillomètre d'Eliott : une beauté si parfaite n'existait pas dans la réalité ! Elle évoquait plutôt une photo retouchée sur ordinateur ou une publicité pour shampoing. C'était une fille en papier glacé, qui avait probablement un pois chiche à la place du cerveau.

— Tu te promènes souvent ici ? répéta-t-elle.

— Non, c'est la première fois, répondit Eliott.

— Moi je viens souvent, c'est mon endroit préféré à Oniria !

— Moi aussi, c'est mon endroit préféré !

Eliott se mordit la lèvre. Pourquoi avait-il dit quelque chose d'aussi stupide ? Pour l'instant, c'était lui, le pois chiche.

— Je m'appelle Aanor, princesse des Rêves, reprit la demoiselle. Et toi ?

— Eliott. Prince de rien du tout.

Aanor éclata de rire.

— Tu me fais penser à l'un des bouffons qui se produisent à la cour, dit-elle. Ses bons mots font rire tout le monde.

Eliott se crispa. Il n'appréciait pas du tout que miss Shampoing le prenne pour un bouffon !

— Enfin, presque tout le monde, continua tristement la princesse. Mère ne rit jamais... Il faut croire que la charge de souveraine d'Oniria est incompatible avec le sens de l'humour.

Eliott ouvrit la bouche pour répondre, mais aucun son n'en sortit. Car une information venait d'atteindre son cerveau engourdi : cette Aanor était la fille de la reine d'Oniria ! Cela voulait dire deux choses. Premièrement, que c'était la dernière personne à laquelle révéler son identité ; et, deuxièmement, qu'elle pourrait certainement lui expliquer ce qu'était la CRAMO et pourquoi les Créateurs étaient recherchés. Il allait falloir jouer serré.

Mais Aanor le devança.

— C'est drôle, dit-elle, je suis passée par ici il y a seulement quelques minutes et cette fontaine n'était pas là.

Eliott la dévisagea. Avait-elle déjà fait le rapprochement avec lui ? Difficile à dire. Il décida de jouer les étonnés.

— Ah bon ? dit-il. Peut-être qu'un Mage est passé par là ?

— Peut-être, dit Aanor avec une moue sibylline.

Sans transition, elle se leva et adressa à Eliott le plus charmant des sourires.

— Viens, dit-elle, je vais te montrer l'endroit que je préfère dans ce verger. Mon petit coin à moi, celui où je vais quand j'ai besoin d'être seule.

Eliott la suivit sans poser de question. Il connaissait par cœur son paysage imaginaire et savait où elle l'emmenait. Dans un coin de sa feuille, il avait dessiné un bosquet de pruniers en fleur. C'étaient les seuls arbres de tout le verger qui ne portaient pas de fruits. Ça ne se voyait pas sur le dessin, mais à l'intérieur il y avait un petit espace protégé du tumulte et des regards par les branchages entre-croisés : une cabane naturelle qu'il avait créée pour s'y réfugier lui-même.

Aanor se mit à quatre pattes pour entrer dans la cabane par l'étroite ouverture, aussitôt imitée par Eliott. Et là, surprise ! Aanor avait tout aménagé. Il y avait un épais tapis brun, des coussins dorés disposés un peu partout et même une petite étagère remplie de livres. Eliott s'efforça de cacher son étonnement et s'assit à côté de la princesse.

— J'aurais bien envie d'une citronnade fraîche, dit-elle. Tu pourrais nous arranger ça, s'il te plaît ?

Eliott regarda autour de lui. Il n'y avait pas le moindre citron dans cette cabane, sans parler d'eau ou même de verres.

— Si tu sais faire apparaître une fontaine, reprit Aanor, tu sais faire apparaître deux verres de citronnade. Même le moins doué des Créateurs saurait faire ça !

Eliott faillit s'étrangler de surprise.

— Je ne vois pas de quoi tu parles, mentit-il.

— Je t'observe depuis que tu es arrivé près de la rivière, dit Aanor. Je sais que c'est toi qui as créé la fontaine. Il n'y a que trois types de personnes à Oniria qui sont capables de faire ça : les magiciens, les Mages et les Créateurs. Un magicien d'Oniria ne m'aurait jamais menti, tout à l'heure, quand j'ai parlé de l'apparition soudaine de la fontaine. Il se serait empressé de me dire qu'il l'avait créée lui-même. Et si tu étais un Mage, tu aurais les yeux blancs. Tu es donc un Créateur. Et un Créateur qui cherche à cacher son identité. Je serais curieuse de savoir pourquoi.

Le raisonnement de la princesse était impeccable. Il n'y avait rien à dire.

— Mais où étais-tu ? grogna Eliott, vaincu. J'ai regardé autour de moi, je ne t'ai pas vue !

— Il fallait lever la tête, le taquina Aanor. J'étais juste au-dessus de toi, dans un arbre.

Eliott était furieux de s'être laissé démasquer aussi facilement. Et honteux que la princesse l'ait vu en train de laper le chocolat du ruisseau comme un chien. Mais surtout, il craignait qu'elle ne le dénonce à la CRAMO. Il devait la convaincre de garder le silence.

— Tu veux savoir pourquoi j'essaie de cacher mon identité ? dit-il. Eh bien voilà : j'ai vu l'avis de recherche sur le distributeur de chantilly. Je sais que je suis censé me présenter à la CRAMO. Mais j'ai de bonnes raisons de ne pas vouloir le faire.

— Quelles bonnes raisons ? demanda Aanor d'un ton inquisiteur.

— J'ai rencontré une équipe de la CRAMO hier, expliqua Eliott. Un cirque, avec des acrobates, des clowns, monsieur Loyal et une panthère. La panthère a failli me tuer.

— Une panthère de la CRAMO a failli te tuer ? s'offusqua la jeune fille.

— Oui. Heureusement, je me suis réveillé à temps, mais j'ai eu la trouille de ma vie.

— J'imagine ! C'est inadmissible. Mère sera furieuse quand elle apprendra ça !

— Mais je préférerais qu'elle ne l'apprenne pas ! intervint Eliott.

Aanor fit une moue pincée.

— Je t'assure que je n'ai rien contre ta mère, assura Eliott. Je ne sais rien d'elle, je viens juste d'arriver à Oniria. Mais je n'aime pas cette façon de rechercher des Créateurs en placardant des affiches. Ça me donne l'impression d'être un dangereux criminel.

— C'est vrai que c'est une méthode un peu spéciale, reconnut Aanor. Mais mère a forcément de bonnes raisons pour agir ainsi.

— Quelles bonnes raisons ?

— Je ne sais pas, admit Aanor.

— Moi non plus, dit Eliott. Et je n'aime pas l'idée de me livrer à des gens que je ne connais pas sans rien savoir de leurs intentions. Surtout des gens qui ont failli me tuer. Alors, s'il te plaît, je t'en prie, ne dis rien !

Aanor resta impassible pendant un long moment. Eliott se liquéfiait d'impatience.

— D'accord, dit-elle finalement. Je ne dirai rien. Ni à ma mère ni à personne d'autre. Ce sera notre secret.

— Promis ? demanda Eliott.

— Promis, assura la princesse, tu peux me faire confiance. C'est mieux comme ça de toute façon.

— Pourquoi ?

— Parce qu'il y a quelque chose que nous devons faire avant que mère ne te mette le grappin dessus.

Eliott serait tombé à la renverse de stupéfaction s'il n'était pas déjà assis par terre.

— Tu veux bien me montrer ton sablier ? demanda Aanor sans transition.

Eliott fut incapable d'articuler une réponse. Il fixait la princesse d'un air ahuri.

— Je vais t'expliquer ce qu'on va faire, annonça-t-elle. Mais d'abord, j'aimerais bien voir ton sablier. Je n'en ai jamais vu en vrai !

Eliott scruta le visage angélique de la princesse. Il ignorait ce qu'elle attendait de lui, mais le velours doré des yeux d'Aanor lui donnait très envie d'en savoir plus. Il entreprit donc d'extirper le sablier de sous ses vêtements.

C'est alors qu'il réalisa qu'il était toujours en pyjama. Une vague de chaleur l'envahit et il rougit jusqu'aux racines des cheveux. Aanor perçut immédiatement sa gêne.

— Les Créateurs portent les vêtements qu'ils imaginent, dit-elle avec un clin d'œil, ils peuvent en changer quand ils veulent.

Eliott ferma les yeux et s'imagina portant des vêtements plus présentables. Quand il les rouvrit, il fut soulagé de voir que cela avait marché, et qu'il ne s'était pas retrouvé par erreur en slip et chaussettes devant la princesse.

— Alors, tu me le montres, ce sablier ? insista Aanor.

— Le voilà, répondit Eliott en tirant sur la chaîne qu'il portait autour du cou.

Eliott cligna des yeux plusieurs fois pour vérifier qu'il n'avait pas la berlue. Il secoua le sablier, il le retourna… Mais non, sa vision ne lui jouait aucun tour.

— Tu as vu ? dit-il, le Sable…

— Quoi ?

— Il coule à l'envers ! s'écria Eliott. Il coule vers le haut !

— Oui, et alors ? dit Aanor.

— Alors ce n'est pas possible !

— Tout est possible à Oniria, dit Aanor en haussant les épaules.

Évidemment. Dans le monde des rêves, tout était possible. Eliott le savait, bien sûr. Mais il n'avait pas imaginé que même les lois de la physique pouvaient être défiées.

Aanor se pencha pour examiner le sablier, jusqu'à frôler Eliott. Cette proximité mit le jeune Créateur mal à l'aise. Pour se donner une contenance, il fit apparaître les deux verres de citronnade que la princesse avait demandés un peu plus tôt. Il ne s'autorisa à respirer que lorsque Aanor reprit sa place.

— Est-ce que tu connais la légende des *Envoyés* et des *Élus* ? demanda la princesse.

— Non, répondit Eliott. De quoi s'agit-il ?

— D'après cette légende, chaque fois qu'Oniria est en danger, un Créateur vient du monde terrestre grâce à un sablier comme le tien. On appelle ce créateur l'*Envoyé*. Il fait équipe avec l'un des habitants d'Oniria choisi pour ses compétences et son courage, qu'on appelle l'*Élu*, et tous deux combattent ensemble le danger pour sauver notre monde. Il y aurait eu des centaines d'*Envoyés* et d'*Élus* dans l'histoire d'Oniria.

Eliott buvait les paroles de la princesse, fasciné.

— Oniria est en danger, continua la princesse. Je ne sais pas de quoi il s'agit exactement, mais mère est particulièrement tendue depuis quelque temps. Je l'ai entendue à plusieurs reprises dire que la situation devenait catastrophique. Je crois que nous avons besoin d'un nouvel *Envoyé*.

La princesse pointa son doigt sur la poitrine d'Eliott.

— Et je suis prête à parier que c'est toi.

— Quoi ! s'écria Eliott. Mais, attends, tu l'as dit toi-même, ce n'est qu'une légende…

— Je crois fermement qu'elle est vraie, soutint Aanor.

— Bon, admettons que cette légende soit vraie, concéda Eliott. Admettons qu'Oniria soit en danger et qu'elle ait besoin d'un nouvel *Envoyé*. Pourquoi moi ? Il y a d'autres Créateurs, non ?

— Pas en ce moment. Il n'y a que cinq sabliers, tu sais. Et cela fait plusieurs années qu'on n'a pas vu de Créateur à Oniria.

— C'est sans doute une coïncidence, objecta Eliott.

— C'est possible, mais je ne crois pas, dit Aanor. Le seul moyen d'être sûr, c'est de consulter l'Arbre-Fée. Malheureusement, la légende ne dit ni où il est ni à quoi il ressemble. Mais je trouverai un moyen. Je trouve toujours un moyen.

Le regard d'Aanor se perdit dans une pliure du tapis. Eliott était gêné par la détermination de la princesse à faire de lui le sauveur du monde des rêves. Car elle se trompait, c'était évident. Il n'était pas celui qu'elle croyait. La seule personne qu'il était venu sauver, c'était son père.

— Écoute, Aanor, dit-il, je ne voudrais pas que tu te fasses de fausses idées. Je suis venu à Oniria pour…

— Chut ! coupa Aanor. Ce que tu es venu faire ici n'a aucune importance : aucun *Envoyé* n'est conscient de son véritable rôle avant de rencontrer l'Arbre-Fée. Aide-moi plutôt à réfléchir à la façon de le trouver.

Eliott ne sut que répondre.

— Voici ce que dit la légende, continua Aanor. L'Arbre-Fée est un être magique qui existe depuis la nuit des temps. C'est lui qui désigne l'*Envoyé* et l'*Élu*. Il garantit ainsi l'harmonie et la stabilité de notre monde. Il est immortel, infaillible, incorruptible…

— … et il peut lire les âmes ! termina Eliott.

Aanor releva la tête, interdite.

— Oui ! Comment le sais-tu ?

— Tu viens de donner la description exacte de l'être magique qui nomme le Marchand de Sable ! expliqua Eliott.

— C'est vrai ? s'enthousiasma Aanor. Mais c'est une excellente nouvelle !

— Quoi, tu ne savais pas comment était nommé le Marchand de Sable ? s'étonna Eliott.

— Non, se désola Aanor. Je pensais qu'il était élu par ses pairs ou quelque chose comme ça. Je vis enfermée au palais, avec un précepteur grincheux qui ne m'enseigne rien d'utile, et je n'ai droit qu'à une heure de sortie par jour. Ça ne laisse pas beaucoup de temps pour se cultiver.

— Désolé, s'excusa Eliott, je ne savais pas. Je pensais que la fille de la reine connaissait bien les coutumes d'Oniria.

— Oh, je connais les coutumes d'Oniria, dit Aanor. Mais, comme tous les Oniriens, j'ignore presque tout d'Oza-Gora.

— Oza-Gora ? C'est quoi ? Un pays ?

— Plutôt un domaine, situé sur le territoire d'Oniria mais indépendant. C'est là que vivent le Marchand de Sable et son peuple. Les Oza-Goriens sont très différents des autres habitants d'Oniria : ils ne sont pas créés par des Mages. Ce sont aussi les seuls habitants du monde des rêves qui ne sont pas sujets du souverain d'Oniria. Mais c'est à peu près tout ce que je sais sur eux, car les Oniriens ont très peu de contacts avec les Oza-Goriens.

Aanor marqua une pause et but une gorgée de citronnade.

— En tout cas, reprit-elle, si ce que tu dis est vrai, cela veut dire que le Marchand de Sable sait où se trouve l'Arbre-Fée. Nous devons l'interroger.

Eliott n'en revenait pas de sa chance. Sans le savoir, Aanor était en train de lui proposer précisément ce dont il avait besoin.

— Alors allons-y tout de suite, lança-t-il en se levant d'un bond.

— Attends, dit Aanor. Ce n'est pas si simple !

— Je croyais qu'il suffisait de demander pour obtenir un rendez-vous avec le Marchand de Sable !

— Il faudrait passer par ma mère pour ça, expliqua Aanor. Elle seule peut contacter facilement les gens d'Oza-Gora. Mais je ne peux pas lui parler de toi, je te l'ai promis. Et puis, je ne sais pas ce qu'elle veut faire de toi, mais une chose est sûre : si mère te met la main dessus, adieu la consultation de l'Arbre-Fée.

— Tu n'es pas obligée de parler de moi, suggéra Eliott. Invente un autre prétexte pour parler au Marchand de Sable.

— Je ne peux pas lui mentir, dit Aanor. Nous ne pourrons pas passer par elle, un point c'est tout. Ni pour voir le Marchand de Sable, ni pour trouver l'Arbre-Fée.

Les mots d'Aanor firent jaillir une idée lumineuse dans le cerveau d'Eliott.

— Mais attends, s'écria-t-il, peut-être qu'on se complique la vie pour rien ! Si ça se trouve, c'est précisément parce qu'elle veut trouver le nouvel *Envoyé* que ta mère recherche un Créateur !

— Ça c'est impossible, assura Aanor. Mère déteste les légendes. Elle dit qu'elles rendent les gens passifs et idiots, car ceux qui croient aux légendes peuvent passer des années à attendre un miracle sans prendre aucune initiative. Si elle savait que je connais celle-là, elle s'empresserait de trouver la personne qui me l'a racontée et de la châtier durement. Et elle la trouverait, tu peux me croire !

— Elle est si terrible que ça ? demanda Eliott.

— Elle est sévère et déterminée, répondit Aanor. Mais c'est ma mère, je l'aime. Et je sais qu'elle ne cherche que le bien de son peuple.

— Ma belle-mère est sévère et déterminée, grommela Eliott, et je la déteste.

Aanor posa un regard compatissant sur le jeune Créateur.

— Si nous voulons voir le Marchand de Sable, reprit-elle, nous devrons aller à Oza-Gora. Mais je te préviens, c'est compliqué. Très compliqué.

— Je pourrais peut-être y aller par déplacement instantané ? suggéra Eliott.

Mais il se ravisa aussitôt. Aanor ne savait rien d'Oza-Gora et lui non plus. S'il n'avait pas une description précise de l'endroit, il ne pouvait pas y aller. C'était aussi simple que cela.

— Mais je suppose que tu ne sais pas à quoi ressemble Oza-Gora…

— Pas du tout, confirma Aanor. Mais ne t'inquiète pas, j'ai ma petite idée pour aller là-bas. C'est assez risqué, mais ça devrait marcher. Nous y arriverons.

À nouveau, Eliott fut saisi par la détermination de la princesse. Pour des raisons différentes, trouver le Marchand de Sable semblait aussi important pour elle que pour lui.

— Et c'est quoi, ton plan ? demanda-t-il.

Subitement, le visage de la princesse se crispa. Elle porta ses mains à ses tempes, comme si ça la brûlait.

— Excuse-moi, je dois y aller, dit-elle précipitamment. Retrouve-moi demain à la même heure, d'accord ? Je te parlerai de mon plan.

— Je… D'accord, balbutia Eliott, décontenancé par ce brusque changement d'attitude.

— Au revoir, Eliott l'*Envoyé*, dit Aanor en marchant à quatre pattes vers la sortie.

La princesse rampa de l'autre côté, puis glissa de nouveau la tête par l'ouverture.

— Demain à la même heure, sans faute ? insista-t-elle.

— Sans faute, assura Eliott.

Aanor sourit, puis elle disparut.

6

DÉMONSTRATIONS

Eliott avait le cerveau en bataille.

Le simple fait qu'Oniria existe était déjà tellement extraordinaire qu'il avait du mal à l'admettre. Ce qui était devenu une évidence tant qu'il était dans son verger imaginaire paraissait beaucoup plus incertain maintenant qu'il n'était plus entouré que de livres de classe et de chaussettes sales. Difficile de penser qu'il avait été capable de créer des objets par la seule puissance de son imagination, alors que son regard endormi fixait le cadran de son réveil depuis plus de dix minutes sans réagir.

Mais ce n'était pas tout. La veille, Eliott avait quitté Mamilou excité et confiant : il allait rencontrer le Marchand de Sable, et celui-ci guérirait son père. Simple, clair, rapide. Mais un seul voyage à Oniria avait ébranlé toutes ces belles convictions. Rien n'était plus ni simple ni clair. Entre la reine qui sollicitait les Créateurs par avis de recherche, l'obscure CRAMO et Aanor qui voulait absolument faire de lui un super-héros destiné à sauver Oniria de Dieu sait quel danger, Eliott ne savait plus où donner de la tête. Il n'avait plus qu'une seule certitude : rencontrer le Marchand de Sable s'annonçait beaucoup plus compliqué que prévu. Et il n'était pas certain d'y arriver à temps pour sauver son père.

Eliott soupira, et les chiffres rouges lumineux qu'il regardait défiler depuis tout à l'heure sans y prêter attention s'imprimèrent tout à coup dans son esprit : 7 h 34. Il allait encore être en retard au collège.

Eliott fut définitivement ramené à la réalité du monde terrestre par les boulettes de papier qu'Arthur, Théophile et Clara ne cessèrent de lui envoyer pendant le cours de français, dès que la sévère Mme Prévert tournait le dos. Puis par M. Mangin, qui l'envoya au tableau corriger l'un des exercices de maths. Évidemment, il fallait que ça tombe sur lui ! Vu le temps qu'il avait passé dessus la veille, il ne fit pas de prouesses.

— Alors, Lafontaine, on reste bloqué ? demanda le professeur tandis qu'Eliott fixait le tableau blanc comme si les réponses étaient cachées en dessous. La géométrie ne devrait pourtant pas avoir de secrets pour vous, monsieur le grand dessinateur ! Léonard de Vinci, lui, connaissait ses bases.

Toute la classe pouffa de rire.

— Silence ! hurla M. Mangin, ce qui eut un effet immédiat. Lafontaine, quelle est la particularité des angles d'un triangle équilatéral ?

— Ils sont tous égaux, monsieur, récita Eliott.

— Bien. Alors terminez-moi cet exercice, beugla le professeur.

La main d'Eliott tremblait. Il sentait dans son dos trente paires d'yeux fixées sur lui. Il savait que l'exercice n'était pas difficile, mais ses neurones étaient hors service. Il ferma les yeux pour se concentrer. Au lieu de triangles, tout ce qu'il parvint à voir dans sa tête était le visage furieux de M. Mangin.

— Reprenez votre place, Lafontaine, ordonna le professeur, lassé d'attendre. Vous avez suffisamment étalé votre ignorance pour aujourd'hui, nous n'avons pas que ça à faire. Chabrol, au tableau !

Arthur se leva avec un sourire triomphant, et Eliott dut le regarder terminer l'exercice sans aucun problème. Il enrageait.

Dès la fin du cours, il se rua à la cantine et déjeuna à toute vitesse, puis fila en salle d'études pour apprendre sa leçon d'histoire. Ces révisions de dernière minute lui permirent de répondre à la plupart des questions au contrôle de l'après-midi, et c'est avec soulagement qu'il remit sa copie à la douce Mlle Mouillepied.

Il allait falloir qu'il s'organise mieux à l'avenir s'il devait continuer à mener une double vie. Oniria la nuit et le collège le jour, ce n'était pas de tout repos !

Sa journée enfin terminée, Eliott alla chercher les jumelles à l'école. D'habitude, c'était Mamilou qui les raccompagnait le lundi. Mais puisque leur grand-mère ne vivait plus avec eux, Chloé et Juliette avaient dû attendre plus d'une heure que les cours d'Eliott se terminent pour rentrer avec lui.

Arrivés à l'appartement, ils goûtèrent tous les trois dans la cuisine. Eliott songeait à son futur rendez-vous avec Aanor quand un bruit anormal le tira de ses réflexions.

Tchouk.

Les tartines qui sautent du grille-pain.

Le genre de bruit qu'on n'entendait jamais dans cette cuisine, car il était toujours couvert par les conversations incessantes des jumelles. Mais pas aujourd'hui. Les jumelles ne parlaient pas. Bizarre.

Eliott observa ses petites sœurs avec inquiétude. Elles avaient mauvaise mine.

— La journée s'est bien passée ? demanda-t-il.

— Oui, répondirent-elles sans lever le nez de leurs tartines.

— Vous ne parlez pas beaucoup aujourd'hui, qu'est-ce qui ne va pas ?

— Mamilou nous manque ! expliqua Juliette.

— Et papa aussi, ajouta Chloé. Tu crois qu'il va mourir dans combien de temps ?

Eliott comprit tout à coup pourquoi Mamilou lui avait recommandé de prendre soin des jumelles, la veille. Il n'avait pas réalisé sur le moment, mais à présent c'était très clair. Lui avait revu Mamilou. Lui avait désormais un espoir de sauver son père. Chloé et Juliette, en revanche, subissaient tout et n'étaient au courant de rien. Pour elles, la réalité, l'unique réalité, c'était que leur père, Mamilou, leur école, l'appartement et même Paris seraient bientôt de l'histoire ancienne.

Eliott aurait tellement aimé pouvoir les rassurer ! Mais il ne pouvait leur parler ni d'Oniria ni du fait que Mamilou habitait deux étages au-dessus. Sinon, il courait le risque que Christine l'apprenne et mette fin à tout cela. Car les jumelles étaient presque incapables de garder un secret : il y en avait toujours une des deux, soit pour craquer sous la pression de Christine (la spécialité de Chloé), soit pour lâcher le morceau par inadvertance (celle de Juliette).

— Vous vous souvenez de ce qu'a dit Mamilou l'autre jour ? dit-il finalement. Elle a dit qu'il y avait encore un espoir que papa guérisse.

— Tu y crois, toi ? dit Juliette d'un air dubitatif. Maman avait l'air de dire que...

— Bien sûr que j'y crois ! coupa Eliott. Vous avez souvent entendu Mamilou dire n'importe quoi, vous ?

— Non, admit Chloé.

— Alors vous devez y croire, vous aussi, assura Eliott. Papa guérira, et Mamilou rentrera bientôt à la maison. C'est juste un mauvais moment à passer. Et puis on est ensemble, tous les trois, pas vrai ?

— Oui, enfin pour l'instant, maugréa Juliette.

— Comment ça, pour l'instant ? s'étonna Eliott.

— Si tu pars en pension, il n'y aura plus que maman et nous deux, gémit Chloé.

— Enfin, nous deux toutes seules, corrigea Juliette, puisque maman n'est jamais là.

— Alors ça, clama Eliott, je vous garantis que ça n'arrivera pas ! Si Christine essaie de m'obliger à partir en pension, je vous jure, je lui fous un coup de tête balayette et je l'enferme dans la Tour de Londres !

Les trois enfants éclatèrent de rire.

Eliott sortit le pendentif de son tiroir et le passa autour de son cou avant de se mettre au lit. L'attirance hypnotique qui l'avait forcé à le porter le premier soir avait maintenant disparu, et cela n'était pas pour lui déplaire. Il n'aimait pas se savoir manipulé par une force plus puissante que sa volonté. Ce soir, c'était en toute liberté qu'il irait à son rendez-vous avec Aanor. Mamilou avait expliqué que s'il s'endormait en pensant à un habitant d'Oniria, il se retrouverait automatiquement à côté de lui. C'était le moment de vérifier cette théorie. Eliott ferma les yeux et représenta dans son esprit le visage sans défaut de la princesse.

La lumière était si éblouissante qu'Eliott dut cligner plusieurs fois des yeux avant de distinguer le visage d'Aanor en face de lui. Aujourd'hui, elle avait les cheveux noirs, et le trône imposant sur lequel elle siégeait la faisait paraître plus âgée. Le front ceint d'un diadème d'argent et de diamant, elle portait une extravagante robe violette digne d'un grand couturier qui sublimait son teint d'ivoire. Elle était d'une beauté glaciale.

Glaciale ? Aanor n'avait rien de glacial ! Eliott regarda avec attention les yeux qui lui faisaient face. Leur éclat n'était pas doré, mais gris… Eliott tressaillit. Ce n'était pas Aanor, c'était sa mère. Elles avaient le même visage. Il s'était concentré sur le visage de la princesse au moment de s'endormir, peut-être cette ressemblance troublante avait-elle provoqué une erreur d'aiguillage ?

La sensation d'être observé avec insistance détourna l'attention d'Eliott. À la gauche de la souveraine, très droite sur son tabouret recouvert de velours violet, Aanor, la vraie, lui jetait un regard implorant.

Il n'y avait pas eu d'erreur d'aiguillage. Eliott avait retrouvé Aanor comme prévu, à l'heure prévue. Restait à savoir pourquoi elle n'était pas seule. Il n'y avait que deux possibilités. La première, c'était qu'Aanor n'avait pas réussi à s'échapper à temps pour rejoindre Eliott dans un endroit discret. La seconde, c'était qu'Aanor n'avait pas tenu sa parole.

— Bonjour, Eliott le Créateur, dit la reine avec un large sourire, je t'attendais !

Tous les muscles d'Eliott se crispèrent. Plus aucun doute, Aanor l'avait trahi. Il lança à la princesse un regard noir. Aanor ne bougea pas, n'ouvrit pas la bouche, ne chercha même pas à se justifier. Elle se contenta de le regarder avec des yeux dégoulinant d'excuses. Quel idiot ! Comment avait-il pu lui faire confiance ? Bien sûr, c'était évident maintenant : Aanor avait toujours eu l'intention de le livrer à sa mère et à la CRAMO ! Bonne fille et bonne citoyenne... Elle avait endormi la méfiance d'Eliott, inventé une légende à dormir debout, joué les princesses captives, tout ça pour mieux l'attirer ici. La sorcière !

Un chat majestueux au long pelage blanc s'avança vers Eliott.

— Incline-toi devant Leurs Altesses Royales la reine Dithilde, souveraine d'Oniria, et la princesse Aanor, et devant les membres du Grand Conseil, dit-il d'un ton autoritaire.

Eliott s'inclina. En relevant la tête, il prit le temps de détailler les membres du Grand Conseil. À la droite de la reine, un imposant griffon restait à moitié dissimulé dans l'ombre du trône. Mais son œil d'aigle voyait tout, et sa puissante serre ne quittait pas l'accoudoir de la reine. Il portait sur la poitrine un insigne qu'Eliott reconnut immédiatement. Une mangouste égorgeant un cobra : l'emblème de la CRAMO.

Le reste de l'assemblée était constitué d'une vingtaine de créatures à la mine plus ou moins engageante, qui regardaient Eliott comme une bête curieuse. La salle du trône était une immense pièce voûtée, entièrement décorée de marbre blanc. Devant chacune de ses nombreuses issues, deux gardes en livrée violette se tenaient au garde-à-vous. Aanor l'avait attiré dans un véritable traquenard. Pourtant, Eliott n'avait pas peur. Il savait qu'il pouvait se sauver en un clin d'œil grâce au déplacement instantané.

En revanche, il était furieux.

— C'est un honneur de te recevoir, cher Eliott, dit la reine. Sais-tu que cela fait plusieurs années que nous n'avions pas reçu de Créateur à Oniria, et que nous étions impatients d'en rencontrer un ?

— Je sais, oui, maugréa Eliott en jetant un regard mauvais à Aanor.

— Je sais, Votre Majesté, corrigea le chat d'un air réprobateur.

— Allons, allons, Lazare, ne sois pas trop dur avec Eliott, dit la reine, il ne connaît pas encore les usages de notre monde.

Le chat s'éloigna de quelques pas.

— Nous a-do-rons les Créateurs, reprit la reine en détachant chaque syllabe. Et j'ai cru comprendre que tu n'étais pas n'importe lequel. La princesse Aanor nous a raconté que tu étais particulièrement talentueux.

— Ah, elle a dit ça ? demanda Eliott d'un ton lourd de reproche.

— Tu sais, faire apparaître une fontaine au premier essai n'est pas donné à tous les Créateurs, expliqua la reine. Surtout un Créateur qui vient d'arriver à Oniria !

Eliott détestait le ton doucereux avec lequel la reine lui parlait. Où voulait-elle en venir ? Allait-elle enfin lui dire ce qu'elle lui voulait ? Maintenant qu'il était là, il était bien décidé à l'apprendre.

— Vous me cherchiez, je suis là, déclara-t-il au mépris de toutes les règles de retenue et de courtoisie. Alors, maintenant, dites-moi ce que vous me voulez.

Le chat étouffa un cri d'horreur.

— Votre Majesté, ajouta Eliott.

La reine sembla déconcertée un instant, mais reprit immédiatement une expression affable.

— Tu te poses des questions, c'est bien normal, dit-elle. Je te comprends parfaitement. Mais rassure-toi, nous ne te voulons aucun mal, au contraire. Nous désirons seulement voir de quoi tu es capable. Rien de plus. Je suis sûre que la cour apprécierait une petite démonstration.

Eliott fixa la reine, interloqué. Presque déçu. Cette souveraine de pacotille faisait rechercher les Créateurs comme des criminels pour qu'ils servent de divertissement à ses courtisans ! Oniria n'était pas seulement un monde créé par des dingues : il était aussi gouverné par des dingues. Comment Eliott avait-il pu avoir peur de cette reine inconséquente et de sa CRAMO ?

— Excusez-moi, Votre Majesté, dit-il d'une voix décidée, mais je ne suis pas à Oniria pour jouer les bouffons. J'ai des choses plus importantes à faire.

Il adressa à la reine un bref signe de la tête, puis tourna les talons et se dirigea d'un pas décidé vers l'une des portes de la gigantesque salle du trône.

— Et qu'est-ce qu'un jeune Créateur peut bien avoir à faire de si important à Oniria ?

La voix de la reine, claire et sonore, n'avait plus rien d'onctueux. Eliott s'immobilisa, puis se retourna face à la souveraine. Le griffon esquissa un mouvement, mais la reine l'arrêta d'un geste. Elle fixait Eliott d'un regard pénétrant, dérangeant. Elle n'avait plus l'air si frivole, tout d'un coup, et Eliott regretta son attitude désinvolte... Devait-il répondre à sa question ? Tout lui raconter ? Lui demander de le mettre en relation avec le Marchand de Sable ? Si elle était réellement la seule qui pouvait contacter les gens d'Oza-Gora, cela valait peut-être le coup de se montrer plus coopératif...

— Tu sais, Eliott, dit la reine d'une voix enveloppante, si tu fais ce que je te demande, tu seras mon invité d'honneur. Et je ne refuse rien à mes invités d'honneur. Si jamais tu avais besoin de quelque chose, je serais ravie de t'aider.

Eliott crut un instant que la reine avait lu dans ses pensées. Mais il se rassura vite : si c'était le cas, elle aurait compris plus rapidement qu'il était réfractaire à son onctuosité suspecte. Il prit une profonde inspiration, puis revint se placer devant elle et s'inclina de nouveau. Cette fois, il était bien décidé à mettre la souveraine dans sa poche.

— Que souhaitez-vous que je fasse, Votre Majesté ? demanda-t-il avec un charmant sourire hypocrite.

La reine afficha un rictus satisfait, tandis qu'un murmure ravi s'élevait dans l'assemblée.

— Si tu commençais par faire quelques petits cadeaux aux membres du Grand Conseil, suggéra-t-elle.

— D'accord, dit Eliott. Souhaitez-vous quelque chose en particulier ?

— Hum, eh bien tu pourrais créer une épée et un bouclier pour ce jeune chevalier qui a perdu les siens, dit-elle en désignant un jeune homme blond au menton carré, habillé comme un chevalier du Moyen Âge.

— Bien, Votre Majesté.

Ce n'était pas difficile, Eliott le savait. Il observa attentivement le chevalier, puis ferma les yeux, se concentra, et imagina une belle épée à double tranchant ainsi qu'un long bouclier portant le même blason que celui qui était brodé sur la tunique du jeune homme. Quand il rouvrit les yeux, le chevalier blond faisait tournoyer son épée en poussant des cris de joie. Le sourire de la reine s'était élargi, et l'assemblée tout entière était en effervescence.

— Magnifique ! s'écria la reine. Merci, Eliott.

— Il n'y a pas de quoi, Votre Majesté, dit le jeune garçon avec la plus grande amabilité.

— Et maintenant, crois-tu que tu serais capable de créer quelque chose d'un peu plus compliqué ? Un objet magique, par exemple ? Je te présente la fée Badiane, secrétaire générale et porte-parole du Grand Conseil. Je suis sûre qu'elle aura une idée.

Une femme replète, coiffée d'un chapeau pointu d'un vert tendre assorti à sa longue robe, s'avança avec le sourire d'un enfant le jour de Noël.

— J'aimerais une corde qui se noue et se dénoue toute seule, dit-elle avec des étoiles dans les yeux.

— Je vais essayer, dit Eliott.

C'était plus compliqué. Il ne suffisait pas d'imaginer un objet statique, cette fois-ci. Il fallait doter cet objet d'un pouvoir magique. Mais Eliott ne se laissa pas impressionner. Il ferma les yeux, et un silence assourdissant envahit la pièce. Eliott se concentra. Cela ne prit pas longtemps. Il sentit très vite que ce qu'il avait visualisé dans son esprit était entré dans la réalité. Et lorsque Eliott rouvrit les yeux, une fine cordelette blanche était enroulée aux pieds de Badiane. La fée ordonna à la corde d'effectuer un nœud plat. La corde s'éleva dans les airs et, mue par ses propres forces, elle s'enroula sur elle-même pour réaliser un nœud plat parfait. Un murmure d'admiration parcourut l'assemblée. La fée demanda une rosette, et la corde s'exécuta à nouveau. Puis elle demanda un nœud coulant, un nœud de cabestan, un nœud de huit, un double nœud de huit, un nœud de chaise, un nœud de grappin, et même un nœud en queue de singe. La corde réalisa tout ce qu'elle demandait avec une précision fascinante. La fée Badiane releva vers Eliott un visage rougi d'excitation.

— Merci, dit-elle, elle est fantastique !

Un tonnerre d'applaudissements éclata, mené par la reine Dithilde elle-même. La souveraine était visiblement très satisfaite de la prestation d'Eliott. Même Aanor semblait impressionnée. Pourtant, Eliott ne comprenait pas ce qu'il avait fait de si extraordinaire. Cela avait été tellement facile, tellement naturel. Il n'avait aucun mérite.

— Bravo ! s'exclama la reine une fois le calme revenu. Tu es très doué ! Vraiment très doué.

— Merci, Votre Majesté, dit Eliott en s'inclinant.

— Je me demande si tu serais capable de créer un être vivant, ajouta la reine.

Un murmure fébrile parcourut l'assemblée. Eliott fronça les sourcils.

— Je suis désolé, Votre Majesté, dit-il, mais je manque encore d'expérience, et je ne suis pas sûr de pouvoir...

— Personne ne t'en voudra si tu n'y arrives pas, insista la reine. Mais j'aimerais que tu essaies. Je ne te demande pas de créer un être doué de pensée, bien sûr. Un animal simple serait déjà une prouesse. Que dirais-tu d'un escargot ?

Un escargot ? Pourquoi pas, après tout. Ce n'était pas bien compliqué, un escargot. Un corps flasque et allongé, une coquille, deux petites antennes et un long filet de bave... Eliott ferma les yeux. Il se concentra longtemps. Il savait qu'il y avait de très fortes chances pour qu'il n'arrive à rien, mais il voulait tenter sa chance. S'il arrivait à créer cet escargot, il mériterait, cette fois, les compliments de la reine... Et elle ne pourrait plus rien lui refuser. Il visualisa dans sa tête un bel escargot de Bourgogne, au corps grisâtre et à la coquille brune, avec deux petites antennes pointues, en train de ramper sur une feuille de salade. Il s'attarda sur chaque détail. Il voulait que sa création soit parfaite.

Lorsqu'il ouvrit les yeux, Eliott comprit tout de suite qu'il avait échoué. La reine souriait toujours, mais la déception était lisible sur son visage. Elle examinait un tas de feuilles de salade qui gisait à mi-chemin entre Eliott et le trône. C'était tout ce qu'il avait réussi à créer. Des feuilles de salade.

— Je suis désolé, dit-il, j'ai fait de mon mieux.

Mais la reine leva la main pour le faire taire. Elle scrutait toujours le tas de feuilles. Eliott suivit son regard. L'une des feuilles s'était mise à bouger. Petit à petit, il vit apparaître quelque chose de gris et de mou, puis une belle coquille brune. L'escargot était bien là, et il bougeait. Eliott avait créé un être vivant. Des applaudissements retentirent dans la salle, d'abord timides, incrédules, puis de plus en plus sonores, bientôt augmentés par des cris de joie et des bravos. Eliott releva la tête. Cette fois, il était fier de lui. Même Aanor applaudissait à tout rompre et lançait à Eliott des œillades admiratives. Mais Eliott l'ignora. Cette traîtresse ne méritait pas qu'il s'intéresse à elle. Quant à la reine, elle s'était levée, sa robe était devenue rose bonbon et elle riait comme une petite fille.

Encouragé par ce triomphe, Eliott décida de créer un nouvel être vivant, plus compliqué. Il avait le sentiment que rien ni personne ne pourrait l'arrêter. Il ferma les yeux et imagina les moindres détails d'un magnifique paon : son corps bleuté, sa petite tête au bec pointu surmontée d'une fine crête, ses deux pattes allongées et, bien sûr, la roue majestueuse de sa queue. Mais lorsqu'il ouvrit les yeux, la créature qui se trouvait devant lui n'avait rien de majestueux. Certes, c'était vivant, mais à peine. Cela ressemblait au croisement d'une poule et d'un pigeon, et tournait inlassablement en rond en couvrant de fiente le sol immaculé de la salle du trône. Le brouhaha cessa aussitôt, et la reine ordonna qu'on emporte l'animal. En un clin d'œil, la robe de la souveraine avait repris sa couleur violette.

— Merci, Eliott, merci, dit-elle. Tu nous as offert un très bon moment de divertissement et nous t'en sommes tous très reconnaissants. Mais je crois que tu devrais te reposer à présent. Créer est épuisant, surtout lorsqu'on débute.

Eliott fit une grimace. Il était déçu.

— Lazare, reprit la reine, veux-tu bien installer confortablement notre invité ?

Le chat s'éclipsa et revint accompagné de quatre laquais en costume violet, qui installèrent auprès d'Eliott un fauteuil moelleux et une petite table couverte de rafraîchissements et d'une pyramide de petits macarons multicolores. Eliott s'affala dans le fauteuil. La fatigue s'était fait sentir d'un seul coup. Il aurait été incapable de créer quoi que ce soit d'autre pour l'instant. Même un simple verre de limonade. Il profita donc de ceux qu'on lui avait apportés pour reprendre quelques forces. Puis il tendit la main vers l'un des appétissants macarons, mais une tape sur le mollet l'arrêta. Il baissa les yeux : le chat Lazare le regardait d'un air pincé et désignait la reine de son menton velu. Le message était clair. À contrecœur, Eliott renonça au macaron et recentra son attention sur la reine.

— Eliott, je voudrais te demander quelque chose, dit la reine d'une voix douce.

— Je vous écoute, dit Eliott sans cesser de lorgner les appétissantes pâtisseries.

— Je ne t'ai pas fait venir ici uniquement pour te demander une démonstration de tes talents, commença la reine. J'ai besoin de ton aide.

Oubliés, les macarons ! Eliott ouvrit toutes grandes ses oreilles.

— Tu sais sans doute que tous les Oniriens sont créés par des Mages.

— Oui, bien sûr.

— Nous sommes créés avec un certain nombre de caractéristiques et de capacités, autant physiques que psychiques, sociales, comportementales et même morales. Par exemple, ma fille et moi avons été créées reine et princesse, mère et fille, de forme humaine, douées d'intelligence, avec un certain nombre de ressemblances et de différences. La fée Badiane peut changer les pierres en or ou faire apparaître des oiseaux multicolores d'un coup de baguette magique, et l'un de mes gardes chante des chansons qui endorment quiconque les écoute. Ce sont nos Mages qui nous ont créés ainsi.

— Les Terriens ont aussi des caractéristiques dès leur naissance, fit remarquer Eliott. La taille, la couleur des yeux, des cheveux, de la peau, un talent en musique ou en mathématiques…

— C'est vrai, acquiesça la reine. Mais, contrairement à vous, nous sommes inaptes à modifier ce que nous sommes. Nous ne pouvons pas acquérir de nouvelles capacités. Par exemple, je ne sais pas nager. Et je pourrais prendre des dizaines d'heures de leçons de natation, cela n'y changerait absolument rien, je ne saurais toujours pas nager. Et si la fée Badiane voulait faire apparaître des lapins à la place d'oiseaux, elle en serait incapable. Nous sommes exactement ce que nos Mages ont imaginé pour nous, et uniquement cela. Pour toujours.

— Vous ne pouvez rien apprendre ? demanda Eliott, médusé.

— Seulement si nos Mages l'ont décidé. Par exemple, le Mage qui nous a créées, Aanor et moi, a souhaité que ma fille soit douée pour les lettres. Si elle le voulait, elle pourrait retenir par cœur des romans entiers ou écrire une thèse en littérature. Mais elle ne saura jamais faire une division.

Eliott était bouche bée. Comme cela devait être frustrant de ne pas pouvoir choisir ce que l'on souhaitait apprendre !

— D'habitude, cette situation ne nous pose aucun problème, continua la reine. Nous sommes heureux de notre sort et ne ressentons aucun manque. Mais, aujourd'hui, la conjoncture est telle que nous aurions besoin d'acquérir les moyens de nous défendre.

— Pourquoi ? questionna Eliott.

— Mon cher Eliott, tu sais bien sûr que les humains font des rêves, mais également des cauchemars.

— Bien sûr.

— Eh bien, il faut que tu saches que les cauchemars sont des créatures répugnantes, qui n'ont de cesse de tourmenter la population de mon Royaume !

La voix de la reine s'était faite plus dure, et sa robe, l'espace d'une seconde, avait pris une teinte orangée avant de reprendre sa couleur violette.

— Excusez-moi, Votre Majesté, intervint Eliott, mais je croyais que les cauchemars faisaient partie de la population de votre Royaume…

— Les choses ont changé ! tonna la reine tandis que sa robe prenait un éclat rouge vif. Dans leur grande faiblesse, mes prédécesseurs toléraient les cauchemars parmi nous malgré les multiples tourments qu'ils causaient. J'ai mis fin à ce chaos !

Le ton acéré de la reine Dithilde était d'autant plus impressionnant qu'il contrastait avec les inflexions doucereuses qu'elle avait employées auparavant. Eliott était habitué aux crises d'hystérie de Christine. Mais avec sa belle-mère il savait à quoi s'attendre, tandis que les montagnes russes des humeurs de la reine Dithilde le déstabilisaient.

Une fois de plus, la reine se calma en un battement de cils, et sa robe redevint violette, comme si de rien n'était.

— Depuis le début de mon règne, expliqua-t-elle, je me suis attachée à faire d'Oniria un endroit sûr où il fait bon vivre. Pour cela, j'ai mis en place une force spéciale, la CRAMO – Cellule de Renseignement, d'Attrapade et de Maintien de l'Ordre –, dont le gros des effectifs est employé dans les escadrons d'attrapadeurs. Leur rôle principal est de localiser et de neutraliser systématiquement tous les cauchemars, dès leur création. Ils les conduisent à Ephialtis, le domaine des cauchemars : un domaine hautement sécurisé, dont personne ne peut sortir sans autorisation.

Ainsi donc, c'était cela, cette fameuse « attrapade » : attraper les cauchemars pour les neutraliser !

— Ephialtis, c'est une prison ? demanda Eliott.

— C'est un quartier sécurisé, corrigea la reine. Un lieu de vie pour les cauchemars, avec une capitale et quelques villes satellites. Les cauchemars y vivent entre eux, et ne viennent plus tourmenter les créatures de rêve qui vivent dans le reste d'Oniria.

Eliott resta songeur. À part la taille, il ne voyait pas la différence entre « quartier sécurisé » et « prison ».

— Il me semble que tu as eu affaire à un escadron d'attrapadeurs, n'est-ce pas ? continua la reine. J'espère que cette panthère ne t'a pas fait trop mal ! Il faut lui pardonner, elle ne savait pas que tu étais un Créateur et t'a pris pour un cauchemar. Tu m'en vois désolée.

Eliott n'aimait pas du tout que la reine en sache autant sur lui.

— Ce n'est rien, répondit-il en tentant de masquer son malaise grandissant. Juste une petite blessure.

— Sigurim, dit la reine en se tournant vers le griffon, en tant que directeur de la CRAMO, vous êtes responsable du comportement de vos équipes. Vous veillerez personnellement à ce que cette panthère présente ses excuses à Eliott, j'y tiens !

Le griffon s'inclina. Eliott n'en demandait pas tant : il n'avait aucune envie de revoir la panthère végétarienne. Quant au griffon, il lui faisait froid dans le dos.

— Je dois cependant t'avouer, cher Eliott, reprit la reine, que nous sommes aujourd'hui confrontés à un problème que nous ne pouvons pas résoudre seuls. En effet, une agitation sans précédent règne chez les cauchemars depuis quelque temps. Nous n'avons pas alerté la population pour l'instant afin d'éviter un mouvement de panique générale, mais nous craignons une révolution que nous serions incapables de contrôler.

Aanor n'avait donc pas menti sur toute la ligne : Oniria était réellement en danger.

— Eliott, continua la reine, sais-tu ce qui se passe quand, au cours d'un rêve tout à fait banal, un Mage – ou un Créateur – pense à une créature de cauchemar qu'il avait déjà créée auparavant ?

— Non, Votre Majesté, répondit Eliott.

— Quel est le dernier cauchemar que tu as fait ? demanda la reine.

— Eh bien, c'était la nuit où j'ai rencontré la panthère, se souvint Eliott. Il y avait deux livres-canaris qui m'attaquaient...

— Parfait ! le coupa la reine. Maintenant, s'il te plaît, ferme les yeux et imagine que ces créatures sont présentes ici, dans cette salle. Attrapadeurs, tenez-vous prêts.

Une demi-douzaine de gardes en livrée violette s'approchèrent d'Eliott, prêts à intervenir. Il y eut un mouvement de recul parmi les membres du Grand Conseil, mais tous avaient les yeux rivés sur le jeune Créateur. Eliott ferma les yeux et pensa aux deux livres-canaris. Immédiatement, il entendit le battement impatient des pages, en même temps qu'un murmure affolé dans l'assemblée. Il ouvrit les yeux et vit les deux créatures déchaînées fondre sur lui à pleine vitesse. Il eut à peine le temps de lever les bras pour se protéger le visage avant que les livres-canaris ne se mettent à le pincer, encore plus fort que la première fois. Heureusement, il ne fallut que quelques secondes aux attrapadeurs pour appréhender les bestioles endiablées et les enfermer dans une cage aux lourds barreaux de fer. La cage fut exposée aux yeux de tous, en plein milieu de la salle du trône. Les livres-canaris battaient frénétiquement des pages, se jetant sur les barreaux pour tenter de s'échapper. Sans savoir pourquoi, Eliott ne pouvait détacher les yeux de ce terrible spectacle.

— Il y a quelques secondes seulement, proclama la reine, ces volatiles de malheur étaient enfermés à Ephialtis. Là-bas, ils ne pouvaient nuire à personne. Mais il a suffi que tu penses à eux pour qu'ils t'attaquent de nouveau, ici, en pleine salle du trône ! Tu les as libérés.

Eliott avala sa salive avec difficulté. Il n'osait pas imaginer ce qui serait arrivé si, au lieu de ces bestioles, il avait pensé à l'un des monstres sanguinaires dont il rêvait parfois.

— Des milliers de créatures nuisibles sont ainsi libérées chaque nuit par les Mages, expliqua la reine. C'est une véritable calamité. Heureusement, grâce au travail efficace des attrapadeurs, la plupart sont très rapidement renvoyées vers leurs quartiers sécurisés. Mais il arrive parfois que les escadrons tardent à les attraper, laissant à ces cauchemars la liberté de perpétrer les pires atrocités.

La reine marqua une pause, laissant à Eliott le temps d'enregistrer chacun des mots qu'elle avait prononcés.

— Le problème, reprit-elle, c'est que, depuis quelques mois, les cauchemars profitent de plus en plus souvent de cette faille pour commettre d'épouvantables crimes. Des crimes qu'ils signent invariablement en laissant sur les lieux un parchemin avec leurs compliments.

Le visage de la reine s'était fermé et sa robe violette avait pris une nuance plus foncée, proche du noir. Son regard traversait Eliott comme si elle ne le voyait pas.

Puis sa voix se fit plaintive, tandis que sa robe prenait un ton gris lugubre.

— De nombreuses créatures de rêve ont déjà souffert, dit-elle. Des cas de torture, des mauvais sorts, des enfants disparus, des villages entiers saccagés et pillés... C'est intolérable !

La robe avait à présent viré au rouge vif. Engoncé dans son fauteuil, Eliott n'osait plus faire un geste.

— Eliott, reprit la reine d'une voix redevenue douce, il faut que tu comprennes que nous sommes des créatures de rêve : la grande majorité d'entre nous est totalement inoffensive, et les escadrons de la CRAMO ne suffisent pas à enrayer le phénomène. Si nous ne faisons rien, le pire est à craindre... Les cauchemars pourraient prendre le pouvoir à Oniria.

Une rumeur s'éleva dans la salle.

La reine attendit que le silence soit rétabli. Sa robe avait repris sa couleur violette. Elle se leva de son trône et vint s'agenouiller devant un Eliott stupéfait. Elle prit la main du jeune Créateur dans la sienne et le regarda droit dans les yeux.

— Eliott, dit-elle assez distinctement pour que tout le monde l'entende, Oniria est en danger. Nous devons nous préparer à nous défendre contre les cauchemars.

La reine se tut un instant.

— Accepterais-tu de créer pour nous une armée ? reprit-elle d'un ton solennel.

Les membres du Grand Conseil s'agitèrent. Il y eut des éclats de voix, et le chat Lazare mit un long moment à ramener le calme. Déconcerté, Eliott eut le réflexe de regarder en direction d'Aanor. La princesse se cramponnait à son tabouret, prostrée. Elle avait les larmes aux yeux.

Eliott ne savait plus quoi dire ni quoi faire. Créer une armée ! Le sujet était grave. On était loin des cordes qui se nouent toutes seules et des escargots ! Sans parler du risque de se tromper et d'imaginer des créatures dégénérées et destructrices, qui pourraient se révéler encore plus dangereuses que les cauchemars eux-mêmes. Eliott se hasarda à regarder dans les yeux cette reine qui s'était agenouillée devant lui dans l'espoir qu'il lui vienne en aide. Sa détresse semblait si sincère !

Eliott était tellement désemparé que l'idée lui traversa l'esprit de s'enfuir par déplacement instantané. Mais il ne put se résoudre à une telle lâcheté.

— Je ne sais pas quoi vous dire, Votre Majesté, dit-il finalement. Ce que vous me demandez est très difficile. Est-ce que je peux vous donner ma réponse plus tard ?

La reine Dithilde le fixa du regard, le visage figé en une expression qu'Eliott ne sut pas déchiffrer. Sur sa robe violette, des éclats de couleur rouge apparaissaient et disparaissaient. Mais quand la reine se releva, sa robe était impeccablement violette et elle affichait un sourire des plus aimables.

— Mais bien sûr, cher Eliott, susurra-t-elle. Je comprends que tu ne veuilles pas prendre une telle décision à la légère, c'est tout naturel, et je te félicite de tant de sagesse.

— Merci, Votre Majesté, souffla Eliott.

— Cependant, reprit la reine, nous n'avons plus beaucoup de temps. Chaque minute perdue pourrait permettre aux cauchemars de prendre l'avantage. Je t'attends donc demain, ici même, avec, je l'espère, une réponse positive. Tout Oniria compte sur toi !

La reine marqua une courte pause.

— Sigurim, ajouta-t-elle sans quitter Eliott des yeux, vous et vos équipes veillerez à ce que notre cher ami Eliott retrouve le chemin de cette salle. Je ne voudrais pas qu'il s'égare, il pourrait faire de mauvaises rencontres en ces temps troublés.

Le griffon s'inclina.

Quant à Eliott, loin d'être crédule, il avait bien compris l'allusion de la reine. Dès qu'il remettrait les pieds dans le monde des rêves, il aurait tous les escadrons de la CRAMO à ses trousses pour l'obliger à donner à la reine la réponse qu'elle attendait.

7

Le jeu du chat et de la souris

Eliott n'avait jamais été aussi inattentif en classe que ce jour-là, ce qui n'était pas peu dire. Il n'avait écouté ni les explications du vieux M. Basson sur la composition de l'orchestre symphonique, ni celles de M. Baldran sur les circuits électriques, ni celles de Mme Prévert sur l'accord de l'adjectif qualificatif. Car il avait été beaucoup trop occupé à mouliner dans sa tête les événements de la nuit, à la recherche d'un moyen de contourner la terrible alternative qui s'offrait à lui. Option numéro un : il créait l'armée que lui demandait la reine Dithilde – ce qui, au-delà de toute considération morale, lui prendrait des nuits et des nuits – avec l'espoir qu'elle accepterait en retour de le mettre en contact avec le Marchand de Sable. Mais il n'était pas sûr de pouvoir faire confiance à cette reine cyclothymique. Option numéro deux : il essayait de rejoindre Oza-Gora par ses propres moyens, sans aucune indication, avec la moitié des escadrons de la CRAMO à ses trousses. Option numéro trois...

Il avait beau chercher, Eliott ne trouvait pas d'option numéro trois. Mais Mamilou, elle, aurait peut-être une idée.

Pour une fois, la chance semblait être du côté d'Eliott, car Christine s'était absentée pour la journée. Elle avait prévenu qu'elle rentrerait tard à cause d'un déplacement à Bruxelles. C'était l'occasion d'aller voir Mamilou sans avoir à donner d'explications. Mais il fallait s'assurer du silence des jumelles.

Alors que Chloé et Juliette étaient en train de s'asseoir sur les tabourets de la cuisine pour dîner, Eliott se planta en face d'elles, debout, poings sur la table.

— Les filles, je vais vous accorder un privilège exceptionnel, annonça-t-il d'un ton solennel. Ce soir, je vous laisse jouer toutes seules avec ma console.

— Trop bien ! s'écrièrent Chloé et Juliette à l'unisson.

Elles s'engagèrent toutes les deux dans une discussion enflammée sur celle qui aurait le droit de choisir en premier son personnage dans leur jeu préféré.

Soudain, Juliette leva un œil suspicieux vers Eliott.

— Tu veux quoi en échange ? demanda-t-elle.

— Qu'est-ce qui te fait dire que je veux quelque chose en échange ? répondit Eliott, vexé que sa sœur ait si facilement compris où il voulait en venir.

— Tu ne nous prêtes JAMAIS ta console de jeux ! Donc tu as forcément quelque chose à nous demander ! expliqua-t-elle.

— Bon, puisque vous insistez, dit Eliott, j'ai besoin que vous gardiez un secret.

— Quel secret ? demandèrent deux voix fluettes avides d'en savoir plus.

— Je dois sortir un moment ce soir, et Christine ne doit l'apprendre sous aucun prétexte.

— Tu vas voir ton amoureuse ? demanda Chloé avec un sourire malicieux.

— N'importe quoi, répondit Eliott, qu'est-ce que tu vas imaginer. Non, je dois sortir, c'est tout !

— Il va voir son amoureuse, c'est sûr, décréta Juliette.

— Bon, si vous voulez, je vais voir mon amoureuse, vous êtes contentes ? concéda Eliott, qui trouvait que c'était finalement une assez bonne manière de brouiller les pistes et s'en voulait presque de ne pas y avoir pensé lui-même.

Les jumelles se consultèrent du regard.

— On ne dira rien, dit Chloé.

— Mais il va falloir nous donner ton argent de poche cette semaine ! renchérit Juliette.

Eliott regarda sa sœur, incrédule.

— Non mais tu te fiches de moi ? C'est du chantage !

— Oui, mais c'est la condition ! dirent les deux petites pestes en même temps.

— Bon, eh bien laissez tomber. Je ne pars plus, finalement, dit Eliott. Mais vous ne jouerez pas avec ma console. Ni ce soir, ni jamais.

Eliott avait vu juste : les jumelles étaient visiblement contrariées.

— Bon, d'accord, dit Juliette d'un ton résigné, tu nous prêtes ta console juste ce soir et on ne dit rien à maman.

— J'aime mieux ça, dit Eliott. Je ne pars pas longtemps, et je prends le téléphone portable de secours, le numéro est marqué sur la console de l'entrée. Vous m'appelez s'il y a un problème, d'accord ?

— D'accord, répondirent en chœur les jumelles.

Eliott prit un instant pour observer ses demi-sœurs. Elles étaient vraiment capables du meilleur comme du pire ! Et il n'était pas sûr de pouvoir leur faire confiance. Mais il n'avait pas le choix. Il devait voir Mamilou. Après avoir englouti une énorme part de pizza, Eliott attrapa le téléphone portable que Christine laissait toujours dans l'entrée « au cas où », vérifia que son trousseau de clés était bien dans sa poche et sortit en trombe de l'appartement.

Il frappa quelques secondes plus tard à la porte de Mme Binoche, essoufflé d'avoir monté les escaliers aussi rapidement.

— Eliott, entre vite, dit la vieille dame dès qu'elle l'aperçut. Ta grand-mère est impatiente d'avoir de tes nouvelles ! Elle est dans le salon, tu peux la rejoindre.

Mais Eliott n'eut pas le temps d'entrer dans le salon, car Mamilou vint à sa rencontre.

— Eliott, enfin ! s'écria-t-elle. J'ai beaucoup pensé à toi. Tout va bien ?

— Je vais bien, Mamilou, mais j'ai des choses à te raconter.

— Alors vite, viens dans le salon et raconte-moi tout.

La pièce ressemblait à l'idée qu'Eliott se faisait d'un salon de grand-mère : il y avait de nombreux cadres photos, des napperons sur les tables et des bouquets de fleurs en plastique. Eliott repéra immédiatement l'endroit le plus confortable : un large fauteuil en velours sur lequel était jeté un épais plaid en maille de toutes les couleurs. Mais il n'osa pas s'y asseoir, ce devait être le fauteuil attitré de

Mme Binoche. Il imita donc sa grand-mère, qui s'était assise sur le canapé en cuir.

— Alors ? demanda Mamilou.

— Alors, ce n'est pas du tout aussi simple que tu me l'avais dit, commença Eliott.

— Ah bon ? Pourquoi ? s'étonna Mamilou. Tu n'as pas trouvé de bureau d'accueil ?

— C'est plus compliqué que ça... On m'a dit que seule la reine d'Oniria pouvait contacter les gens d'Oza-Gora et me mettre en contact avec le Marchand de Sable.

— Oui, c'est vrai, confirma Mamilou. Et c'est le travail des bureaux d'accueil d'effectuer la demande auprès de la reine...

— Il se trouve que j'ai rencontré la reine d'Oniria elle-même, intervint Eliott.

Mamilou leva un sourcil interrogateur.

— La reine Dithilde m'a reçu en audience devant tout le Grand Conseil, continua Eliott. Elle m'a demandé de créer des choses. Des objets, et même un être vivant. J'ai réussi à créer un escargot !

— Oh, Eliott ! s'émut Mamilou. Je savais que tu serais doué, mais là, je dois dire que je suis impressionnée !

— Merci, dit Eliott avec fierté.

— Et alors, ça y est ? demanda Mamilou. La reine a contacté le Marchand de Sable pour toi ?

— Non. Elle a plus ou moins promis qu'elle m'aiderait, mais d'abord elle voudrait que je fasse quelque chose pour elle.

— Mmhhh, fit Mamilou en fronçant le nez, je n'aime pas ça. Que t'a-t-elle demandé ?

— Elle voudrait que je crée une armée pour lui permettre de combattre les cauchemars. Apparemment, elle n'arrive plus à les contrôler. Elle craint une révolution.

— Une armée ! s'écria Mamilou. Pour combattre les cauchemars ? Je ne comprends pas. Il n'y a plus de police ?

— Si, il y a la CRAMO, la Cellule de Renseignement, d'Attrapade et de Maintien de l'Ordre, expliqua Eliott. La panthère qui m'a blessé le premier jour en fait partie. Ils attrapent tous les cauchemars dès leur création pour les enfermer dans un endroit sécurisé qui s'appelle Ephialtis.

— Quoi ! s'affola Mamilou. Je comprends mieux pourquoi les cauchemars veulent faire la révolution. Cette reine a complètement perdu la raison ! Pourquoi fait-elle ça ?

— Elle a expliqué que les cauchemars étaient des créatures nuisibles et que ses prédécesseurs les avaient laissés en liberté uniquement parce qu'ils étaient trop faibles pour agir, dit Eliott.

— Qu'est-ce que c'est que ce discours ? se révolta Mamilou. Créatures de rêve et de cauchemar cohabitent librement et pacifiquement à Oniria depuis toujours. Il n'y a jamais eu de problème. Enfermer systématiquement tous les cauchemars ? Quelle horreur ! Qu'est-ce qui a bien pu se passer pour que la reine en arrive là ?

— Je ne sais pas, répondit Eliott. Elle a seulement dit que les choses avaient changé.

Mamilou souffla bruyamment puis planta un regard dur dans les yeux impressionnés de son petit-fils.

— Quoi qu'il en soit, dit-elle, il est absolument hors de question que tu fabriques cette armée. Est-ce que c'est clair ?

— Très clair, dit Eliott d'une voix étranglée.

S'il avait pu, il se serait enfoncé tout entier dans le cuir du canapé de Mme Binoche.

— Il ne me reste plus qu'à rejoindre Oza-Gora par mes propres moyens, ajouta-t-il. Avec la CRAMO à mes trousses.

— Comment ça, la CRAMO à tes trousses ? demanda vivement Mamilou.

— La reine a demandé au chef de la CRAMO de vérifier que je « retrouve le chemin du palais », expliqua Eliott. Tant qu'elle n'aura pas ce qu'elle veut, ils ne me lâcheront pas.

Mamilou poussa un soupir désespéré.

— Oh là là, mais qu'est devenue Oniria ? se lamenta-t-elle en secouant la tête.

Cependant, lorsque Mamilou releva la tête, Eliott put lire dans ses yeux une détermination farouche.

— Eliott, as-tu envie de continuer ? demanda-t-elle. Vu la situation, je comprendrais très bien que tu préfères renoncer.

— Et que se passera-t-il pour papa si je renonce ? demanda Eliott.

C'était une question rhétorique, qui n'appelait aucune réponse. Mamilou ne s'y trompa pas. Elle se contenta d'un pincement de lèvres.

— Je ne laisserai pas papa mourir s'il y a une chance que je puisse le sauver, quels que soient les dangers, déclara Eliott d'une voix assurée qui le surprit lui-même. Je continue !

Mamilou regarda son petit-fils avec une infinie tendresse.

— Je suis fière de toi, mon Eliott, dit-elle.

Ces mots balayèrent les dernières hésitations d'Eliott.

— Je ne pense pas que tu sois réellement en danger à Oniria, continua Mamilou. Si les cauchemars sont systématiquement traqués et enfermés, tu n'as rien à craindre de ce côté-là. Quant à la reine, elle ne te fera aucun mal car elle a besoin de toi. Et si jamais la CRAMO réussit à te mettre la main dessus, tu pourras toujours t'échapper par déplacement instantané. D'ailleurs, ce serait bien que tu t'entraînes un peu. Essaie de faire deux ou trois petits sauts dans des endroits différents quand tu arriveras à Oniria ce soir.

— Ce qui serait vraiment génial, suggéra Eliott, ce serait de pouvoir rejoindre Oza-Gora par déplacement instantané. Tu y es déjà allée, toi ?

— Oui, j'y suis déjà allée, dit Mamilou.

— Alors tu pourrais peut-être me faire une description précise ? s'enflamma Eliott.

— Le moindre détail d'Oza-Gora est gravé dans ma mémoire, dit Mamilou. Mais même si j'arrivais à te faire un dessin parfait, cela ne te servirait à rien.

— Pourquoi ?

— Parce que le domaine d'Oza-Gora est protégé par une puissante magie. Un Créateur ne peut le rejoindre par déplacement instantané que s'il y a été invité par un Oza-Gorien.

— Et quand on n'a pas été invité, on fait comment ? grommela Eliott.

— On fait comme tout le monde, dit Mamilou, on marche. Mais tu n'y arriveras pas seul, il te faudra de l'aide. Et puisque la reine n'est pas dans les meilleures dispositions à ton égard, il faudra faire appel à quelqu'un d'autre.

— Qui ?

Les yeux de Mamilou se perdirent quelque part entre l'épaule d'Eliott et une lampe dont les couleurs incertaines évoquaient une huître laiteuse.

— Jov', souffla-t-elle. C'était l'un de mes meilleurs amis, à l'époque.

Le regard de Mamilou rétablit la connexion avec celui d'Eliott.

— Je lui fais une confiance aveugle, continua-t-elle. Va le voir. Il t'aidera à rejoindre Oza-Gora. J'espère seulement que tu n'auras pas de mal à le trouver. Ça fait tellement longtemps !

Eliott fit la grimace. Son enthousiasme commençait à s'émousser. D'abord trouver Jov', pour ensuite trouver le Marchand de Sable, tout en évitant de tomber entre les griffes de la CRAMO... Sa mission héroïque pour sauver son père était en train de se transformer en un interminable jeu du chat et de la souris, dans lequel il n'était pas certain d'être le chat.

— Et où vais-je trouver ce Jov' ? bougonna-t-il.

— À l'époque, il habitait à Hedonis, la capitale d'Oniria, expliqua Mamilou. Sa maison était tout près du Louvre. Tu peux commencer par là.

— Il y a le Louvre à Oniria ? s'étonna Eliott.

— Bien sûr, il doit bien y avoir des gens qui en rêvent la nuit. Tout comme la tour Eiffel, le Taj Mahal, Big Ben ou la Maison Blanche. Évidemment, ce ne sont pas des reproductions fidèles : chaque rêveur peut ajouter sa petite touche personnelle, qui peut à son tour être modifiée par le rêveur suivant. Ça change tout le temps, mais dans l'ensemble ça finit toujours par être assez proche de l'original.

Mamilou donna à Eliott quelques explications complémentaires sur la façon de trouver la maison de Jov', qu'elle lui décrivit avec force détails. Puis elle lui fit mille recommandations dont il n'avait pas besoin, comme de rester éloigné du palais de la reine ou d'éviter de créer quoi que ce soit pour ne pas se faire remarquer.

— Une dernière chose, dit-elle, à propos du sablier. Tu dois y tenir comme à la prunelle de tes yeux. Si jamais tu le perdais pendant un voyage à Oniria, ton esprit resterait coincé là-bas, il ne pourrait plus rejoindre ton corps dans le monde terrestre. Alors garde-le bien toujours sur toi en toutes circonstances, d'accord ?

Eliott frissonna à l'idée que son esprit puisse être définitivement séparé de son corps. Mais il ne voulut pas le montrer à sa grand-mère.

— Ne t'inquiète pas, je ne le perdrai pas, dit-il avec une assurance forcée.

Mamilou regarda longuement son petit-fils et le serra dans ses bras.

— Allez, sois prudent, mon Eliott, dit-elle. Et reviens me voir demain pour me raconter ta nuit, d'accord ?

— Je te promets d'être prudent, assura Eliott. Mais, pour ce qui est de revenir te voir demain, je ne peux rien garantir. Tout dépend de Christine.

Quand Eliott rentra dans l'appartement, Chloé et Juliette étaient surexcitées : elles avaient réussi à battre leur record à leur jeu préféré et tournaient dans le salon en criant « championnes du moooooonde ! ». Eliott prit son courage à deux mains : il était déjà 22 heures et Christine allait bientôt rentrer, il valait mieux pour lui qu'elle les trouve tous les trois au lit. La tâche s'annonçait difficile.

Eliott entendit la clé tourner dans la serrure à l'instant même où il éteignait sa lampe de chevet, après avoir réussi, non sans difficulté, à coucher les jumelles. Il fit semblant de dormir quand Christine entra dans sa chambre. Heureusement, elle n'eut pas l'idée de mettre sa main sur la lampe de chevet pour vérifier si elle était chaude, et ressortit de la chambre en pestant contre le désordre qui y régnait.

Le danger était écarté. Pour l'instant.

FOLLE MÉTROPOLE

Eliott se tenait debout au beau milieu d'un hideux assemblage de bâtiments bétonnés. Une usine désaffectée. Pas de spectacle plus désolant.

Pourtant, Eliott était émerveillé.

Car il venait de réussir son premier déplacement instantané.

Cela ne lui avait rien fait : pas de vertige, aucune sensation bizarre. C'était à peine plus difficile que de créer un objet. Il fallait seulement se concentrer plus longtemps, prendre le temps de visualiser tous les détails du paysage qu'il voulait rejoindre. C'était tellement simple, tellement magique, qu'Eliott voulut vérifier que cela fonctionnerait encore une fois. Il ferma les yeux. Avant même de les rouvrir, il sut que cela avait marché. Disparue, l'odeur de soufre et de métal. Elle avait été remplacée par une autre odeur, nettement plus agréable : l'odeur de la mer. Eliott ouvrit les yeux. Il était sur une longue plage de sable noir. Devant lui, les vagues. Derrière lui, une jungle inextricable. Aucun signe de vie. Il était probablement le premier être humain à fouler ce sol. Il recommença l'exercice plusieurs fois. Quel sentiment de liberté ! Chaque fois, il choisit des endroits où il se savait à l'abri des indiscrets : une cabine de téléphérique vide, un immeuble de bureaux en pleine nuit, une route de campagne et, pour finir, le désert.

Était-ce l'effet du soleil brûlant ou celui des déplacements à répétition, toujours est-il que la fatigue commençait à se faire sentir. Il était temps de rejoindre la civilisation et de partir à la recherche du fameux Jov'. Destination Hedonis, la capitale d'Oniria. Eliott visualisa dans sa tête la cour du château du Louvre, ses bâtiments anciens et, au milieu, la célèbre pyramide qui servait d'entrée au musée.

Quelques secondes plus tard, Eliott se retrouva devant une gigantesque structure de verre et de métal en forme... de croissant. Il crut d'abord qu'il s'était trompé d'endroit, et commençait à fermer les yeux pour se déplacer à nouveau quand il entendit une voix familière derrière lui :

— C'est quand même curieux, ce croissant. Je préférais quand c'était une pyramide ! Un croissant en plein Louvre, ça n'a aucun sens.

Eliott se retourna, intrigué. Il reconnut tout de suite Mlle Mouillepied, sa prof d'histoire, plongée dans la contemplation de l'étonnante construction. Ou plutôt le Mage de Mlle Mouillepied : elle ressemblait exactement à la Mlle Mouillepied du monde terrestre, mais ses yeux étaient entièrement blancs, sans iris ni pupille, ce qui ne l'empêchait pas de voir parfaitement. Eliott avait beau être au courant de cette particularité des Mages, c'était la première fois qu'il en voyait un, et il ne put réprimer un mouvement de recul.

— Eliott, ça me fait plaisir de voir que tu t'intéresses à l'architecture toi aussi ! dit le Mage de Mlle Mouillepied en l'apercevant.

— Bonjour, mademoiselle, dit Eliott en essayant de paraître naturel.

— Est-ce que toi aussi tu préférais la pyramide ?

— Euh, oui. Enfin je crois !

— Bonne réponse, reprit Mlle Mouillepied, je te mets 18 sur 20 !

— Merci, mademoiselle, répondit Eliott, que la situation commençait à amuser. Si seulement M. Mangin pouvait en faire autant !

— Manger ? dit la professeur, qui avait mal entendu. C'est une bonne idée, j'ai très faim, je pourrais manger quelque chose d'énorme. Tiens, ce croissant par exemple. Je vais le manger.

Eliott pouffa de rire en voyant sa professeur s'avancer en direction de la monumentale pâtisserie de verre, bras tendus, comme pour l'attraper.

— Il a l'air délicieux. Délicieux ! répétait-elle pour le plus grand plaisir d'Eliott.

Le jeune Créateur fut ramené à la réalité par un bruit d'hélices, juste au-dessus de lui. Il leva la tête. Trois hélicoptères violets sillonnaient le ciel. Le sigle CRAMO était peint en grandes lettres blanches sur leurs flancs. Eliott eut des sueurs froides. Était-il déjà repéré ? Mais les hélicoptères passèrent rapidement au-dessus de la cour du Louvre sans interrompre leur ronde de surveillance. Eliott poussa un soupir de soulagement en les voyant s'éloigner.

Quand il baissa la tête, la pyramide avait repris sa forme habituelle et le Mage de Mlle Mouillepied avait disparu. Il était temps de partir à la recherche de Jov'. Eliott fit un pas et tomba à la renverse. Sonné, il regarda autour de lui et se rendit compte qu'il se trouvait au beau milieu d'une immense patinoire, apparue comme par enchantement dans la cour du Louvre. Un couple de patineurs artistiques en costume à paillettes passa près de lui. La femme avait des yeux blancs de Mage. C'était sans doute elle qui avait provoqué cette nouvelle originalité. Eliott se releva en se frottant les coudes. S'il y avait autant de Mages à Hedonis, trouver la maison de Jov' risquait de ne pas être de tout repos ! Bien sûr, Eliott aurait pu créer une paire de patins à glace. Mais il ne voulait pas se faire remarquer. Il attendit donc patiemment qu'un autre Mage fasse disparaître la patinoire, puis se dirigea d'un pas prudent vers la sortie.

Mamilou avait expliqué que la maison de son ami se trouvait autrefois dans l'une des rues adjacentes au Louvre. Eliott avait donc décidé de contourner le musée à sa recherche. Lorsqu'il passa l'arcade qui séparait la cour du Louvre de la rue, il s'immobilisa, stupéfait. Tout, dans cette rue, était ahurissant. À commencer par les maisons : il y en avait une en forme de piano, une autre qui n'avait des murs que sur trois côtés et pas d'escalier, comme certaines maisons de poupées. Une autre encore flottait dans les airs, reliée au trottoir par des fils de cerf-volant. De nombreux Mages déambulaient dans les rues sans s'étonner de rien. La circulation était dense sur la route comme dans les airs : il y avait des calèches, des voitures de sport, des avions, des montgolfières, mais aussi des trains et des camions en plastique, des paires de chaussures géantes qui marchaient toutes seules et même une boîte de sardines qui avançait en sautant, ce qui causait un fracas épouvantable et secouait beaucoup ses occupants.

Après plusieurs minutes d'arrêt, Eliott se décida à avancer. Tout en cherchant la maison de Jov', il ne pouvait s'empêcher d'observer avidement tout ce qui l'entourait. À côté d'un réverbère, un Mage assis sur un fauteuil situé à trois mètres au-dessus du sol lui demanda de ramasser le journal qu'il venait de faire tomber sur le trottoir. Un peu plus loin, un marchand de glaces vendait à un grand robot un sorbet parfumé au « clou rouillé ». Mais ce qui impressionna le plus Eliott fut la boutique d'un tailleur, dans laquelle un homme se faisait faire un costume. Le tailleur présenta différents moutons à son client, qui passa la main dans leur laine et en choisit un. Le tailleur attrapa l'animal par les pattes, le mit dans une énorme machine, appuya sur différents boutons et, quelques minutes plus tard, un magnifique costume sortit de la machine.

Au bout d'un moment, Eliott se rendit compte qu'il avait fait tout le tour du musée et de ses jardins sans trouver ce qu'il cherchait. Comme l'avait craint Mamilou, la topographie d'Hedonis avait changé sous l'action des Mages et la maison de Jov' avait été déplacée. Eliott décida de s'aventurer un peu plus loin. Il commençait à avoir mal aux pieds et allait se renseigner auprès d'un passant lorsqu'il aperçut, au coin d'une ruelle, la maison décrite par sa grand-mère. C'était une maison extravagante aux couleurs criardes – rouge vif, jaune, vert anis –, nichée dans les branches basses d'un gigantesque pommier en fleur. Aucun doute, c'était bien la maison de Jov'.

Eliott s'engagea dans la ruelle, à la fois impatient et un peu intimidé de rencontrer bientôt cet ami que Mamilou n'avait pas vu depuis de si longues années. Allait-il lui réserver un bon accueil, comme Mamilou semblait le penser ?

Une échelle de bois menait à la porte d'entrée. Eliott grimpa sur la petite terrasse qui surplombait la rue et frappa trois coups secs à la porte… Personne ne répondit. Il frappa plus fort, avec le même résultat. Il actionna la poignée. La porte était ouverte. Mais il n'osa pas entrer et préféra s'approcher d'une fenêtre. Eliott colla son visage au carreau et son cœur se serra. La maison semblait abandonnée depuis longtemps. Une épaisse couche de poussière recouvrait le sol et les meubles, et des animaux sauvages avaient visiblement élu domicile dans la cuisine : tout était renversé, la vaisselle était cassée et le carrelage était jonché de déchets. Eliott redescendit la petite échelle plein d'amertume. Si Jov' avait déménagé, il allait avoir du mal à le trouver. À ce rythme-là, il ne rencontrerait jamais le Marchand de Sable à temps pour sauver son père !

À peine Eliott eut-il posé le pied sur la terre ferme que quelqu'un lui toucha l'épaule. Il se retourna brusquement et aperçut une femme au visage singulier : elle n'avait ni nez ni oreilles, mais des fentes qui ressemblaient à des branchies s'ouvraient à l'arrière des joues. Sa peau grisâtre luisait au soleil et sa bouche hideuse arborait une multitude de minuscules dents pointues. C'était, à n'en pas douter, une femme-poisson.

— Vous cherchez quelque chose ? demanda-t-elle.

— Non, je ne fais que regarder, merci beaucoup, répondit prudemment Eliott.

La femme le scruta de la tête aux pieds.

— Si vous cherchez Jov', il n'habite plus ici, dit-elle.

Eliott soupira. Il se doutait bien que plus personne n'habitait cette maison depuis longtemps. Mais l'entendre dire à voix haute mettait définitivement fin à toutes ses espérances.

— En revanche, je sais où il est, reprit la femme.

Eliott releva la tête. Avait-il bien entendu ?

— Il n'est pas loin, ajouta-t-elle. Si vous voulez bien attendre un peu, j'irai le chercher.

— Oui, je veux bien, dit Eliott, reprenant espoir. Merci beaucoup, madame.

— Je m'appelle Neptane, dit la femme en adressant à Eliott un sourire monstrueux qui lui donna la chair de poule. Et toi, comment t'appelles-tu ?

— Thomas, mentit Eliott, qui préférait rester discret.

— Ravie de faire ta connaissance, Thomas. Tu peux m'attendre chez moi si tu veux, tu seras mieux installé. J'habite juste en face, dit-elle en désignant une maison bleue de l'autre côté de la rue.

Eliott eut des frissons en voyant la main de Neptane : elle était palmée.

— Non merci, dit-il, je préfère attendre ici.

— Je crois que tu ferais quand même mieux d'entrer chez moi, insista-t-elle. Cette rue n'est pas très sûre en ce moment : des cauchemars ont été aperçus rôdant par ici pas plus tard qu'hier. Tu te rends compte ! Des cauchemars ! En plein cœur d'Hedonis ! Je serais plus tranquille si je te savais à l'abri.

La sollicitude de cette femme paraissait suspecte. Mais, s'il y avait des cauchemars, il y avait aussi probablement des attrapadeurs de la CRAMO. Eliott préférait éviter de tomber entre les mains d'un escadron. Il décida donc d'accepter l'invitation de Neptane, tout en restant sur ses gardes.

— D'accord, dit-il, je vais vous attendre chez vous. Merci beaucoup !

— Avec plaisir, Thomas. Suis-moi.

Eliott suivit Neptane dans la maison bleue. Si l'extérieur ressemblait à une classique villa de bord de mer, l'intérieur en revanche était inattendu : les murs, les cloisons et même les plafonds étaient constitués d'une eau translucide dans laquelle nageaient des centaines de poissons de toutes les formes, de toutes les couleurs et de toutes les tailles. Eliott en resta bouche bée.

— Installe-toi confortablement, dit Neptane en désignant un siège en forme de coquillage. Je n'en ai pas pour longtemps.

La femme-poisson sortit, laissant Eliott dans l'étrange salon. Aussitôt seul, il s'approcha des murs d'eau. C'étaient de gigantesques aquariums, avec du sable, des galets, des algues et des coraux au milieu desquels évoluaient les poissons. Eliott reconnut des hippocampes, des poulpes, une raie, plusieurs étoiles de mer et même une tortue, mais il y avait également des animaux plus étonnants, comme ces poissons en plastique qui nageaient parmi les autres en faisant des bulles. Ces murs vivants étaient fascinants, mais Eliott n'était pas à l'aise. Il avait l'impression qu'on l'épiait et passait son temps à se retourner.

La luminosité diminua brusquement et une ombre inquiétante enveloppa Eliott. Lentement, il leva la tête. Un énorme requin passait juste au-dessus de lui, dans le plafond. Un puissant frisson parcourut l'échine d'Eliott, qui pria pour que la paroi du plafond-aquarium soit suffisamment solide. Il approcha son doigt de l'un des murs pour en avoir le cœur net. Son doigt s'enfonça dans l'eau. Il n'y avait aucune paroi, l'eau tenait toute seule !

— Salut ! dit une voix, faisant sursauter le jeune garçon.

Eliott scruta le salon. Personne.

— Je suis là, reprit la voix. Dans le mur, juste devant ton nez !

Eliott scruta le mur devant lui. À la hauteur de son visage se tenait un poisson-clown à rayures orange et blanches, avec une tache orange autour de l'œil gauche. Il regardait Eliott droit dans les yeux en frétillant des nageoires.

— Tu ne voudrais pas me donner un coup de main ? demanda le poisson-clown.

— Quel coup de main ? demanda Eliott, qui n'en revenait pas d'être en train de parler à un poisson.

— Me sortir de là, répondit le poisson.

— Mais c'est la maison de Neptane, protesta Eliott. Je ne suis pas chez moi, je ne peux pas faire ça !

— Tu crois qu'elle s'est gênée, elle, pour m'ajouter à sa collection contre mon gré ? demanda le poisson. Ça fait trois jours que je suis coincé ici. J'ai essayé tous les murs, c'est partout pareil : cette folle de Neptane peut y mettre la main quand elle veut mais, pour nous, impossible de sortir. Elle n'invite pas souvent du monde chez elle, tu es mon seul espoir. Alors, s'il te plaît, plonge ta main dans ce satané mur et sors-moi de là !

Eliott regarda autour de lui. En dehors des poissons, il était toujours seul. Il remonta ses manches, plongea ses deux mains dans la paroi liquide et attrapa le poisson-clown entre ses doigts, essayant de ne pas le laisser glisser. Puis il posa le poisson sur le sol et regretta immédiatement ce qu'il venait de faire : le poisson était pris de convulsions. Évidemment ! À l'extérieur du mur, il ne pouvait plus respirer. Eliott était sur le point de le remettre dans le mur quand tout d'un coup, dans une dernière convulsion, le poisson se transforma en un petit singe brun à poil ras, avec le ventre et le visage d'un brun plus clair et une tache orange autour de l'œil gauche. Eliott avait beau savoir que tout était possible dans le monde des rêves, il en eut le souffle coupé.

— Ha ha ha, je t'ai bien eu avec le coup des convulsions, hein ! dit l'animal en riant. La tête que t'as faite, c'était trop drôle ! Mais bon, merci, mon pote, je te dois une fière chandelle !

— Pas de quoi, bafouilla Eliott.

— Je m'appelle Farjo, dit le singe en lui tendant la patte.

— Moi, c'est Eliott... euh, Thomas !

— Heureux de faire ta connaissance Elioteutoma, lança le singe avec gaieté.

Soudain, des bruits de pas. Eliott se retourna juste à temps pour voir Neptane surgir dans le salon, accompagnée d'une demi-douzaine de robots équipés de gros pistolets violets. Des attrapadeurs de la CRAMO.

— Un escadron ! s'écrièrent ensemble Farjo et Eliott.

Tous les deux reculèrent instinctivement derrière la table de salle à manger.

— Saisissez-vous du garçon, cria Neptane, c'est lui qui était à la recherche de Jov'. Quant à toi, le singe, tu ne perds rien pour attendre !

Les robots se précipitèrent sur Eliott. Réagissant au quart de tour, le jeune garçon renversa plusieurs chaises entre eux et lui pour gagner du temps. Avec leurs gestes saccadés, les robots eurent du mal à se défaire des chaises qui encombraient le passage. Eliott ferma les yeux et tenta de visualiser le premier lieu qui lui vint à l'esprit. Mais il n'arrivait pas à se concentrer avec tout ce vacarme autour de lui et, quand il rouvrit les yeux, il était toujours dans la maison de Neptane. Farjo tenait les robots à distance en leur lançant assiettes, verres, fourchettes et couteaux qu'il piquait dans le vaisselier. Eliott essaya encore plusieurs fois d'imaginer un lieu où il serait en sécurité. Mais, chaque fois, l'image qu'il s'efforçait de visualiser était aussitôt balayée par celle, effrayante, des robots et de la femme-poisson. Pourquoi était-il devenu incapable d'effectuer un déplacement instantané juste au moment où il en avait besoin ?

À court de vaisselle, Farjo se mit à pousser des cris stridents. Les assaillants plaquèrent leurs mains de robots sur leurs oreilles de robots et se mirent à tourner en rond. C'était efficace. Mais ces cris empêchaient également Eliott de se concentrer, si bien qu'il finit par donner un coup d'épaule au singe pour le faire taire. Les robots se remirent aussitôt en chasse. Ils approchaient. Inéluctablement. Eliott et Farjo reculaient. Bientôt, Eliott sentit son dos se mouiller : il était adossé au mur d'eau, sans défense, et les robots n'étaient plus qu'à quelques mètres. La réalité le submergeait, il était incapable de s'échapper.

Alors il tenta le tout pour le tout. Sans réfléchir, il attrapa Farjo par la peau du cou, prit une grande inspiration et sauta avec lui à travers le mur liquide, espérant avoir pris suffisamment d'élan pour le traverser. Mais il avait oublié un détail : si l'on pouvait entrer facilement dans le mur, on ne pouvait pas en sortir sans être tiré par quelqu'un d'extérieur. Il était pris au piège. Il n'avait plus le choix, il devait réussir son déplacement instantané. Eliott fixa son attention sur une étoile de mer qui gisait à ses pieds pour tenter de faire le vide dans son esprit, puis ferma les yeux et s'efforça de maintenir l'image d'un ailleurs qui se présentait devant lui, tout en retenant son souffle.

Des pincements aux mollets l'obligèrent à rouvrir les yeux. Un poulpe avec une tache orange autour de l'œil gauche avait enroulé ses tentacules autour de sa jambe, tentant de résister aux pinces des robots qui essayaient de le saisir. Eliott comença à paniquer. Il n'y arriverait pas ! Pas dans ces conditions. Alors il tendit les bras vers la paroi. Plutôt tomber entre les pinces des robots que mourir noyé. L'un d'eux agrippa la manche d'Eliott et tira. Tout ce qu'il parvint à sortir de l'aquarium fut un morceau de tissu. Eliott chercha Neptane des yeux, mais ne la trouva pas. Sa vision se troublait. Sa tête tournait. Dans quelques secondes, son diaphragme l'obligerait par réflexe à inspirer. Ses poumons se rempliraient d'eau.

Se réveiller. Il devait se réveiller. Convaincre son esprit de quitter Oniria pour retourner à sa place, dans son corps, dans le monde terrestre. Était-ce seulement possible ? Peu importe, il n'avait plus le choix. Eliott ferma les yeux. Il imagina sa chambre autour de lui. La douce chaleur de sa couette. La diode de l'écran d'ordinateur qui émettait une faible lumière bleutée. Le glouglou occasionnel de la chaudière. Sa mère qui le regardait dormir depuis son cadre en argent, sur la table de nuit...

N'y tenant plus, Eliott débloqua sa respiration.

9

TROMPE-L'ŒIL

De l'air !

C'était bien de l'air qu'Eliott venait de respirer !

Il ouvrit les yeux. Il était assis dans son lit, dans sa chambre de la rue de Lisbonne.

Sauvé.

Avec des gestes fébriles, Eliott chercha la lampe de poche qu'il cachait toujours sous son oreiller. Elle était bien là, dure et froide sous ses doigts engourdis. Il l'alluma et balaya les murs de sa chambre. Tout était là. Le placard béant débordant de vêtements et d'objets divers, le bureau avec l'ordinateur, le sac de sport abandonné par terre, les innombrables dessins qui jonchaient le sol. Eliott tendit l'oreille. Un son familier et rassurant s'élevait à intervalles réguliers de la chambre voisine : Eliott n'avait jamais été aussi heureux d'entendre sa belle-mère ronfler.

Eliott souffla, puis éteignit la lampe et s'effondra sur son oreiller. Il resta immobile un long moment, les yeux fermés.

Il n'avait jamais côtoyé la mort d'aussi près.

Qu'est-ce qui lui avait pris de sauter dans ce mur d'eau ? Il s'était précipité vers une mort certaine pour échapper à un escadron de la CRAMO. C'était du délire ! Comme si son instinct de survie s'était transformé en instinct d'auto-destruction… Sans parler de ce déplacement instantané qu'il avait été incapable de réussir ! Ah, c'était facile de s'évader sur une île déserte, tant qu'il n'avait pas un escadron de la CRAMO à ses trousses. Mais sous la pression du danger, c'était une autre histoire ! Il avait présumé de ses forces. Et Mamilou aussi. C'était bien beau de savoir créer des escargots, mais ça ne sauvait pas la vie ! Peut-être n'était-il tout simplement pas à la hauteur de la mission que Mamilou lui avait confiée.

D'ailleurs, il n'avait pas avancé d'un pouce. Au contraire ! Certes il avait trouvé la maison de Jov', mais elle était abandonnée depuis longtemps. Et vu la façon dont les choses avaient tourné avec Neptane, il semblait peu prudent de retourner là-bas pour interroger les voisins ! Les paroles de la femme-poisson résonnèrent dans la tête d'Eliott : « C'est lui qui était à la recherche de Jov'. » Rechercher Jov'. Était-ce un crime dans ce monde qui n'avait plus grand-chose à voir avec l'univers féerique qu'avait connu Mamilou ?

Les dents d'Eliott se mirent à claquer. En fait, il tremblait de la tête aux pieds. Ses vêtements lui collaient à la peau. Il réalisa soudain qu'il était trempé. Eliott envoya valser sa couette mouillée et étouffa un cri. Une minuscule souris venait de s'échapper de sous ses draps. Elle courut en couinant vers le radiateur. Eliott grogna. Décidément, c'était sa journée ! Il se débarrassa de ses vêtements et enfila un jean et un tee-shirt qui traînaient par terre.

Sec, il se sentait beaucoup mieux.

— Ahhhh, un bonheur, ce radiateur, dit une voix. J'étais gelé sous cette couette mouillée !

Eliott sursauta. Il chercha l'interrupteur d'une main tremblante et alluma la lumière. À côté du radiateur, une petite souris blanche se frottait énergiquement les pattes. Elle avait une tache orange autour de l'œil gauche. Comme le poisson-clown dans le mur d'eau. Comme le singe dans le salon de Neptane…

Farjo.

Eliott avait ramené Farjo avec lui dans le monde terrestre !

Farjo regarda autour de lui avec ses mouvements saccadés de souris.

— Wouaaahhh, s'exclama-t-il d'une voix étonnamment forte pour un si petit animal, le type qui habite ici doit être sacrément plein aux as !

— Moins fort ! le pressa Eliott, tu vas réveiller Chris…

— T'as vu tous ces dessins ? continua Farjo sans baisser le ton.

En un clin d'œil, Farjo s'était retransformé en singe et avait ramassé la moitié des dessins qui traînaient sur la moquette près du radiateur.

— Il y en a tellement, je crois qu'on peut en emprunter quelques-uns, dit-il. Il y a une vraie fortune ici, c'est Katsia qui va être contente ! Elle va enfin arrêter de dire que je ne sers qu'à lui attirer des ennuis.

Eliott ne comprenait rien au manège du singe. Si Farjo prenait ses dessins pour des Picasso, il allait être déçu ! À sa connaissance, des caricatures de M. Mangin avec un museau de fouine et une queue de cochon ne valaient pas grand-chose sur le marché de l'art… Mais ce n'était pas là l'important : il fallait qu'il trouve une solution pour ramener l'Onirien dans son monde avant qu'il ne réveille toute la famille !

Farjo avait maintenant amassé tellement de dessins qu'il ne savait plus quoi en faire. Il maintenait difficilement la pile entre ses pattes et son menton, et ne pouvait plus bouger. Tout à coup, il posa le tout par terre et se transforma en kangourou. Puis il ramassa les dessins et les fourra dans sa poche ventrale.

— Tu n'en prends pas, toi ? demanda-t-il.

— Quoi ?

— Des dessins, banane !

— Euh, non, ça va, dit Eliott. Écoute, il faut que je te dise un truc…

— Ah, je vois, le coupa Farjo d'une voix stridente. Monsieur a des principes : *ce n'est pas bien de voler* et tout et tout… Eh bien, moi, je dis : c'est là, y a personne d'autre que nous, je me sers !

— Fais ce que tu veux, dit Eliott en jetant un coup d'œil inquiet vers la porte, mais je t'en supplie, parle moins fort !

— Pourquoi ? demanda Farjo en se redressant. T'as mal aux oreilles ?

— Non, je…

— C'est à cause du bain dans les murs de Neptane ! coupa Farjo. C'est pas bon, toute cette eau, si tu n'as pas l'habitude. Heureusement que je peux me transformer en n'importe quel animal ! C'est super-pratique. Mais toi, j'ai bien vu que tu ne pouvais pas. D'ailleurs, je n'ai pas compris pourquoi tu nous avais précipités dans cette prison d'eau salée. Les humains ne peuvent pas survivre dans l'eau, c'est bien connu. Alors que moi...

Farjo était encore pire que les jumelles dans la catégorie « bavard intarissable ». Eliott l'écoutait à moitié, tout en se demandant comment il avait fait pour emmener cet animal avec lui dans le monde terrestre. Sa première idée fut que Farjo était passé dans le monde terrestre par contact physique avec lui. Car Farjo le Poulpe était accroché à sa jambe, dans l'aquarium, au moment où il s'était réveillé. Mais Eliott dut renoncer à cette belle idée en se rappelant que la panthère qu'il avait rencontrée le premier jour ne l'avait pas suivi dans le monde terrestre, elle. Et pourtant, elle le touchait au moment où il s'était réveillé. C'était le moins qu'on puisse dire, vu les traces de griffes qu'elle lui avait laissées. Mais si ce n'était pas par contact physique, alors comment ? Comment Farjo avait-il atterri ici, dans la chambre d'Eliott ? Et surtout, comment Eliott allait-il faire pour le ramener à Oniria avant qu'il ne soit découvert par les jumelles ou, pire, par Christine ?

— ... Enfin, tu nous as tirés de là, c'est l'essentiel, continuait Farjo. J'aimerais bien savoir comment tu as fait ça. Se retrouver ici tout d'un coup, comme par magie, sans passer par une Porte, j'avoue que ça ne m'était jamais arrivé. Tu es un magicien, c'est ça ? Tu peux te déplacer n'importe où ? J'ai connu un sorcier qui pouvait faire ça, mais il ne m'avait jamais emmené avec lui ! Lui, il utilisait une baguette magique. Et toi, c'est quoi ton truc ? Claquement de doigts ? Froncement de nez ? Formule magique ?

Puis le silence. Déconcertant. Farjo fixait Eliott de ses petits yeux noirs de kangourou. Il attendait une réponse. C'était le moment de vérité. Eliott allait devoir annoncer à Farjo que, à cause de lui, il avait quitté son monde. Et qu'il n'était pas sûr de pouvoir le ramener à Oniria.

Il prit une grande inspiration.

— Écoute, il faut que je t'avoue quelque chose, commença-t-il, mal à l'aise.

— Ouh là là, s'exclama le kangourou en bâillant, je t'ai pas demandé de grandes explications, hein ! Si tu veux rien me dire, tu me dis rien. Je suis pas comme cette fouine de Neptane, moi ! Tiens, pour te le prouver, je ne te demanderai même pas pourquoi tu cherchais Jov', c'est dire ! Parce que, crois-moi, j'en meurs d'envie.

— Tu connais Jov' ! s'exclama Eliott. Tu sais où le trouver ?

— Bien sûr que je connais Jov' ! répondit le singe en haussant les épaules. Comme tout le monde. Mais je ne sais évidemment pas où il est ! Par contre, j'aimerais bien savoir pourquoi toi tu le cherches.

Le kangourou se mordit la lèvre.

— Argh ! Je t'ai dit que je ne te poserais pas de question, alors je n'en poserai pas, reprit-il. Parole de Farjo ! Ce qui compte pour moi, c'est que tu m'as tiré d'un mauvais pas. Et on ne dira pas que Farjo est un ingrat. Alors s'il y a quelque chose que je peux faire pour toi, dis-le-moi et je le ferai.

Eliott poussa un grognement. Il était décidément impossible d'avoir une conversation avec ce Farjo.

— Farjo, écoute-moi, il faut que je t'explique...

— Ta ta ta ta, je ne veux rien savoir, le coupa Farjo. J'aimerais savoir, mais je ne le veux pas. Tu saisis la différence ? Allez, dis-moi ce que je peux faire pour toi. Je déteste avoir des dettes. Il y a bien quelque chose qui te tient à cœur. Quelque chose que tu voudrais faire ? Un endroit où tu voudrais aller ? C'est ma spécialité. Je peux rentrer presque partout. C'est ça, d'être polymorphe ! Je peux ramper, voler, passer en force, passer inaperçu... Je te l'ai dit, c'est génial.

Eliott souffla. Farjo était têtu, en plus d'être bavard.

— Je voudrais aller à Oza-Gora, murmura-t-il. Mais...

— Oza-Gora ! s'écria Farjo.

Le kangourou en était bouche bée. Plus un son ne sortit de sa bouche pendant plusieurs secondes.

— Tu dois être fou pour vouloir aller là-bas ! lâcha-t-il finalement d'un ton sombre. Ou alors complètement désespéré.

Eliott secoua tristement la tête. Fou ou désespéré. Il avait l'impression d'être les deux à la fois.

— Mais bon, ça ne change rien, reprit le kangourou. Je t'ai promis de l'aide, et il ne sera pas dit que Farjo fait des promesses en l'air. Alors, là, tout de suite, je ne sais pas trop ce que je peux faire pour toi, mais ce que je te propose, c'est d'aller voir Katsia. Elle est toujours très inspirée quand il s'agit d'explorer des endroits inaccessibles.

— Qui est Katsia ?

— C'est une aventurière, et c'est mon amie. On est colocataires et on voyage souvent ensemble. Elle adore voyager, c'est son truc, surtout si c'est dangereux. Je te préviens, elle est un peu dingue, cette fille ! Moi, je préfère me la couler douce. Mais, avec elle, c'est mission impossible !

— Et elle saura comment aller à Oza-Gora ? demanda Eliott, intrigué.

— Je ne sais pas. Mais on peut toujours essayer. Si quelqu'un sait comment y aller, c'est elle. Suis-moi.

Farjo ne laissa même pas à Eliott le temps de réagir. Il fit plusieurs bonds jusqu'à la porte de la chambre et actionna la poignée.

— Attends ! s'écria Eliott en se précipitant vers lui.

Mais la porte était déjà ouverte. Eliott se figea de stupéfaction. Car, de l'autre côté de la porte, pas de trace de la lumière verte des néons de la ville qui baignait habituellement le couloir, la nuit. Même la lampe allumée dans la chambre d'Eliott n'éclairait pas la console ancienne qui se trouvait de l'autre côté du couloir. Tout l'espace laissé vacant par la porte ouverte était noir comme la nuit. Sombre, si sombre qu'il semblait absorber la lumière.

Sans hésiter, Farjo fit un bond en avant et disparut. Eliott approcha une main hésitante. Un étrange pressentiment commençait à l'envahir. Au moment où il allait toucher du doigt l'étrange voile noir, une tête de kangourou apparut, flottant dans les airs à quelques centimètres de lui. Eliott eut un mouvement de recul.

— Bon alors, tu viens, on va pas y passer des heures ! râla Farjo. T'as jamais passé une Porte d'Oniria ou quoi ?

Oniria.

Eliott et Farjo étaient toujours à Oniria ! Eliott ne s'était pas réveillé. Il avait effectué un déplacement instantané. Il avait emmené Farjo dans une réplique exacte de sa chambre, située à Oniria. Une réplique si précise que même les sons étaient identiques à ceux du monde terrestre. Eliott était tellement abasourdi qu'il était incapable de bouger.

— Allez, dépêche-toi, insista Farjo, je me caille, moi ! Et en plus, pas moyen de me transformer en ours polaire, sinon je vais perdre tous les dessins.

La tête du kangourou disparut. Eliott inspira, ferma les yeux et fit un pas en avant, s'attendant au pire. Mais il n'y eut aucune résistance, aucune sensation étrange. C'était juste une porte semblable à toutes les portes. Seulement, on ne voyait pas, on n'entendait pas, on ne sentait pas ce qu'il y avait de l'autre côté tant qu'on n'en avait pas passé le seuil.

Dès qu'il eut passé la Porte, Eliott fut saisi par un froid intense. Il ouvrit les yeux. Il se trouvait au beau milieu d'une vaste étendue enneigée, encombrée de centaines de rochers aux couleurs sombres. La neige tombait à gros flocons et Eliott était enfoncé dans la poudreuse jusqu'aux chevilles. Farjo se tenait juste à côté de lui. Tous les deux grelottaient de froid.

Eliott n'eut pas une seconde d'hésitation. S'il restait en sweat-shirt, il ne tiendrait pas cinq minutes dans cet environnement. Tant pis si Farjo découvrait qu'il était un Créateur. Il ferma donc les yeux, se concentra et fit apparaître une paire de grosses bottes fourrées et deux épais manteaux de fourrure. Il enfila les bottes et l'un des manteaux, et tendit l'autre à Farjo, qui s'en emmitoufla immédiatement.

— Dis donc, ils sont vraiment cool, tes tours de magie ! s'exclama le kangourou. Je crois que je ne vais plus voyager qu'avec toi maintenant, ce n'est pas Katsia qui m'aurait donné un beau manteau comme ça !

Farjo avait le bon goût de ne pas trouver les dons d'Eliott suspects. La chaleur du manteau et cette constatation aidèrent le jeune Créateur à se détendre. Tout allait plutôt bien, finalement. Certes, Eliott n'avait pas trouvé Jov', il avait échappé de peu à un escadron de la CRAMO et il avait failli se noyer. Mais il avait fini par réussir son déplacement instantané, et son nouveau compagnon Farjo l'emmenait voir une amie aventurière qui pourrait certainement le guider jusqu'à Oza-Gora. Ce n'était pas ce qui était prévu, mais le résultat était le même ! Katsia plutôt que Jov', quelle importance, du moment que quelqu'un pouvait le mener au Marchand de Sable.

— On fait quoi, maintenant ? demanda le jeune Créateur.

— On cherche une Porte, bien sûr, répondit Farjo.

Eliott se retint de faire remarquer à Farjo qu'ils avaient autant de chances de trouver une porte dans ces montagnes que de devenir amis avec Neptane. Il regarda derrière lui : la porte de sa chambre avait disparu. À sa place se dressait un énorme pan de rocher. Farjo se lança dans une série de bonds, s'enfonçant parfois jusqu'en haut des cuisses dans la neige fraîche, si bien qu'Eliott dut l'aider à se dégager à plusieurs reprises. Eliott s'apprêtait à demander des précisions quand le kangourou s'arrêta devant un rocher qui brillait comme s'il était incrusté de paillettes.

— Je parie qu'il y a une Porte ici, déclara-t-il.

Il s'approcha du rocher, posa sa patte dessus, et une ouverture ovale noire comme la nuit apparut instantanément au milieu de la pierre grise scintillante, sous le regard médusé d'Eliott.

— Bingo, s'écria Farjo. On va enfin pouvoir se réchauffer un peu !

Une Porte. Une Porte d'Oniria. C'était ainsi que Farjo avait appelé le voile noir par lequel ils étaient sortis de sa chambre. C'était donc comme cela que l'on se déplaçait à l'intérieur du monde des rêves ! Oniria devait ressembler à une extraordinaire grappe de raisin, avec un lieu contenu dans chaque grain et des Portes pour connecter les lieux entre eux. Une grappe qui se modifiait en permanence sous l'activité des Mages et des Créateurs. C'était tout simplement fascinant. Eliott balaya l'horizon du regard : si des Portes se cachaient derrière seulement un dixième de ces rochers, il devait y en avoir des milliers.

Farjo s'engagea à travers la Porte. Une demi-seconde plus tard, il réapparut et se jeta dans la neige en hurlant.

— Que s'est-il passé ? s'alarma Eliott en se précipitant vers lui.

— Un volcan en éruption, éructa le kangourou en se roulant dans la neige. Je suis sûr que j'ai été brûlé au moins au cinquième degré ! C'est horrible, épouvantable, insupportable, au secours !

— Attends, je vais regarder, dit le jeune Créateur.

Eliott inspecta Farjo, qui se laissa faire en gémissant comme un grand malade. Son manteau était un peu brûlé et sa fourrure de kangourou légèrement roussie par endroits, mais cela n'avait pas l'air très grave. Rien en tout cas qui justifiât un tel cinéma.

— Je crois que tu vas t'en sortir, dit Eliott d'un ton narquois.

— J'étouffe, je suffoque, je meurs de chaud ! se plaignit encore le kangourou en prenant de grands airs.

— Je ne vois pas de quoi tu te plains ! rétorqua Eliott, que le numéro de Farjo commençait à agacer. Tu voulais de la chaleur, tu as été servi !

Le kangourou regarda Eliott d'un air vexé, puis, sans transition, éclata d'un rire tonitruant.

— Ah, t'as de l'humour, toi, mon pote, dit-il en donnant un coup de patte sur l'épaule d'Eliott. J'aime bien ça !

L'hilarité de Farjo était si communicative qu'Eliott se mit à rire lui aussi. Farjo était décidément un personnage surprenant.

— Je crois qu'on ferait mieux de partir d'ici rapidement, dit Eliott, qui claquait des dents malgré la fourrure. Dans quelques minutes, je vais me transformer en glaçon.

— T'as raison, mon pote, dit Farjo. Cherchons vite une autre Porte.

Il se leva d'un bond, en pleine forme, et déclara qu'il allait inspecter d'autres rochers un peu plus loin. Mais Eliott l'arrêta d'un geste.

— J'ai plus efficace, comme mode de déplacement, dit-il.

« Ce sablier est le sésame
qui te permettra de te rendre
à Oniria. »

LE JARDIN ENCHANTEUR

L'ENTREPÔT ROYAL

LA CARAVANE DES CHAMÉLÉONS

« Tu n'avais pas conscience d'être un Créateur !
La prochaine fois, tu verras, il te suffira de fermer les yeux,
de te concentrer et d'imaginer un lieu ou un objet,
et il apparaîtra immédiatement. »

— Bon sang, mais c'est bien sûr ! s'écria Farjo, j'avais oublié que je voyageais avec le meilleur magicien d'Oniria. Toi, tu me plais, mon coco !

Eliott ne put s'empêcher de sourire. Il espérait surtout qu'il ne se trompait pas et qu'il pourrait à nouveau emmener Farjo avec lui dans un déplacement instantané.

— Bon, alors où peut-on la trouver, ta copine Katsia ?

— On avait rendez-vous hier à Tombstone. Je suppose qu'elle y sera toujours. Elle va être furieuse !

— C'est quoi, Tombstone ?

— Tu n'y es jamais allé ? s'étonna le singe. C'est un village du Far West où a eu lieu la célèbre bataille d'O.K. Corral. C'est incroyable le nombre de Mages qui jouent les cow-boys, je te jure, ils se prennent tous pour des stars de cinéma. Enfin, ils se prenaient, parce que le Far West est un peu tombé en désuétude depuis quelques années. Les Mages qu'on y voit aujourd'hui n'ont plus rien de fringant, si tu vois ce que je veux dire...

— Ça ne va pas être évident, l'interrompit Eliott. Il doit y avoir des dizaines de villages de western à Oniria ! Il me faut plus de détails. Il y a quelque chose de particulier qui différencie ce village de tous les autres ?

— Bah, c'est celui où il y a une baraque assez basse, avec un portail en bois et un écriteau avec écrit « O.K. Corral » dessus. C'est tout au bout d'une rue typique de ce genre d'endroits. Ça te suffit ?

— Je ne sais pas. On va essayer et on verra bien. Si on ne tombe pas sur le bon village, on recommencera.

— Tant qu'on quitte cet endroit, moi ça me va, déclara Farjo. Il fait vraiment trop froid ici ! Et puis, avec toute cette neige, mes beaux dessins vont prendre l'humidité, peut-être même se déchirer, l'angoisse ! Sans compter que j'en ai marre d'être un kangourou, ça m'énerve de devoir sauter pour me déplacer...

Eliott n'attendit pas que Farjo ait terminé sa logorrhée. Il l'agrippa par la patte, ferma les yeux et imagina devant lui une rue de western comme dans les films, avec la poussière, les maisons en bois de part et d'autre, les cow-boys, le shérif, les chevaux qui s'abreuvent dans de grands bacs, et surtout, surtout, un portail en bois surmonté d'un écriteau « O.K. Corral ».

Quelques secondes plus tard, Eliott et Farjo se trouvaient dans un décor plus vrai que nature. Juste en face d'eux s'étalait en lettres énormes l'inscription « O.K. Corral Feed & Livery stables ». Eliott n'avait pas besoin d'être très fort en anglais pour comprendre qu'ils avaient atterri au bon endroit. Le déplacement instantané était beaucoup plus facile quand on n'avait pas un escadron d'attrapadeurs de la CRAMO aux trousses !

Farjo se mit à faire des bonds dans tous les sens.

— On y est, on y est, t'es trop fort, mon pote ! criait-il.

La première chose que fit Eliott fut de troquer son accoutrement de grand froid contre des bottes et un chapeau de cow-boy. Farjo ne posa aucune question et continua ses bonds joyeux sans se soucier d'Eliott. Mais sa petite danse fut de courte durée. Une première balle siffla, puis une deuxième, et ce fut une véritable fusillade qui éclata juste derrière eux. Eliott se retourna. Plusieurs cow-boys s'étaient engagés dans une bataille en règle. Certains d'entre eux avaient des yeux blancs : c'étaient des Mages. Et Farjo avait raison, ils n'étaient pas de première jeunesse.

— Ouh là ! s'écria le kangourou, mettons-nous à l'abri, sinon on va se faire tirer comme des lapins !

Eliott chercha des yeux un endroit pour s'abriter et plongea, bientôt suivi par Farjo, sous la promenade en bois qui longeait les maisons de la rue principale. Il était temps ! Le petit groupe de cow-boys s'était mis à tirer sur tout ce qui bougeait. L'un d'entre eux prenait un malin plaisir à faire danser un malheureux chat botté et chapeauté en tirant entre ses pattes.

— C'est où exactement, ton rendez-vous ? chuchota Eliott, qui avait hâte de s'éloigner.

— C'était ici, mais j'ai un jour de retard, alors j'imagine qu'elle doit m'attendre au saloon, répondit Farjo en indiquant un bâtiment à l'autre bout de la rue.

Aussitôt, Eliott se mit à ramper sous la promenade dans la direction indiquée par son nouvel ami.

— Hé, attends, l'interpella Farjo, je ne peux pas ramper, moi, je suis un kangourou ! J'ai déjà eu suffisamment de mal à me cacher ici...

— Donne-moi les dessins, ordonna Eliott en tendant la main.

Farjo ne bougea pas d'un pouce. Son attitude commençait à énerver Eliott : il ne comprenait pas pourquoi il tenait tant que cela à ces fichus bouts de papier. En plus, il n'avait même pas pris les plus beaux !

— Je te les rendrai après, s'agaça-t-il. Je vais juste les mettre dans mon sac à dos le temps qu'on rampe jusqu'au saloon.

— Quel sac à dos ?

— Celui-là, répondit Eliott en faisant apparaître à côté de lui une copie conforme du sac qui l'accompagnait tous les jours au collège.

Puisque Farjo le prenait pour un authentique magicien onirien, Eliott ne prenait plus aucune précaution avec ses créations. Et, comme il s'y attendait, Farjo ne fit aucun commentaire.

— Bon, d'accord, répondit Farjo. Mais dès qu'on sort de là-dessous tu me les rends !

— T'inquiète, ils ne m'intéressent pas, tes dessins ! le rassura Eliott en enfournant la liasse de papiers dans son sac à dos.

Immédiatement, Farjo se transforma en lézard et rampa à toute vitesse jusqu'à l'autre bout de la promenade. Eliott eut beaucoup plus de mal à le rejoindre : son sac à dos le gênait et s'accrochait sans cesse aux clous qui dépassaient des planches au-dessus de lui. Sans parler des bouteilles vides, des mégots de cigarette, des vieux débris de meubles et autres ordures en tous genres qui ralentissaient sa progression.

— Pas trop tôt, qu'est-ce que tu rampes lentement ! dit Farjo lorsque Eliott le rejoignit à l'autre bout du trottoir.

— Tu te fiches de moi ? s'énerva Eliott.

— Évidemment que je me fiche de toi, mon pote, dit Farjo en reprenant sa forme de kangourou. Merci d'avoir porté mes dessins, c'était sympa. Allez, on peut sortir, la voie est libre.

Eliott rampa à découvert, fourbu et couvert de poussière de la tête aux pieds. Farjo lui tendit d'abord une patte pour l'aider à se relever, puis une autre, immédiatement après, pour récupérer les dessins. Eliott les lui rendit aussitôt, heureux de se débarrasser de l'encombrante pile.

Eliott leva les yeux vers le saloon. Des coups de feu retentirent, puis des voix éclatèrent, accompagnées par les gammes rapides d'un piano. Eliott prit une grande inspiration, épousseta ses vêtements, traversa la rue et poussa la porte en bois à double battant, immédiatement suivi par Farjo. Personne ne remarqua leur entrée : un attroupement s'était formé autour du bar et des dizaines d'hommes se bousculaient pour mieux voir ce qui se passait. Eliott et Farjo parvinrent à se frayer un passage au milieu de la foule et découvrirent l'objet de tant d'excitation : un cowboy taillé comme une armoire à glace et une adolescente blonde qui devait avoir seize ou dix-sept ans braquaient chacun un pistolet sur deux séries de bouteilles vides, alignées sur le comptoir. Il y avait du verre brisé partout autour d'eux. Eliott en déduisit qu'ils n'en étaient pas à leur coup d'essai. Il interrogea un apprenti cow-boy à peine plus âgé que lui.

— Wild Bill a pincé les fesses de la blonde, répondit le jeune cow-boy avec une lueur d'admiration dans les yeux. Faut dire, elle l'a cherché en venant ici toute seule ! Mais cette pimbêche n'a pas du tout apprécié. Elle a tiré une balle dans le chapeau de Wild Bill, au ras de la tête. Alors il l'a défiée au revolver. Ils en sont à la dernière manche.

— Et qui gagne ? demanda Eliott.

— Pour l'instant, ils sont à égalité. Mais si la fille gagne, Wild Bill sera humilié. Il n'a jamais été battu par un homme, alors par une femme, tu penses !

Eliott pensait surtout qu'il fallait qu'il évite de se faire remarquer s'il ne voulait pas finir avec un trou dans la peau.

Un homme qui devait être le barman s'approcha du fameux Wild Bill et lui banda les yeux avec un torchon. Celui-ci tira et cassa quatre des cinq bouteilles, sous les acclamations du public. Le jeune cow-boy à côté d'Eliott applaudissait à tout rompre. Apparemment, quatre sur cinq, les yeux bandés et à cette distance, c'était une très bonne performance. Soucieux de passer inaperçu, Eliott applaudit également. Puis ce fut au tour de la fille. Le barman lui banda également les yeux, et la fille pointa son arme en direction du comptoir. Avec une rapidité déconcertante, elle appuya sur la gâchette et tira en quelques secondes sur les quatre premières bouteilles, en plein dans le mille. L'assistance retenait son souffle. Personne n'osait faire un geste. La fille tira une cinquième fois. Sous les yeux ébahis du public, la balle traversa la cinquième bouteille et alla se planter, comme les précédentes, dans le mur juste derrière. Elle avait réussi. Elle avait fait mieux que Wild Bill.

Celui-ci poussa un hurlement et, de rage, jeta son chapeau par terre.

— Tu gagnes cette fois-ci, rugit-il en brandissant un poing menaçant, mais ne t'avise pas de revenir ici, sinon je te fais ta fête. Et pas par bouteilles interposées !

— Quand tu veux, chéri, répondit la fille en rangeant calmement son revolver dans sa ceinture sans quitter Wild Bill des yeux.

Celui-ci ramassa son chapeau troué, puis sortit du saloon avec fracas, suivi par quelques cow-boys à la mine patibulaire. Le jeune voisin d'Eliott les suivit des yeux d'un air dépité. Il allait devoir changer de héros ! Aussitôt, la musique reprit et l'attroupement se dispersa, chacun retournant à ses occupations.

Eliott sentit quelque chose s'agripper à lui. C'était Farjo, qui lui avait attrapé le bras et l'entraînait à présent vers la fille blonde. Dès qu'elle l'aperçut, celle-ci jeta au kangourou un regard furieux.

— T'es carrément en retard ! dit-elle.

Ainsi donc, c'était elle, la fameuse Katsia. Sa tenue de baroudeuse, taillée dans une toile épaisse et sombre, lui donnait un air rude que le foulard coloré qui maintenait ses cheveux blonds ne parvenait pas à atténuer. Mais l'inquiétude grandissante qui engourdissait peu à peu chacun des muscles d'Eliott venait surtout du véritable arsenal qu'elle portait sur elle. En plus du revolver, le détaillomètre d'Eliott repéra immédiatement le poignard suspendu à sa ceinture, le petit couteau fiché dans sa botte droite et les deux menaçantes aiguilles métalliques plantées dans ses cheveux. Sans parler de ce qui devait probablement se trouver dans la besace qu'elle portait à l'épaule…

— Désolé, s'excusa Farjo, j'ai eu un petit problème avec ma vieille copine Neptane.

— Qu'est-ce que tu as fichu pendant tout ce temps ? demanda Katsia avec agressivité. Et depuis quand tu te promènes en kangourou ?

Katsia n'avait toujours pas jeté un seul regard à Eliott, qui avait la désagréable impression d'être transparent.

— J'espère que tu as de l'argent, au moins, dit-elle, parce qu'à cause de toi j'ai dû passer la nuit ici. Et puis je dois dédommager le patron pour la casse, ajouta-t-elle en montrant les bouteilles brisées derrière elle.

Farjo sortit une petite liasse de dessins de sa poche ventrale et les lui tendit avec un sourire satisfait.

— D'où est-ce que tu sors ça ? demanda-t-elle en ouvrant des yeux ronds.

— C'est mon pote qui m'a emmené dans un endroit où il y en avait plein, dit Farjo en poussant Eliott devant lui.

Katsia dévisagea le jeune Créateur, puis se tourna de nouveau vers le kangourou.

— C'est qui, ce guignol ?

— C'est mon pote Elioteutoma, déclara Farjo.

— Drôle de nom, dit Katsia en regardant Eliott d'un air sceptique.

— Euh, en fait c'est Eliott tout court, corrigea le jeune Créateur. Je n'ai pas eu le temps de...

— Je ne t'ai rien demandé, à toi, coupa Katsia.

— Sois cool avec lui, dit Farjo, c'est grâce à lui que je suis ici maintenant. Sinon, tu aurais pu m'attendre encore un moment ! C'est un super-magicien et c'est mon nouveau pote. Il peut voyager en un clin d'œil d'un endroit à un autre. Je te jure, c'est incroyable ! Il y a encore vingt minutes, on était en train de se geler dans un de ces endroits enneigés. Heureusement qu'il a fait apparaître des manteaux de fourrure, sinon on se serait transformés en glaçons...

— Un magicien, hein, répéta Katsia d'un air mauvais en détaillant Eliott de haut en bas. On verra ça.

Eliott déglutit avec difficulté. Il ne répondit rien. Un avertissement assourdissant résonnait dans sa tête : quoi qu'il arrive, surtout ne rien faire pour énerver cette fille.

Katsia choisit quatre dessins qu'elle tendit au barman, puis remit le reste du paquet dans sa besace. Le barman afficha le sourire de celui qu'on a bien payé et annonça une tournée générale, qui fut accueillie avec enthousiasme par tous les clients. Eliott comprenait à présent pourquoi Farjo avait tant tenu à prendre soin de ces papiers. Les dessins servaient de monnaie ! Si cette pratique pouvait avoir la bonne idée de s'étendre au monde terrestre, Eliott serait millionnaire.

Katsia se dirigea vers une table ronde proche de l'entrée et s'assit sur l'une des chaises en bois, bientôt imitée par les deux autres. Le barman plaça devant eux trois verres remplis à ras bord d'un liquide brun et visqueux auquel aucun d'entre eux ne toucha.

— Bon, et pourquoi tu l'as amené ici, ton nouveau pote, demanda-t-elle, ignorant de nouveau Eliott.

— Il m'a rendu service, et je voudrais lui donner un coup de main en retour.

— Et tu ne peux pas le lui donner tout seul, ce coup de main ?

— Non, on a besoin de toi. S'il te plaît, je te revaudrai ça !

Katsia resta immobile un instant, puis se tourna vers Eliott.

— Et qu'est-ce que je peux faire pour toi, le magicien ? demanda-t-elle de mauvaise grâce.

— Je voudrais aller à Oza-Gora, répondit Eliott d'une voix qui se voulait assurée.

— Impossible, répondit laconiquement l'aventurière, qui reporta aussitôt son attention sur Farjo. C'est pour ça que tu me l'as amené ? C'est une blague ? Bon, allons-nous-en.

— Attends ! s'écria Eliott.

Katsia tourna à nouveau la tête vers lui.

— Tu es encore là, toi ?

— Si tu ne peux pas m'aider à aller à Oza-Gora, reprit Eliott, à qui la contrainte avait donné plus d'aplomb, tu peux peut-être me dire où trouver un dénommé Jov' ?

Au moment où il prononça le nom de Jov', Katsia se mit à tousser et Farjo fit tomber son verre par terre.

— T'es fou, chuchota Farjo, t'as pas encore compris qu'il vaut mieux éviter de dire ce nom-là en public ? Ton expérience avec Neptane ne t'a pas suffi ?

Eliott n'eut pas le temps de répondre.

— Partons d'ici, ordonna Katsia d'un ton sec. Nous avons besoin d'un endroit calme.

AU PLACARD !

Eliott cligna des yeux en sortant du saloon. La lumière vive du soleil l'éblouissait et la chaleur était devenue insupportable, sans parler de la poussière qui s'infiltrait jusque dans ses oreilles. Du côté des bonnes nouvelles, la rue principale du village était à présent déserte, ce qui n'était pas pour lui déplaire. Se faire tirer dessus ne faisait en effet pas partie de ses passe-temps favoris. Katsia avança sans hésiter et s'engagea dans une ruelle qui s'ouvrait entre l'échoppe du barbier et celle du croque-mort, suivie de près par le bondissant Farjo. Eliott fut obligé de courir pour ne pas se laisser distancer. Il frissonna en passant devant les dizaines de cercueils qui attendaient la prochaine fusillade. Décidément, il n'aimait pas cet endroit.

Un peu plus loin, Katsia s'arrêta devant une maison en bois tellement délabrée qu'on se demandait comment elle pouvait encore tenir debout. Il n'y avait plus de toit, et les pauvres lattes de bois décoloré qui composaient le mur laissaient passer les rayons du soleil par leurs interstices. Eliott profita d'une planche cassée pour jeter un coup d'œil à l'intérieur. Il n'y avait rien d'autre que de la terre battue et quelques touffes d'herbes éparpillées.

Farjo se mit en travers de la porte.

— Oh non, pas là ! supplia-t-il.

— Si, là ! répondit Katsia, les poings sur les hanches.

— Je déteste cet endroit, s'il te plaît, allons ailleurs ! insista le kangourou.

— C'est le plus court chemin pour aller là où on va, et c'est par là que nous allons passer, chochotte ! Allez, pousse-toi de là !

Le ton était sans appel. Dépité, Farjo se tourna vers Eliott et lui tendit sa liasse de dessins.

— Tu veux bien garder ça à l'abri dans ton sac à dos ? demanda-t-il.

— Pourquoi ? demanda Eliott, étonné que Farjo soit si prompt à se séparer de sa précieuse monnaie.

— Tu verras, dit Farjo en grimaçant.

Aussitôt débarrassé des dessins, Farjo se transforma en singe. Eliott s'attendait au pire. Le cœur battant, il regarda Katsia poser sa main sur la poignée, se demandant ce qui pouvait bien se trouver de l'autre côté. Car il s'agissait évidemment de l'une de ces Portes qui permettaient de voyager à travers Oniria. Farjo ne se serait pas laissé impressionner par trois brins d'herbe qui poussaient entre des planches de bois. Cette Porte menait forcément vers un ailleurs. Mais lequel ?

Katsia ouvrit la Porte et poussa Farjo et Eliott de l'autre côté sans qu'ils aient le temps de protester. Immédiatement, Eliott fut pris à la gorge par une épouvantable odeur de poisson pourri. Il écarquilla les yeux pour en trouver l'origine, mais ne vit rien : tout était noir autour de lui. Il se boucha le nez.

— Gu'est-ze gue z'est gue zedde odeur ibbonde ? demanda-t-il.

— Le poisson, maugréa Farjo.

— Bais où est-ze gu'on d'est ?

— Chut ! souffla Katsia. Si vous ne la fermez pas tout de suite tous les deux, c'est moi qui vous fais taire.

Eliott et Farjo ne dirent plus un mot. Katsia alluma une lampe torche qu'elle avait tirée de son sac et balaya l'espace autour d'eux. Cela ressemblait à une grotte humide, parsemée de tas informes et grouillants.

— C'est par là, dit-elle à voix basse en indiquant de son faisceau lumineux un recoin de la grotte. Suivez-moi de près. Avancez en silence et avec délicatesse, si vous en êtes capables.

Eliott trouva que Katsia exagérait : en matière de délicatesse, elle n'avait pas de leçons à donner ! Mais ce n'était pas le moment de faire des remarques déplaisantes. Katsia se mit en marche, suivie de près par Farjo et Eliott. Le sol était mou et leurs pieds s'enfonçaient à chaque pas, ce qui ralentissait considérablement leur allure. La puanteur, l'atmosphère confinée et humide ainsi que les gargouillis suspects qui s'élevaient d'un peu partout étaient aussi désagréables qu'inquiétants.

Impatient de quitter cet endroit au plus vite, Eliott pressa le pas. En longeant l'un des tas grouillants, il se prit le pied dans quelque chose qui dépassait et s'étala de tout son long.

— Plus un geste ! souffla Katsia.

Eliott se figea, tous les sens en alerte. Le sol mou avait amorti sa chute, mais un liquide visqueux avait jailli sous son poids et s'immisçait, lentement mais sûrement, à l'intérieur de ses vêtements. Au début, il sentit seulement la chaleur. Mais, rapidement, les parties de son corps qui étaient en contact direct avec le liquide se mirent à le démanger puis à le brûler. Quoi que ce fût, ce n'était pas de la crème hydratante !

Katsia s'approcha avec la lampe, et Eliott découvrit de quoi était composé le tas grouillant qui se trouvait à côté de lui : c'était un amas de poissons, certains visiblement morts, d'autres encore vivants. Il avait trébuché sur le tentacule d'un gros calmar.

— C'est bon, dit finalement Katsia, tu peux te relever. Mais doucement !

Eliott se releva avec d'infinies précautions et un soulagement audible.

— Où sommes-nous ? demanda-t-il en essorant son tee-shirt imbibé de l'étrange liquide. Dans la cave de Neptane ?

— Nous sommes dans l'estomac d'une baleine géante, expliqua Katsia d'un ton abrupt. Les petits tas que tu vois sont des restes de poissons qu'elle a avalés. Si on la chatouille en faisant des gestes trop brusques ou en parlant trop fort, son estomac va comprendre qu'il y a encore quelque chose de vivant ici, et il va déclencher un réflexe de digestion qui nous emportera tous les trois dans un torrent de suc gastrique en direction de l'intestin. Donc tais-toi, et fais attention où tu mets les pieds.

Eliott était tétanisé. Du suc gastrique ! Pas étonnant que cette horreur lui brûle la peau. Il comprenait mieux pourquoi Farjo avait dû abandonner sa forme de kangourou :

quelques bonds, et ils étaient tous les trois transformés en croquettes pour baleine.

— Je vais rester derrière et éclairer vos pas, déclara Katsia. Farjo, tu sais où aller, nous te suivons.

La petite troupe se remit en marche. Eliott faisait désormais attention à chacun de ses gestes. Sa peau brûlait et ses vêtements collaient, mais ce n'était rien à côté de ce qui l'attendait s'il tombait de nouveau.

Arrivé à l'extrémité de l'estomac, Farjo s'arrêta. Katsia donna la lampe torche à Eliott et s'avança pour aider Farjo à trouver la Porte qui les ferait sortir de là en tâtant avec application la paroi arrondie qui se dressait devant eux.

— C'est ici ! dit soudain Katsia.

Un espace ovale noir comme la nuit venait d'apparaître devant elle.

— C'est pas trop tôt, dit Farjo, je n'en peux plus de cet endroit !

De l'autre côté, une grande pièce carrée. Au sol, des pavés de pierre grise ; au mur, des briques plates peintes en rouge ; en face, trois portes en bois laqué d'un rouge intense. À part cela, rien. La pièce était totalement vide. Farjo se transforma aussitôt en kangourou et réclama ses dessins à Eliott, qui les lui rendit sans rechigner. Katsia restait immobile, le regard braqué sur les portes en bois rouge.

— Et maintenant ? demanda Eliott.

— Maintenant on attend, répondit Katsia.

Eliott renonça à demander des explications. Il n'avait qu'une seule idée en tête : se débarrasser de tout le suc gastrique qui lui collait à la peau. Mais il préférait éviter de faire une démonstration de ses pouvoirs de soi-disant magicien devant Katsia. Il recula donc d'un pas afin de quitter le champ de vision de l'aventurière et, le plus discrètement possible, ferma les yeux pour troquer ses habits imbibés de liquide corrosif contre des vêtements identiques, mais secs. Il fit aussi apparaître un paquet de lingettes nettoyantes et se frotta le ventre et le visage en essayant de ne pas faire de bruit. Mais Katsia avait l'ouïe fine. Elle tourna la tête vers lui avec un regard inquisiteur, et Eliott, par réflexe, fit disparaître les lingettes d'un clignement des yeux.

Quel idiot ! L'avait-elle vu faire ? La question resta sans réponse. L'une des portes en bois rouge s'ouvrit, laissant apparaître un homme de petite taille, au teint buriné et au crâne rasé, qui portait un kimono couleur safran. C'était, à l'évidence, un moine bouddhiste.

Le moine fit quelques pas dans leur direction, puis s'arrêta au milieu de la pièce. Ami ou ennemi, c'était difficile à dire : son visage n'exprimait aucune émotion. Katsia déposa sa besace sur le sol et s'avança. Eliott voulut la suivre, mais Farjo le retint par le bras.

— Reste là, murmura-t-il.

Katsia fit un geste de salutation qui lui fut rendu. Puis plus rien. Le moine et l'aventurière restèrent longuement immobiles, en silence. Soudain, sans prévenir et avec une vélocité qui confinait à l'impossible, le moine exécuta une série de sauts périlleux avant de terminer en décochant un terrible coup de pied qui aurait probablement fracturé la mâchoire de Katsia si celle-ci n'avait pas réagi au quart de tour et esquivé l'attaque. Eliott n'eut même pas le temps de réaliser ce qui se passait. Katsia avait déjà riposté, portant une série de coups hautement spectaculaire au moine. Mais ce dernier n'avait aucun mal à les éviter et attaquait de plus belle. Le combat continua ainsi pendant plusieurs minutes sans qu'aucun des deux adversaires ne réussisse à prendre l'avantage. C'était de la haute voltige. Katsia tenait tête au moine sans faiblir : elle était visiblement rompue aux techniques les plus avancées du kung-fu. Décidément, cette fille était une arme de destruction massive à elle toute seule !

Soudain, pour la première fois, une attaque atteignit sa cible : le moine décocha un violent coup de pied dans le ventre de Katsia, qui s'effondra à terre. Eliott étouffa un cri de stupeur. Impassible, le moine s'approchait de l'aventurière pour l'achever. N'écoutant que son courage, Eliott se précipita pour demander grâce. Trop tard. Il avait à peine fait trois pas que déjà le moine sautait à pieds joints sur la malheureuse. Mais Katsia, rapide comme l'éclair, roula sur le côté. Puis, profitant de la demi-seconde de surprise de son adversaire, elle bondit sur lui, immobilisant les bras du moine entre ses jambes. Les deux combattants restèrent un moment dans cette étrange position, puis, sans qu'Eliott ait rien compris à l'affaire, ils se relevèrent tous les deux et se saluèrent en s'inclinant.

— Je vois que tu n'as rien perdu de tes réflexes, dit le moine.

— Maître Kunzhu est trop bon, répondit Katsia, il s'en est fallu de peu !

Le moine sourit.

— Tes amis et toi me ferez-vous l'honneur d'accepter une invitation à prendre le thé ? demanda-t-il.

— Je vous remercie, maître Kunzhu, une autre fois peut-être. Mais, aujourd'hui, nous ne faisons que passer.

— Comme tu veux, Katsia, c'est toujours un plaisir de te voir, même rapidement.

— Le plaisir est partagé, maître Kunzhu.

Le maître salua et partit comme il était venu.

Eliott était bouche bée. Comme si de rien n'était, Katsia ramassa sa besace et ouvrit la porte de droite. Eliott et Farjo la suivirent sans un mot dans une cour entourée de bâtiments longs et bas, similaires à celui qu'ils quittaient. Seule se distinguait au milieu une construction plus élevée, surmontée d'un toit recourbé sur les côtés, typique des maisons traditionnelles chinoises. On y accédait par un large escalier en pierre, gardé de chaque côté par une impressionnante statue de dragon. Katsia se dirigea droit vers une petite porte aménagée sous l'escalier, juste derrière l'un des dragons.

Eliott se demanda où ils allaient atterrir cette fois-ci. La banquise ? Un zoo ? L'Atlantide peut-être ? Il s'engagea, plein de curiosité, à la suite de Katsia et de Farjo, et la porte se referma derrière eux en claquant. Ils étaient de nouveau dans le noir, serrés les uns contre les autres. Quelqu'un appuya sur un interrupteur. Des seaux, des serpillières, des éponges, des produits ménagers… ils étaient dans un placard à balais. Eliott n'eut pas le temps de se demander ce qu'ils faisaient là : Katsia l'avait plaqué contre le mur et lui tordait le bras derrière le dos dans une position particulièrement inconfortable.

— Maintenant, le magicien, tu vas me dire qui tu es et ce que tu cherches, dit-elle.

— Eh, mais ça va pas, protesta Eliott, tu me fais mal !

— Je sais. Et tu auras encore plus mal si tu ne réponds pas tout de suite à ma question.

— Je m'appelle Eliott et je voudrais aller à Oza-Gora.

— Ça, tu l'as déjà dit, et je ne suis pas sourde. Dis-moi plutôt ce que je ne sais pas encore et que tu essaies de cacher.

— Je ne cache rien !

— Ne te paie pas ma tête, cria Katsia en tordant un peu plus le bras d'Eliott. Pourquoi veux-tu aller à Oza-Gora ? Et pourquoi veux-tu rencontrer Jov' ?

La douleur dans le bras d'Eliott était si vive que des étoiles commencèrent à danser devant ses yeux. S'il voulait s'échapper, c'était maintenant ou jamais. Eliott ferma les yeux, espérant réussir un déplacement instantané. Mais Katsia resserra encore sa prise et lui appuya la tête contre le mur. Eliott était à deux doigts de s'évanouir. Dans ces conditions, impossible de s'enfuir.

— N'y pense même pas ! dit-elle. Tu crois que je n'ai pas remarqué ton petit manège tout à l'heure ? Je sais que tu fermes les yeux quand tu utilises ton pouvoir. Maintenant, dis-moi pourquoi tu veux aller à Oza-Gora.

Eliott était paralysé par la peur et la douleur.

— C'est mon père, gémit-il, il est en train de mourir et seul le Marchand de Sable peut le sauver. C'est pour ça que je dois aller à Oza-Gora.

Eliott sentait le souffle chaud et rapide de Katsia dans son cou. Elle ne disait rien. Elle était probablement en train de décider si elle devait le croire ou non. Eliott retint des larmes de douleur et d'impuissance qui ne demandaient qu'à couler.

— Admettons que tu dises la vérité, dit finalement Katsia, quel est le rapport avec Jov' ? Pourquoi veux-tu entrer en contact avec l'homme le plus recherché de tout Oniria !

— Jov' est recherché ? souffla Eliott.

Katsia le retourna violemment face à elle et plongea ses yeux de glace dans ceux d'Eliott. Le sang reflua d'un coup dans le bras du jeune Créateur, ce qui le brûla encore plus que le suc gastrique.

— Tu ne savais pas que Jov' était recherché ? demanda Katsia.

— Non, répondit Eliott d'une voix blanche.

— Tout le monde à Oniria sait que Jov' est recherché, cria l'aventurière en secouant Eliott. Tu te fiches de moi !

— Peut-être qu'il vient juste d'être créé et qu'il n'est pas encore au courant ? intervint Farjo, sortant enfin de son mutisme.

— Si c'était le cas, il n'aurait pas non plus entendu parler du Marchand de Sable, répondit Katsia.

— Alors, peut-être qu'il vient d'un endroit où la propagande officielle n'est pas diffusée ! tenta à nouveau Farjo.

— À ma connaissance, le seul endroit qui y échappe est précisément Oza-Gora, rétorqua Katsia, au comble de l'agacement. Et les Oza-Goriens ne sont pas censés savoir faire les petits tours de magie de ton copain.

Tout à coup, Katsia se figea.

— Attends un peu... Farjo, tu as dit qu'il avait quels pouvoirs, ton pote ?

— Il peut voyager d'un endroit à un autre en un clin d'œil, il peut faire apparaître des objets, changer de vêtements...

— C'est pas vrai ! murmura Katsia en libérant Eliott.

Elle ne quittait pas le jeune garçon des yeux, mais son regard s'était fait moins dur : il avait pris une expression surprise, doublée d'un éclat presque aimable. L'aventurière esquissa même un semblant de sourire.

— Farjo, dit-elle, je crois que tu nous as dégoté un Créateur !

Une demi-heure plus tard, Eliott, Farjo et Katsia étaient installés au soleil sur les marches en pierre du monastère. La cour était déserte. Seule la silhouette occasionnelle et furtive d'un moine leur rappelait de temps à autre que les lieux étaient habités. Farjo avait abandonné ses dessins à la besace de l'aventurière et repris sa forme de singe. Katsia et lui avaient assuré à Eliott qu'ils n'avaient aucune intention de le dénoncer à la CRAMO et le harcelaient de questions sur le monde terrestre, sur son père, sur sa grand-mère, sur le sablier, sur ses pouvoirs, sur Aanor et sur la reine Dithilde. C'était la première fois qu'ils rencontraient un Créateur, et ils voulaient tout savoir. L'attitude de Katsia avait changé du tout au tout depuis qu'elle connaissait l'identité d'Eliott. Son insatiable curiosité avait fait disparaître toute trace d'agressivité, si bien qu'elle pouvait presque paraître inoffensive. Mais Eliott veillait quand même à ne jamais lui tourner le dos.

Au bout d'un moment, le rythme des questions ralentit.

— Je m'étonne quand même de l'attitude de la princesse Aanor, commenta Farjo.

— Pourquoi ? demanda Eliott.

— Parce qu'elle a la réputation de ne pas savoir mentir, expliqua le singe.

— Et tu crois que c'est vrai ? demanda Eliott.

— Je ne sais pas, répondit Farjo. Mais beaucoup semblent le croire.

— À mon avis cette pimbêche cache bien son jeu ! conclut Katsia en donnant une grande claque dans le dos d'Eliott. Tu t'es bien fait avoir, petit. Faut jamais se fier aux beaux yeux d'une fille !

Eliott fit la grimace.

— Donc, si je récapitule, continua Katsia, depuis six mois quelqu'un de notre monde oblige ton père à dormir en permanence et à faire d'horribles cauchemars. Ta grand-mère s'en rend compte, elle t'envoie ici pour rencontrer le Marchand de Sable en espérant qu'il pourra le guérir. Tu tombes sur la CRAMO, qui te prend pour un cauchemar ; puis sur la princesse Aanor, qui prétend t'aider, mais elle te tend un piège et tu te retrouves face à la reine, qui veut t'obliger à lui créer une armée pour combattre les cauchemars. En dernier recours, tu essaies de contacter un ami de ta grand-mère qu'elle n'a pas vu depuis des dizaines d'années, mais il se trouve que cet homme est numéro un sur la liste des bandits recherchés par la CRAMO. Si bien que tu finis par tomber successivement sur cette folle de Neptane, un escadron, ce bon à rien de Farjo et enfin sur moi.

— Euh… oui, acquiesça Eliott, c'est ça !

— Eh bien, on peut dire que tu collectionnes les gamelles, toi : plus malchanceux tu meurs ! dit l'aventurière en riant.

L'humour de Katsia n'était pas tout à fait du goût d'Eliott. Ni de celui de Farjo.

— Bon à rien ! grommela le singe. Comment ça, bon à rien ?

— Allez, ne te fâche pas, dit Katsia en frottant le crâne de son ami, tu sais bien que tu es mon bon à rien préféré !

— Mmmhhh, grogna Farjo, toujours boudeur.

Eliott décida que c'était à son tour de poser les questions. Maintenant qu'ils étaient à l'abri des oreilles indiscrètes, Katsia accepterait peut-être de lui répondre…

— Katsia, dit-il, pourquoi Jov' est-il recherché par la CRAMO ?

— Jov' est à la tête d'un groupe de rebelles qui en fait baver à la reine Dithilde et à la CRAMO, répondit Katsia tout en continuant à gratouiller le singe. Un conseil : ne prononce plus jamais son nom en public !

— Ça fait quatre ans que les escadrons essaient de lui mettre le grappin dessus, ajouta Farjo. Son portrait est diffusé en boucle dans tout Oniria, mais personne ne sait où il se cache. Un sacré bonhomme, ce Jov' ! J'aimerais bien connaître son secret.

Farjo avait de l'admiration dans la voix.

— Donc, si je comprends bien, dit Eliott d'un ton dépité, je n'ai aucune chance de le retrouver.

— Absolument aucune, confirma Katsia d'un ton léger. Si tu le cherches, tout ce que tu trouveras, ce sont des ennuis.

Eliott accusa le coup. Il ne pourrait pas compter sur l'ami de sa grand-mère, c'était sûr maintenant. Mais il lui restait encore un espoir d'obtenir un peu d'aide, et il était assis juste à côté de lui.

— Et toi, Katsia, est-ce que tu sais comment je peux aller à Oza-Gora ? demanda-t-il. Farjo a dit que tu aurais peut-être une idée.

— Ah, il a dit ça ? dit Katsia en adressant à Farjo un regard étonné. Eh bien, il s'est trompé : je te l'ai déjà dit tout à l'heure, il est impossible d'aller à Oza-Gora.

Cette fois, Eliott sentit sa gorge se serrer. Il avait affronté tous ces dangers, échappé à la CRAMO, failli se noyer, mourir de froid, être tué par balles, avalé par une baleine, il avait été brutalisé par Katsia elle-même, et tout ça pour rien ?

— Impossible ? demanda-t-il d'une voix étranglée. Mais il doit bien y avoir un moyen, une carte, un itinéraire ?

Katsia regarda Eliott droit dans les yeux.

— Que les choses soient claires, petit, dit-elle. Personne ne sait comment aller à Oza-Gora. Il n'y a pas de carte et personne ne pourra te renseigner.

— Mais pourquoi ? implora Eliott. Ça n'a aucun sens ! Oza-Gora est bien quelque part.

— Oza-Gora se déplace en permanence au sein de notre monde, expliqua Katsia. Elle n'est jamais deux fois au même endroit.

Pour Eliott, c'était la douche froide. Il savait qu'Oza-Gora était difficile d'accès. Il avait imaginé un chemin parsemé de danger, des ponts suspendus à traverser, des monstres à combattre, des forêts impénétrables, mais jamais il n'avait imaginé cela : une position aléatoire rendant toute recherche vaine. C'était imparable.

Et pourtant, il y avait forcément un moyen ! Mamilou avait dit qu'il n'y arriverait pas tout seul, pas que c'était impossible !

— Aucun habitant d'Oniria n'est jamais allé là-bas ? insista Eliott.

— Aucun, confirma Katsia. Sauf peut-être le vieux Bonk, mais bon...

Farjo adressa à Eliott un clin d'œil complice.

— Ah, je t'avais dit que Katsia aurait une piste ! s'exclama-t-il.

— Qui est ce vieux Bonk ? demanda Eliott plein d'espoir.

— Un ancien Chercheur de Sable qui prétend qu'il est déjà allé à Oza-Gora, répondit Katsia en haussant les épaules.

— C'est quoi, un Chercheur de Sable ? questionna le jeune Créateur.

— Quelqu'un qui cherche Oza-Gora pour s'emparer du Sable et faire fortune, ou pour prendre le pouvoir, expliqua Farjo. Ce sont des hors-la-loi, et la plupart du temps le genre de type que tu n'as pas envie de croiser le soir dans une ruelle sombre... Il y a même un édit royal qui interdit de leur parler !

— J'ai cru que tu en étais un au début, ajouta Katsia. C'est pour ça que je t'ai un peu malmené.

Eliott trouvait que « un peu malmené » était un doux euphémisme pour l'interrogatoire brutal qu'elle lui avait fait subir dans le placard à balais.

— Comment le Sable peut-il permettre de faire fortune ? demanda-t-il. Vous l'utilisez comme monnaie ?
Comme les dessins ?

— Mais non, s'amusa Katsia. T'as de drôles d'idées, toi !

Eliott ne voyait pas en quoi payer avec le Sable était
plus bizarre que de payer avec des dessins, mais il ne le
fit pas remarquer. Il préférait éviter de donner à Katsia
une nouvelle raison d'exercer sur lui sa remarquable
connaissance des emplacements les plus douloureux du
corps humain.

— C'est simple comme un tronc de cocotier, déclara
Farjo : t'as le Sable, tu contrôles les rêves des Terriens. Donc
tu contrôles l'activité de leurs Mages et ce qu'ils produisent.

— Et alors ? demanda Eliott.

— Alors ? s'écria Katsia. T'es idiot ou quoi ? Ce sont
les Mages qui produisent tout ici : les êtres, les maisons et
tout ce qu'il y a dedans, la nourriture, les vêtements, les
plantes, les animaux, les véhicules... Tu ne le savais pas ?

— Si, si, je le savais. Mais je...

— Celui qui contrôle les Mages contrôle Oniria tout
entière ! coupa Katsia. C'est pour ça que le Marchand de
Sable est l'homme le plus puissant du monde des rêves.
Encore plus puissant que la reine Dithilde.

— C'est une personne sacrée pour nous ! ajouta Farjo.

— Et c'est le seul qui ait le droit de contrôler le Sable,
termina Katsia avec dureté. Ceux qui contestent ça sont
des fous dangereux.

— Ça va, j'ai compris, dit Eliott. Dorénavant, j'éviterai
de dire aux gens que je suis à la recherche d'Oza-Gora...

— Oui, ça vaudrait mieux pour toi, mon pote, dit Farjo. Si on te prend pour un Chercheur de Sable, il n'y aura pas que les indics payés par la CRAMO comme Neptane pour te causer des ennuis ! Tous les bons citoyens d'Oniria seront après toi.

— Neptane est payée par la CRAMO ? s'étonna Eliott.

— Pour surveiller la maison de Jov', oui, confirma Farjo. Tout le monde le sait !

— On peut dire que tu t'es jeté dans la gueule du loup ! dit Katsia d'un ton amusé.

Eliott fit la grimace.

— Oui, bon, passons, bougonna-t-il. Ce Chercheur de Sable dont tu as parlé, ce Bonk, il est vraiment allé à Oza-Gora ?

— C'est ce qu'il dit, répondit Katsia d'un air dubitatif. Mais il est complètement cinglé, je ne crois pas un mot de ce qu'il raconte.

— Tu lui as parlé ! s'écria Farjo. Aha, madame fait des trucs interdits en cachette de son ami Farjo...

— Je lui ai parlé une fois, avoua Katsia. J'aurais des ennuis avec la CRAMO si ça se savait.

Katsia jeta à Eliott un regard menaçant. Le sous-entendu était clair : il avait intérêt à tenir sa langue s'il ne voulait pas finir cloué sur la porte du placard à balais.

— Et... tu crois que tu pourrais lui parler une seconde fois, pour vérifier ? proposa Eliott.

— Non, rugit l'aventurière. C'est un sale type, il est hors de question que je retourne le voir. En plus je suis sûre qu'il bluffe. Je n'aurais jamais dû en parler.

Katsia avait réagi avec une telle violence qu'Eliott resta sans voix.

— Viens, Farjo, ajouta-t-elle en se levant prestement, on rentre chez nous.

Eliott n'eut même pas le temps de réagir. Katsia fit quelques pas puis se retourna, étonnée que son fidèle compagnon Farjo ne la suive pas.

— Farjo, qu'est-ce que tu attends ? demanda-t-elle d'un ton impatient.

Farjo affichait un air sévère qui le faisait loucher.

— J'attends que tu m'expliques pourquoi tu ne veux pas retourner voir le vieux Bonk, dit-il.

— Je l'ai déjà dit, s'agaça Katsia, c'est inutile, il n'est jamais allé à Oza-Gora. Et puis, de toute façon, c'est interdit. Bon, tu viens ?

— Ça, c'est la raison officielle, rétorqua Farjo, qui n'avait pas bougé d'un pouce. Moi je veux la vraie raison.

— C'est la seule et unique raison, s'énerva Katsia.

— Tu mens ! attaqua Farjo.

— Mais non ! se défendit Katsia.

— Si.

— Non je te dis.

— Si, tu mens. Il y a autre chose, je le sais.

— Non, non, non, non, non !

— Si, si, si, si, si !

Katsia était à présent rouge de fureur.

— Pfff, souffla Farjo, je suis sûr que tu meurs d'envie d'aller à Oza-Gora. Si ça se trouve, c'est pour ça que tu es allée voir Bonk la première fois ! Tu voulais qu'il t'emmène là-bas !

— N'importe quoi ! s'insurgea Katsia.

L'aventurière était tellement énervée que ses mains tremblaient. Elle avait même une sorte de tic nerveux qui faisait bouger ses narines.

— Ah, tu as les narines qui frétillent ! s'exclama Farjo d'un air triomphant. Tu fais toujours ça quand tu veux cacher quelque chose ! J'ai raison, tu as demandé à Bonk de t'emmener à Oza-Gora !

— Ah, tu m'énerves ! hurla Katsia. J'avais entendu parler du vieux Bonk et de ce qu'il racontait. Je suis allée le voir, je lui ai demandé de m'emmener là-bas, il a refusé. Je ne retournerai pas m'humilier devant lui. Fin de la discussion.

Eliott n'en croyait pas ses oreilles. Ainsi, cette fille qui avait parcouru Oniria en long et en large, qui connaissait toutes les techniques de combat possibles et imaginables, cette fille que rien ni personne n'impressionnait était embarrassée par le simple fait d'avoir, un jour, demandé de l'aide à quelqu'un !

— Farjo, tu fais ce que tu veux, dit l'aventurière d'une voix exaspérée, mais moi je rentre à la maison.

— Tu n'aideras pas Eliott, alors ? la défia le singe.

— Tu veux vraiment que je t'écrase la tête sur une pierre ? demanda l'aventurière en s'approchant d'un air menaçant.

— Ça va, ça va, je n'en parle plus, dit le singe, bras levés en signe de trêve.

Farjo se tourna vers Eliott et lui adressa une grimace désolée, écartant les pattes pour signifier son impuissance.

— J'aurais vraiment voulu t'aider, mon pote, mais je ne vois pas ce que je peux faire de plus, dit-il. Elle ne changera pas d'avis.

— C'est pas grave, balbutia Eliott. Merci d'avoir essayé.

Mais le cœur n'y était pas. Katsia avait été son dernier espoir.

L'aventurière demanda une fois encore à Farjo de la suivre. Le singe tendit à Eliott une patte que le jeune garçon serra sans y faire attention, et marmonna une série d'excuses qu'Eliott n'enregistra pas. L'aventurière effleura la pierre de l'une des statues de dragon. Une Porte s'ouvrit. Elle s'y engagea.

— Fais attention à toi, mon pote, lança Farjo avant de partir. La dernière Créatrice qui est venue à Oniria est morte. Je voudrais pas qu'il t'arrive la même chose.

Le singe disparut de l'autre côté de la Porte. La gorge d'Eliott se noua.

Une demi-heure plus tard, Eliott était toujours assis, seul et désorienté, sur les marches du monastère. Depuis que Mamilou lui avait donné ce sablier, il avait risqué sa vie à plusieurs reprises. Pour rien. Les deux seules pistes qu'il avait entrevues pour rejoindre l'inaccessible Oza-Gora s'étaient envolées, l'une à cause de la traîtrise d'une jeune princesse et l'autre à cause de l'égoïsme d'une aventurière. Pire, il ne pourrait compter sur l'aide de personne, et surtout pas sur celle de ce Jov' dont avait parlé sa grand-mère. Quant à interroger n'importe qui, au hasard, à propos d'Oza-Gora et de Jov', cela tenait de la mission suicide.

Une petite voix dans la tête d'Eliott répétait qu'il serait plus raisonnable de mettre ses espoirs au placard. De renoncer à cette quête impossible et trop dangereuse.

Tant qu'il en était encore temps.

FULGURANCE

Christine était encore en robe de chambre quand Eliott entra dans la cuisine. Elle avait probablement décidé de travailler à la maison, comme cela lui arrivait de temps en temps après un déplacement. Elle buvait son café en écoutant les jumelles raconter ce qu'elles avaient fait à l'école la veille. Elle paraissait d'excellente humeur et ne remarqua pas les cernes qui mangeaient les joues d'Eliott. Eliott, lui, ne s'était jamais senti aussi fatigué. Sa nuit mouvementée l'avait épuisé physiquement et moralement, et il n'était plus ce matin que l'ombre de lui-même : abattu, découragé, vidé.

Les jumelles aussi avaient les traits tirés de s'être couchées si tard, mais elles avaient tenu leur promesse et n'avaient encore rien dit à leur mère de l'escapade nocturne d'Eliott. Le sourire de Christine en était la preuve irréfutable.

— J'ai une bonne nouvelle, claironna-t-elle dès qu'Eliott fut installé à table.

Eliott leva un œil soupçonneux. Il se méfiait des bonnes nouvelles de sa belle-mère.

— J'ai peut-être trouvé un logement pour nous à Londres, continua-t-elle. C'est un ami que j'ai vu hier à Bruxelles qui m'en a parlé, ses voisins déménagent fin décembre. Je les ai appelés, ils sont d'accord pour que nous allions visiter leur appartement ce week-end. Nous partons tous les quatre dès vendredi soir. Comme ça, nous ferons un peu de tourisme en même temps !

Eliott voulut protester, mais aucun son ne parvint à sortir de sa gorge. Il avait eu raison de se méfier, c'était une catastrophe ! Balayée, la visite hebdomadaire à l'hôpital. Remisé au grenier, l'espoir de passer un peu de temps avec Mamilou. Et surtout, si Christine se décidait ce week-end pour un appartement, il n'y aurait plus d'alternative possible : ils iraient habiter à Londres dès le mois de janvier. Eliott tenta une seconde d'imaginer ce que serait sa vie à Londres avec Christine, sans son père et loin de Mamilou. Rien que d'y penser, cela lui donnait envie de vomir. Le seul moyen d'éviter cette calamité, c'était que son père guérisse avant Noël. Et, pour cela, il devait trouver le Marchand de Sable. C'est-à-dire risquer sa vie de nouveau, sans aucune garantie de succès.

Eliott se demanda s'il préférait mourir ou partir à Londres.

Il fut incapable de trancher.

La première heure de la matinée était un cours d'histoire. Mlle Mouillepied avait déjà corrigé les contrôles du lundi et rendait les copies. Arthur la Cocotte fanfaronna avec son 17 sur 20 sous l'œil indifférent d'Eliott. Mais quand Mlle Mouillepied rendit sa copie à Eliott – un honorable 11 sur 20 arraché de justesse grâce à ses révisions de dernière minute –, elle le regarda bizarrement.

— Tiens, c'est drôle, lui dit-elle, je croyais t'avoir mis une meilleure note… J'ai dû rêver !

Elle ne croyait pas si bien dire ! Eliott, lui, se souvenait parfaitement que le Mage de Mlle Mouillepied lui avait accordé pendant la nuit un scandaleux 18 sur 20, pour avoir dit qu'il préférait la pyramide du Louvre à l'étrange croissant qui était apparu à sa place. Eliott esquissa un sourire en repensant à la scène. Un sourire bien mélancolique. Car sa rencontre avec le Mage de sa prof d'histoire était l'un des seuls souvenirs agréables de sa nuit à Oniria ! Le reste n'avait été qu'une périlleuse succession de mauvaises nouvelles et de déceptions.

L'après-midi, au lieu de se précipiter à son entraînement d'athlétisme comme tous les mercredis, Eliott se traîna vers la salle d'études pour sa colle de maths. Dès qu'il ouvrit la porte de la salle, il soupira. Clara la Furie était là, elle aussi. Cela n'avait rien d'étonnant : cette professionnelle de la provocation avait probablement un abonnement à l'année. La surveillante leur distribua une feuille d'exercices sur laquelle Eliott reconnut l'écriture minuscule et torturée de M. Mangin. Il attrapa la feuille d'un geste las et alla s'asseoir le plus loin possible de Clara. En s'installant, il jeta un bref coup d'œil à la Furie. Elle avait posé sa feuille d'exercices à l'envers sur son bureau et se balançait sur sa chaise en regardant les mouches voler. Eliott tenta de concentrer son attention sur l'énoncé du premier exercice.

Au bout de deux minutes, il reçut un avion en papier sur le coin du nez. Clara était passée experte dans l'art de fabriquer ces petits projectiles. Eliott tourna la tête. La Furie l'observait d'un air goguenard. Il essaya de ne pas y prêter attention, mais un deuxième avion puis un troisième atterrirent à proximité de son bureau. Il finit par jeter un œil sur celui qui était le plus proche de lui et reconnut l'écriture de Clara entre deux rabats. Eliott déplia l'avion. Il était porteur d'un message saturé de taches et de fautes d'orthographe.

J'ai trouver un nouvau slogan : Lafontaine, trouillarts de père en fis ! Tu M ?

Eliott dut faire un effort colossal pour se retenir d'aller immédiatement administrer à la Furie la raclée qu'elle méritait. Mais contenir tant de rage était au-dessus de ses forces déjà exsangues. Ses yeux s'embuèrent. C'en était trop. Beaucoup trop. Eliott s'effondra sur son bureau, la tête entre les bras.

— Eliott, ça va ? demanda la surveillante.

Eliott ne releva pas la tête. Non, ça n'allait pas. Pas du tout.

Puis, comme un automate, il se leva et enfila son blouson, malgré les protestations de la surveillante à laquelle il rendit une feuille blanche. Il allait encore récolter un zéro, mais c'était le cadet de ses soucis. Il attrapa son sac à dos et poussa la porte de la salle. Il n'entendit pas les cris qui lui ordonnaient de revenir. Sa tête était déjà ailleurs. Il descendit les escaliers et traversa la cour du collège. Dès qu'il eut passé le portail, il se mit à courir. Il courut le long du trottoir, traversa des rues, des boulevards. Il dépassa des platanes, des immeubles, des voitures, des tas de silhouettes anonymes qui semblaient vivre une autre vie, sur une autre planète. Il ne savait pas où l'emmenaient ses pas, et il s'en fichait. Tout ce qu'il voulait, c'était continuer à courir. Vite. Très vite. Si vite que plus rien ne pouvait l'atteindre. Ni les gouttelettes de pluie qui n'en finissaient pas de tomber, ni les fumées des pots d'échappement, ni les exclamations des passants. Eliott se sentait devenir animal. Il ne pensait plus et cela faisait du bien.

Lorsque Eliott s'arrêta enfin de courir, il réalisa que ses pas l'avaient mené vers le seul endroit où il avait encore envie d'aller : l'hôpital. Il s'étonna d'être arrivé si loin du collège. Il ne pensait pas avoir couru aussi longtemps. Il haussa les épaules, s'engagea avec détermi-nation à l'intérieur du bâtiment C et se dirigea vers le comptoir d'accueil.

— Bonjour, Liliane, dit-il. C'est où, les soins palliatifs ?

— Bonjour, Eliott, répondit la réceptionniste. Ton père est dans la chambre 407, au quatrième étage.

— Merci, dit Eliott en tournant les talons.

— Eliott ! l'interpella Liliane.

Eliott se retourna vers le visage familier qui lui souriait d'un air compatissant.

— Ta grand-mère est passée tout à l'heure, dit-elle. Elle m'a dit pour ton père. Je suis désolée. Tu sais, l'équipe des soins palliatifs est super. Ils prendront bien soin de lui jusqu'à la fin. Il ne souffrira pas.

— Merci, balbutia Eliott avant de se tourner vers l'as-censeur pour cacher les larmes qui lui montaient aux yeux.

Le quatrième étage était calme, et la chambre 407 était plutôt jolie pour une chambre d'hôpital. Elle était plus grande que la 325. Il y avait des plantes en pot, un canapé, une petite table avec des magazines et des brochures d'information sur l'accompagnement de la fin de vie. Un panneau tout blanc dissimulait les multiples appareils auxquels le corps du père d'Eliott était branché en permanence. Sans l'odeur d'éther caractéristique qui lui agressait les narines, Eliott aurait presque pu oublier qu'il était dans un hôpital.

Eliott s'approcha du lit. Philippe semblait paisible. Il déposa un baiser sur son front. C'était la première fois qu'il venait seul rendre visite à son père, et cette intimité lui plut. Seuls, rien que tous les deux. Le père et le fils. Le fils et le père. Aussi impuissants l'un que l'autre.

Eliott tira le rideau de la fenêtre pour faire entrer le soleil et s'assit sur un fauteuil, juste à côté du lit.

— Mon pauvre petit papa, murmura-t-il tristement, j'essaie de te sortir de là, tu sais. Mais c'est compliqué. Tellement compliqué ! Alors il faut que tu t'accroches, hein ! Il faut que tu tiennes le coup pour me laisser le temps de trouver une solution.

Doucement, Eliott posa son visage sur la main inerte de son père. Il calqua sa respiration sur le pouls chaud et régulier qui battait contre sa joue, et il ferma les yeux.

Eliott se réveilla avec le sentiment que quelque chose lui avait échappé. Il releva la tête et se frotta les yeux. Son père était toujours aussi calme. L'équipe médicale devait le bourrer de calmants pour qu'il se tienne tranquille et ne perturbe pas le sommeil des autres patients de l'étage. Quelle ironie. Eliott se leva. Cette petite sieste l'avait rendu pâteux. Il avait besoin de se dégourdir les jambes. Il fit quelques pas dans la chambre, but un verre d'eau, mais la sensation étrange ne disparaissait pas. Avait-il rêvé ? De qui ? De quoi ? Il n'en avait aucun souvenir. Pourtant, il en était certain, il avait compris quelque chose d'essentiel pendant sa sieste. Ah, que c'était rageant de ne pas se souvenir des rêves qu'on faisait sans sablier !

Et puis soudain il sut. Une fulgurance. Même pas une image, juste une conviction. Il devait retourner voir Aanor. Il ne savait pas pourquoi, mais c'était une évidence. Quelque chose lui avait échappé, et elle était la clé du mystère.

Ce soir, il rendrait visite à la princesse des rêves.

Lorsqu'il rentra à l'appartement, Eliott eut droit à une engueulade monumentale. Le collège avait appelé Christine pour prévenir qu'il s'était enfui de sa colle. Ils avaient été très clairs : la prochaine fois, ce serait le conseil de discipline. Pour couronner le tout, Juliette avait lâché le morceau à propos de l'escapade nocturne d'Eliott, la veille. Christine avait rapidement annoncé la punition : Eliott était consigné à la maison jusqu'à nouvel ordre.

Adieu, les visites à Mamilou.

Mais il pouvait toujours aller à Oniria.

La colère de la reine

Eliott retrouva Aanor dans un magnifique parc à la végétation bien disciplinée. La jeune princesse était assise au milieu d'une allée de sable blanc et traçait des lignes sur le sol avec un bâton. Elle était tellement concentrée qu'elle n'avait pas remarqué l'arrivée du jeune Créateur. Il en profita pour se cacher au milieu d'un bosquet voisin. Là, il serait à son aise pour mettre au point son camouflage. Eliott avait en effet décidé de se déguiser avant d'aborder Aanor, afin de minimiser les chances d'être reconnu par d'éventuels gardes. Il s'appliqua donc à devenir méconnaissable en s'imaginant un costume de mousquetaire avec tunique, chapeau à plume, gants de cuir et l'indispensable épée. Puis il fit apparaître un miroir pour vérifier son déguisement. Ce qu'il vit n'avait rien de réjouissant : non seulement il était grotesque, mais en plus il était parfaitement reconnaissable ! Après plusieurs essais infructueux, il finit par ajouter une longue perruque ondulée et une fine moustache. Il avait toujours l'air d'un bouffon de carnaval, mais au moins il ne se reconnaissait presque plus lui-même, c'était déjà ça.

Ce fut donc un mousquetaire modèle réduit qui s'approcha de la princesse et s'arrêta à deux pas d'elle, les poings sur les hanches. Aanor regarda sans curiosité l'ombre du gentilhomme chapeauté qui lui cachait le soleil. Sans même lever le nez, elle entreprit de se débarrasser de l'importun.

— Passez votre chemin, monsieur, dit-elle, je ne suis pas d'humeur à converser.

— Il faudra bien pourtant, j'ai à vous parler, dit Eliott d'un ton aussi pompeux qu'impératif.

Aanor releva une tête étonnée. Le jeune Créateur fit momentanément disparaître sa moustache et le visage de la princesse se fendit d'un large sourire.

— Eliott ! dit-elle dans un souffle. Tu es venu !

Elle regarda autour d'elle.

— Ne restons pas ici, murmura-t-elle en désignant du menton un chapeau de feutre violet qui dépassait d'une haie voisine. Il y a moins d'oreilles indiscrètes plus loin du château.

Puis elle continua à voix haute :

— Je vois que vous savez ce que vous voulez, monsieur. Soit ! Allons marcher dans les allées du parc et dites-moi ce qui vous presse tant.

Eliott tendit galamment une main à la princesse pour l'aider à se lever. Elle l'entraîna à travers des allées de plus en plus sombres, jusqu'à un épais bois constitué d'une multitude d'ustensiles de cuisine : couteaux, fourchettes, spatules et fouets s'enchevêtraient et cliquetaient dans le vent. Seul un étroit chemin avait été débroussaillé, même si de minuscules passoires commençaient à repousser au pied de cuillères géantes. En d'autres circonstances, Eliott se serait émerveillé. Pour l'heure, il était trop nerveux pour admirer le paysage.

Aanor s'arrêta brusquement devant un buisson de râpes à fromage et se retourna vers Eliott.

— Tu ne vas pas le faire, n'est-ce pas ? questionna-t-elle.

— De quoi parles-tu ? demanda Eliott, surpris.

— De cette armée que mère t'a demandé de créer. Tu ne vas pas la fabriquer ? Ce n'est pas pour ça que tu es là, n'est-ce pas ?

— Non, répondit Eliott, pris au dépourvu par ces questions. Je ne vais pas créer d'armée pour ta mère, et ce n'est pas pour ça que je suis là…

— Ah, je suis soulagée ! soupira Aanor sans laisser à Eliott le temps de placer un mot. Quand j'ai vu ton Mage, tout à l'heure, il avait l'air déterminé à le faire. Mais on ne sait jamais à quoi s'en tenir avec les Mages…

— Tu as vu mon Mage ! s'écria Eliott.

— Oui, tout à l'heure. Pas longtemps. Il a débarqué dans la salle du trône et il a commencé à créer n'importe quoi : des chevaux à bascule, des soldats de plomb par milliers. Ensuite il a réclamé son dû, il a dit que mère lui devait une faveur. Mère l'a fait chasser, elle était furieuse. Je l'ai rattrapé, je voulais essayer de te faire passer un message. J'espérais que tu t'en souviendrais.

— Quel message ? demanda Eliott.

— J'ai répété à ton Mage que tu devais venir me voir. Je voulais avoir une chance de t'expliquer ce qui s'est passé l'autre jour. Je suis contente que tu sois venu.

Eliott n'en revenait pas. Cette sensation étrange qui l'avait saisi au réveil de sa sieste, cette impression que quelque chose lui avait échappé, puis cette certitude qu'il devait revoir Aanor… Tout cela avait été provoqué par la conversation qu'Aanor avait eue avec son Mage !

— Autrement dit, tu m'as manipulé, râla-t-il.

— Serais-tu venu, si je ne l'avais pas fait ? demanda la princesse.

— Je ne sais pas, grogna Eliott.

Aanor fit une moue désolée.

— Écoute, Eliott, ce n'est pas moi qui ai révélé ton identité, l'autre jour.

— Qui donc alors ? protesta Eliott. Personne d'autre ne savait qui j'étais !

— Je sais, dit Aanor. Pourtant, quand je suis rentrée au palais après notre première rencontre, mère était déjà au courant de tout. Je ne sais pas comment elle a fait. Nous avons peut-être été espionnés… Quoi qu'il en soit, le lendemain, elle m'a obligée à rester dans la salle du trône à l'heure de notre rendez-vous, pour être sûre de te rencontrer. J'ai essayé de m'enfuir, mais les gardes m'ont rattrapée. J'étais furieuse !

— Comment veux-tu que je te croie après tout ce qui s'est passé ? s'indigna Eliott. Tu n'arrêtes pas de me manipuler !

— Tu m'en veux, conclut tristement la jeune princesse. Tu fais fausse route, mais je te comprends. Les apparences sont contre moi. Si tu étais à Oniria depuis plus longtemps, tu saurais peut-être que tu n'as aucune raison de douter de moi. Je suis incapable de mentir. J'ai été créée comme ça.

— Mouais, dit Eliott, c'est un peu facile, comme argument. Et rien ne me le prouve.

— C'est vrai, dit la princesse. Alors vas-y, pose-moi une question, n'importe laquelle. Tu verras que je ne peux pas mentir.

Eliott était embarrassé. Quelle question poser pour vérifier la franchise de la princesse ?

— Pourquoi as-tu pleuré quand ta mère m'a demandé de créer une armée ? commença-t-il.

— Parce que je trouve que la guerre est une chose hideuse et que je suis convaincue qu'elle ne résoudrait rien, répondit Aanor avec aplomb. Seuls l'*Envoyé* et l'*Élu* peuvent sauver Oniria.

— Et tu crois vraiment que je suis l'*Envoyé* ?

— Plus que jamais.

— Pourquoi ?

— Parce que j'en ai eu le pressentiment dès que je t'ai rencontré. Parce que je ne crois pas que ta présence ici soit une coïncidence. Parce que je t'ai vu œuvrer au palais et qu'un don comme le tien ne se croise pas tous les jours. Parce que j'ai besoin de croire à cette légende pour ne pas m'ennuyer à mourir dans ma vie de princesse ignorante du vaste monde. Parce que j'ai envie de prouver à ma mère qu'elle n'a pas toujours raison, et que je ne suis pas la jeune princesse bien sage et un peu stupide qu'elle voudrait que je sois.

Eliot fut soufflé par tant de franchise et de lucidité. Pourtant, cela ne prouvait en rien qu'Aanor n'était pas capable de mentir.

— Dernière question, dit-il. Comment puis-je aller à Oza-Gora ?

Le regard de la princesse se planta dans les pupilles d'Eliott, scrutateur.

— Je vais te répondre, dit-elle avec sérieux, mais avant je voudrais te poser à mon tour une question. Pourquoi veux-tu y aller ? Et ne me dis pas que c'est pour vérifier si tu es l'*Envoyé*, je sais que tu t'en fiches complètement.

Une telle clairvoyance méritait une réponse honnête.

— Parce que mon père est en train de mourir, et que seul le Marchand de Sable peut le sauver, dit-il. Et parce que si je ne sauve pas mon père, ma vie va devenir un enfer.

La princesse continua de fouiller le regard d'Eliott, qui se retenait de baisser les yeux.

— Je ne pourrai pas t'accompagner là-bas, lâcha-t-elle au bout d'un moment. Mère a renforcé la sécurité du palais, je n'ai plus le droit d'en sortir et elle le saura tout de suite si je m'échappe. Elle mettra toute la CRAMO à mes trousses et nous serons rattrapés tous les deux avant d'être sortis d'Hedonis. Mais je vais te dire tout ce que je sais afin que tu puisses y aller seul.

— Merci, murmura Eliott.

— À une condition, ajouta Aanor.

— Laquelle ?

— Quand tu verras le Marchand de Sable, promets-moi de lui demander où est l'Arbre-Fée. Et promets-moi d'aller consulter l'être magique dès que tu le pourras.

Eliott sourit. Aanor était la fille la plus têtue qu'il connaissait.

— Je te promets d'aller voir l'Arbre-Fée dès que mon père sera guéri, déclara-t-il.

— Alors c'est d'accord, dit Aanor avec un sourire. Je vais t'aider.

La jeune princesse tendit une main diaphane qu'Eliott serra pour sceller leur accord.

— De temps en temps, expliqua-t-elle, une caravane d'Oza-Gora vient à Hedonis chercher un chargement d'objets et de victuailles. Il n'y a rien à Oza-Gora à part le Sable, et les Oza-Goriens ont besoin de nombreuses choses qui existent en abondance ici. La fréquence de la caravane est variable, mais il y en a au moins une fois par mois, parfois beaucoup plus.

— Une caravane ! s'exclama Eliott. Mais c'est parfait, il me suffit de savoir où et quand elle passera, et en route pour Oza-Gora !

— C'est bien ça le problème, modéra Aanor. La caravane ne vient jamais au même endroit et ses visites sont irrégulières. Une expédition lui apporte les marchandises à un point de rendez-vous tenu secret. Les seules personnes qui ont l'information avant le jour J sont le chef de la caravane, ma mère et le grand intendant. Mère ne me révélera jamais un secret de cette importance, mais le grand intendant est un peu gâteux et il m'aime bien. J'espérais le convaincre de m'emmener visiter l'entrepôt royal où sont préparés les chargements pour la caravane. J'aurais peut-être pu y glaner des indices et lui poser quelques questions... Mais pour l'instant c'est impossible, je suis assignée à résidence. Il va falloir que tu te débrouilles seul pour le faire parler.

Eliott sursauta. Un bruit métallique avait retenti juste derrière lui. Quelqu'un, ou quelque chose, était tapi dans le buisson de râpes à fromage. Eliott croisa le regard de la princesse et comprit immédiatement qu'ils avaient eu la même idée : ils n'étaient pas seuls.

— Partons d'ici en vitesse, dit Aanor.

La princesse se mit à courir, immédiatement suivie par Eliott. Dans un épouvantable fracas de vaisselle brisée, ils piétinèrent un parterre de petites assiettes avant de sortir de l'étrange forêt. Ils débouchèrent bientôt sur une large allée bordée de cerisiers en fleur. Mais ils ne purent pas aller plus loin : la créature la plus énorme et la plus effrayante qu'Eliott ait jamais vue se dressa soudain devant eux. C'était un gigantesque dragon à trois têtes.

— Un cauchemar ! cria Aanor.

Elle avait arrêté net sa course, tétanisée. Quant à Eliott, son corps refusait de continuer à avancer : chacun de ses muscles était glacé d'horreur. Le monstre faisait la taille d'un immeuble de quatre étages et son corps entier était recouvert d'écailles sombres et d'épines pointues. Sa tête centrale était noire comme le charbon, celle de gauche rouge comme le feu, celle de droite bleue comme les abysses et sur chacune luisaient deux yeux jaunes semblables à ceux des serpents. Ses quatre pattes arboraient des griffes longues comme des épées et sa queue, suffisamment puissante pour balayer une dizaine de cerisiers d'un seul coup, était terminée par un dard menaçant.

— Tiens, tiens, jeune princesse, dit la tête noire du monstre d'un ton douceâtre, on se cache dans les allées avec son petit copain ? Ta ta ta ta, si la reine apprenait ça !

— Qui êtes-vous ? demanda la princesse.

Malgré la peur qui la faisait trembler, Aanor se tenait droite et digne devant le monstre.

— Quoi, vous ne me connaissez pas ? s'amusa la tête rouge. Ne me dites pas que cette chère reine Dithilde ne vous a jamais parlé de moi !

Le dragon marqua une courte pause.

— J'aime qu'on m'appelle La Bête, annonça la tête bleue d'une voix caverneuse.

— Vous ! souffla la princesse.

— Oui, moi, dirent ensemble les trois têtes avec un rictus abominable.

Eliott étouffa un cri de stupeur. Il était certain d'avoir déjà vu ces horribles sourires quelque part. Mais il était incapable de déterminer où.

— Que voulez-vous ? s'enhardit la princesse.

— Oh, pas grand-chose, reprit la tête noire... Vous, jeune princesse.

Eliott se précipita vers Aanor pour attraper sa main et l'emmener loin de cet horrible monstre. Mais à peine eut-il fait un pas que la tête rouge du dragon cracha un immense jet de flamme dans sa direction. La flamme passa si près de lui qu'elle brûla son chapeau et une partie de sa perruque.

— Tout doux, jeune homme, dit La Bête. Qui que tu sois, tu n'as aucune chance contre moi. N'essaie pas de jouer les héros ou cela va mal se passer.

Eliott réagit au quart de tour, sans réfléchir. Il fit ce que son Mage faisait régulièrement depuis des années : il dégaina son épée et fonça droit sur le dragon. Mais, une fois encore, il ne put pas avancer bien loin. La tête bleue du dragon souffla dans sa direction un vent si glacé qu'Eliott fut bientôt immobilisé à l'intérieur d'un immense glaçon.

— Je t'avais prévenu ! dit la tête noire avec dédain.

Paralysé et furieux, Eliott vit trois créatures sauter du dos de La Bête. Elles avaient des corps de femmes, mais leurs yeux étaient énormes et elles n'avaient ni nez ni bouche. Elles portaient des combinaisons moulantes et se déplaçaient à quatre pattes à une vitesse hallucinante : des femmes-araignées ! En quelques secondes, elles avaient tissé autour d'Aanor une épaisse camisole qui l'empêchait de bouger. La princesse se tenait figée, les mains plaquées sur les tempes, étrangement silencieuse. Quant à Eliott, ses paupières étaient gelées en position ouverte. Incapable de créer quoi que ce soit, il ne pouvait qu'assister, impuissant, à l'enlèvement de la princesse. Pendant que les femmes-araignées hissaient Aanor sur le dos du dragon, la tête noire souffla un vent léger qui déposa un parchemin à quelques pas d'Eliott.

— Tu transmettras ce message à la reine Dithilde, dit la tête bleue.

Puis La Bête déploya ses larges ailes et s'envola dans l'immensité du ciel.

Un cri déchirant retentit derrière Eliott, immédiatement suivi d'une série de claquements de bec. Cinq majestueux faucons, portant dans leurs serres de gros pistolets violets, s'élancèrent à la suite de La Bête et de son terrible butin. Deux d'entre eux tombèrent presque aussitôt, empêtrés dans les filets gluants que les femmes-araignées lançaient vers leurs poursuivants. La queue du dragon, majestueuse et redoutable, balayait le ciel, empêchant les trois autres faucons de l'attaquer par-derrière.

L'un d'eux tenta de passer en force, mais le dard l'atteignit de plein fouet. Il tomba d'un seul coup, comme un gibier abattu d'un coup de fusil. Eliott ne vit pas ce qui se passa ensuite : sa tête était toujours prisonnière de la glace et l'affrontement se déroulait à présent hors de son champ de vision. En revanche, la chaleur de son corps avait suffisamment fait fondre la glace pour qu'il puisse fermer les yeux. Il en profita pour faire apparaître une dizaine de radiateurs tout autour du glaçon afin d'accélérer sa fonte. Lorsqu'il rouvrit les yeux, il sut que tout espoir d'arrêter le dragon était perdu : telles des météorites, deux projectiles enflammés s'écrasaient à l'horizon. Les deux derniers faucons.

Eliott se retourna dès qu'il fut libre de ses mouvements. La reine Dithilde scrutait le ciel, les mains plaquées sur les tempes et le visage crispé dans une expression douloureuse. Elle était accompagnée d'une demi-douzaine de gardes, du chat Lazare, du griffon et de quelques autres conseillers. La robe de la reine avait pris une teinte d'un rouge si sombre qu'il était presque noir. Quant à Eliott, les flammes puis la glace avaient eu raison de son déguisement, et la reine le reconnut immédiatement.

— Toi ! hurla-t-elle. Que fais-tu ici ?

— Je suis venu rendre visite à Aanor...

— C'est toi qui as permis à ces cauchemars d'entrer ici, dans l'enceinte même du palais ? C'est toi qui les as aidés à enlever ma fille ?

— Non ! protesta Eliott, au contraire j'ai essayé de la protéger ! Mais je n'ai pas pu, ce dragon était beaucoup trop fort.

— Bogdaran, où es-tu ? brailla la reine d'une voix hystérique.

— Je suis là, Votre Majesté.

Un tout petit oiseau d'un vert sombre quitta les branches de l'un des cerisiers pour venir se poser sur le sol, à quelques mètres de la reine.

— Pourquoi n'as-tu pas donné l'alerte ? Il a fallu que ma fille m'appelle elle-même ! Nous avons sans doute perdu de précieuses secondes.

La reine pointait du doigt ses tempes rougies. Eliott comprit pourquoi Aanor avait mis les mains sur ses tempes quand la situation était devenue désespérée : sa mère et elle devaient avoir une sorte de moyen de communication cérébral, comme de la télépathie. Elle l'appelait à son secours.

— Tout s'est passé tellement vite, Majesté, s'excusa l'oiseau, et je suis sans défense ! Si je m'étais manifesté, le dragon m'aurait grillé sur place.

— Autrement dit, tu es un pleutre ! conclut la reine, furibonde. Pourras-tu au moins me dire si ce garçon dit vrai ?

— Il dit vrai, Votre Majesté, il a réellement essayé de sauver la princesse votre fille, mais de bien piètre manière si vous voulez mon avis.

— Bogdaran, ton rôle est de surveiller ma fille et de me rapporter ses moindres faits et gestes, pas de faire des commentaires.

Eliott était éberlué. Ainsi Aanor était-elle surveillée à son insu par sa propre mère ! C'était donc ce volatile de malheur qui avait rapporté à la reine leur conversation dans le verger, le jour de leur première rencontre ; Aanor avait bien dit la vérité, elle ne l'avait pas trahi !

— Votre Majesté, dit l'oiseau, si vous permettez, j'aimerais...

— Tais-toi ! coupa la reine. J'en ai assez entendu. Et disparais de ma vue si tu ne veux pas finir au cachot.

— Mais je... insista l'oiseau.

— Disparais, j'ai dit !

L'oiseau s'envola. Mais au lieu de disparaître, il vint se poser sur l'épaule d'Eliott.

— Tu as de la chance, murmura-t-il à l'oreille du jeune Créateur. La reine vient de rater une occasion de connaître le contenu de ta petite conversation avec la princesse. Mais tu ne perds rien pour attendre. Dès qu'elle me rappellera à son service, je lui dirai tout. Et tu pourras dire adieu à ton petit projet.

L'oiseau déploya ses ailes et disparut pour de bon. Eliott était figé d'épouvante. Si l'oiseau rapportait à la reine les détails de sa conversation avec Aanor, elle ferait probablement tout pour l'empêcher de rejoindre le Marchand de Sable ! Il allait falloir agir vite. Très vite !

— Qu'est-ce que c'est que ça ? tonna la voix de la reine.

Le doigt de la reine était pointé sur les pieds d'Eliott. Il baissa les yeux. Le parchemin ! Il l'avait complètement oublié.

— Le dragon a laissé ça pour vous, dit-il.

— Donne-le-moi, ordonna la reine.

Le ton était impératif. Eliott ramassa le rouleau et l'apporta à la reine. Alors que celle-ci tendait la main pour l'attraper, le griffon s'interposa.

— Attention, Majesté, dit-il, c'est peut-être un piège. On peut s'attendre à tout venant de La Bête. Le parchemin est peut-être empoisonné, ou explosif, ou…

— Très juste, le coupa la reine.

Elle recula de quelques pas, imitée par tous ceux qui l'accompagnaient.

— Lazare, croassa la reine, lis-nous ce parchemin.

Le chat s'avança sans protester et arracha le parchemin des mains d'Eliott. Il le déroula et lut à haute voix en bombant le torse :

Très Chère Reine Dithilde,

Vous savez fort bien que vous ne pouvez pas continuer ainsi à nous parquer, nous autres cauchemars, dans ce ghetto insalubre que vous appelez nos quartiers. Nous sommes, que vous le vouliez ou non, des citoyens d'Oniria à part entière, et exigeons d'être traités comme tels.

Voici la liste de nos revendications :
Vous devez sans délai lever les fortifications et autres enchantements qui nous maintiennent à Ephialtis, afin de permettre à tous les cauchemars de circuler librement dans tout le Royaume d'Oniria.
La CRACMO doit être dissoute et les puces de localisation que vous nous avez injectées contre notre gré doivent être détruites.
Nous demandons l'amnistie générale pour toutes les charges retenues contre chacun d'entre nous et la restitution du droit de vote aux citoyens cauchemars.
Enfin, nous réclamons la nomination de trois représentants des cauchemars au Grand Conseil.

Votre aveuglement nous pousse à tenter d'obtenir par nous-mêmes ce que vous nous refusez. N'ayez aucun doute là-dessus : si vous continuez à vous obstiner, nous agirons à notre manière et vos précieux électeurs souffriront. Quant à votre fille, vous ne la reverrez que lorsque la totalité de nos exigences sera satisfaite.

Avec les compliments de La Bête

Dès qu'il eut terminé sa lecture, le chat Lazare apporta le parchemin à la reine. Celle-ci relut les quelques lignes et, de rage, jeta le message à terre. Puis elle ferma les yeux, et la couleur de sa robe se rapprocha progressivement du violet qu'elle arborait habituellement.

— Eh bien tu vois, Eliott, dit-elle d'une voix douce, tu n'as plus le choix ! Tu dois nous aider et créer cette armée que je t'ai demandée pour combattre les cauchemars. Sans cela, nous sommes perdus. Sans cela, Aanor est perdue.

— Si je puis me permettre, Majesté, intervint le griffon, je pense qu'il est déjà trop tard pour cela. Il faudrait des semaines pour que ce jeune Créateur fabrique une armée digne de ce nom, et le temps presse. La Bête a réussi, je ne sais comment, à sortir d'Ephialtis pour venir ici, dans l'enceinte même du palais, enlever votre fille à la barbe de la garde royale et des escadrons de la CRAMO. Attendre plus longtemps, c'est lui donner la possibilité de libérer ses semblables, peut-être même d'attaquer Hedonis.

— J'entends bien ce que vous dites, Sigurim, dit la reine d'un ton las. Mais avez-vous une autre solution à proposer ?

— Oui, Votre Majesté, j'ai effectivement une proposition.

— Laquelle ? demanda la reine.

— C'est une proposition délicate, qui ne peut être entendue que par les oreilles de la souveraine d'Oniria, précisa le griffon.

La reine hésita un instant, puis fit signe à ses conseillers de prendre congé. Un murmure de protestation s'éleva, mais tous s'éloignèrent, à part le chat Lazare, qui resta campé aux pieds de la reine, le parchemin de La Bête entre les pattes. Le griffon resta silencieux, dévisageant le responsable du protocole.

— Toi aussi, Lazare, dit la reine.

— Mais… protesta le chat.

— Laisse-nous, coupa la reine.

Le chat jeta un regard noir au griffon, s'ébroua énergiquement, puis s'en alla d'un pas lent, tête haute. Eliott regarda s'éloigner sa grande queue panachée qui battait la mesure. Il n'osait pas faire un geste. Était-il censé partir lui aussi ? La reine et le griffon semblaient avoir oublié sa présence. Seuls les grands laquais muets qui assuraient la sécurité de la reine le dévisageaient de leurs regards perçants.

— Je vous écoute, dit la reine une fois le panache blanc disparu derrière un buisson.

— Tout d'abord, Majesté, dit le griffon d'une voix doucereuse, nous devons renforcer les enchantements qui empêchent les cauchemars de sortir d'Ephialtis et redoubler le nombre de patrouilles d'attrapadeurs.

— Ce n'est quand même pas pour cela que vous m'avez fait congédier mes conseillers ! s'agaça la reine.

— Non, Votre Majesté. J'ai en effet une autre proposition.

— Eh bien, parlez ! s'impatienta-t-elle.

— Nous devons mater la révolution, dit le griffon d'un ton plus mielleux encore. C'est La Bête qui entraîne tous ces cauchemars. Les autres ne font que le suivre et, d'après mes informations, il n'a pas de lieutenant capable de prendre sa suite. Dans ces conditions, il suffit de faire disparaître le chef et la révolution s'arrêtera d'elle-même.

— Et comment comptez-vous faire cela ? demanda la reine d'un ton tranchant.

— Il existe un moyen simple et efficace, Votre Majesté. Nous pourrions envoyer l'un de mes agents dans le monde terrestre…

Eliott fronça les sourcils en se remémorant la frayeur qu'il avait eue, la veille, quand Farjo avait débarqué dans sa chambre… Les Oniriens pouvaient donc effectivement aller dans le monde terrestre ! Mais comment ? Et que se passerait-il si des créatures d'Oniria débarquaient à Paris ou ailleurs ?

— Une fois là-bas, continua Sigurim en détachant chaque syllabe, il lui suffira de tuer le Terrien qui a créé La Bête.

Eliott tressaillit. Tuer un Terrien ? Quelle horreur ! Et pourquoi faire ? Si c'était La Bête que ce griffon voulait éliminer, pourquoi ne s'attaquait-il pas à lui directement ?

Les mains de la reine Dithilde s'étaient crispées sur sa robe, qui avait pris une coloration rouge sang. Ses yeux ne quittaient pas le griffon. Celui-ci marqua une pause et désigna Eliott. Le jeune Créateur sursauta.

— Tout ce dont nous avons besoin, dit Sigurim, c'est du sablier de ce Créateur…

Eliott porta instinctivement la main à sa poitrine. Il eut un mouvement de recul en imaginant son esprit errant à jamais à Oniria, séparé de son corps.

— ... Un mot de votre part, termina le griffon, et je m'en empare.

Tout se passa très vite. D'un geste, la reine ordonna à ses gardes de se saisir du jeune Créateur. Avant qu'il n'ait pu réagir, quatre laquais avaient bondi sur lui et l'avaient immobilisé. L'un d'eux arracha ce qui restait de la perruque d'Eliott et enserra la tête du jeune Créateur entre ses longues mains, ses doigts agrippant les paupières pour les maintenir ouvertes. Eliott poussa un cri de douleur et tenta de se débattre, en vain. Chaque mouvement lui faisait mal. Ainsi maintenu, il était incapable de fermer les yeux et encore moins d'imaginer un autre endroit, tant la réalité présente l'envahissait. Il ne pouvait pas s'échapper.

La reine, elle, avait fermé les yeux. Sur sa robe, la couleur bleue et la couleur rouge paraissaient se livrer un duel féroce, l'une et l'autre gagnant tour à tour du terrain. Finalement, ce fut le rouge qui l'emporta : la robe devint écarlate. La reine rouvrit les yeux et fit un signe de tête approbateur à son conseiller. Alors le griffon commença à s'approcher d'Eliott, lentement, un horrible sourire accroché au bec.

— Lâchez-moi ! cria Eliott, laissez-moi partir !

Les gardes ne bougèrent pas d'un iota et le griffon continua d'avancer inexorablement, sûr de lui, triomphant. Eliott s'adressa alors à la reine Dithilde.

— Majesté, hurla-t-il, je fabriquerai votre armée, mais ne prenez pas mon sablier, je dois rentrer chez moi !

Mais la reine avait détourné le regard et semblait soudain absorbée dans la contemplation du gazon. Eliott se mit à hurler de plus belle. Son impuissance le rendait fou de rage. Le griffon s'arrêta à quelques centimètres de lui. Il prenait son temps. Il était sûr de sa victoire. Eliott était à sa merci. Il ouvrit le bec pour couper la chaîne du précieux pendentif.

Eliott ne vit pas ce qui se passa ensuite. Il fut aveuglé par une grande quantité d'eau reçue en pleine figure.

Quand il put à nouveau distinguer ce qui l'entourait, Eliott était libre de ses mouvements. Le griffon avait disparu, ainsi que la reine. Il était assis dans son lit, trempé. Face à lui, deux petites silhouettes en pyjama rose portaient un grand seau vide.

— Ça va pas, non, de crier comme ça ! râla Juliette.

— Tu vas finir par réveiller maman et elle va encore être de super-mauvaise humeur, ajouta Chloé.

— Et on déteste quand elle est de super-mauvaise humeur ! conclurent en chœur les deux petites filles.

Eliott ne put s'empêcher de serrer dans ses bras les deux pestes, qui protestèrent abondamment car il était mouillé. Elles venaient tout simplement de le sauver en le réveillant ; et même si la plupart du temps elles étaient insupportables, en cet instant il trouvait que, vraiment, il avait les meilleures demi-sœurs du monde.

Deux heures plus tard, Eliott n'était toujours pas parvenu à se rendormir. Les jumelles étaient retournées se coucher depuis longtemps. Il avait mis un pyjama sec, retourné son matelas, déniché un duvet pour remplacer sa couette trempée et rangé le sablier dans le tiroir de sa table de nuit pour tenter de se reposer en toute sécurité.

Mais la nervosité l'empêchait de s'abandonner au sommeil. Il venait à nouveau d'échapper de justesse à un immense danger. Sans l'intervention des jumelles, Sigurim aurait pris son sablier et son esprit serait resté coincé à Oniria. Son corps serait resté seul sur terre, aussi inerte que celui de son père... Rien que d'y penser, il en avait froid dans le dos. Et que dire du dragon qui avait enlevé la pauvre Aanor ! Où l'avait-il emmenée ? Et quel sort lui réservait-il ? Eliott essaya de se convaincre que la princesse ne risquait rien et que La Bête avait besoin d'elle *vivante* pour faire chanter la reine. Mais *vivante* ne voulait pas nécessairement dire *bien traitée*...

Soudain, Eliott ralluma sa lampe de chevet, le cœur battant. Il se leva et se mit à fouiller frénétiquement parmi les objets qui gisaient sur le sol. Il rejeta tout un tas de choses, des vêtements, des stylos, le bandage qu'il avait utilisé pour sa main après la morsure de Clara... Puis il le trouva : le bloc à dessin de sa mère, celui que Mamilou lui avait donné l'autre jour. Il feuilleta les pages et s'arrêta sur le dessin du dragon. Trois têtes, une bleue, une noire et une rouge. Un air supérieur, un regard condescendant, une queue gigantesque couverte d'écailles et trois sourires vicieux...

Aucun doute : c'était lui. C'était La Bête.

13

CHOCOLAT AMER

Les paupières d'Eliott restèrent collées pendant un bon quart d'heure après que son réveil eut sonné ce matin-là. Il était encore plus fatigué que la veille. Il faut dire qu'il avait eu du mal à se rendormir après son incroyable découverte. Car une idée avait germé dans son esprit. Une idée impossible, complètement folle, qu'il avait repoussée aussitôt mais qui n'avait cessé de revenir, insidieuse, dérangeante. L'idée que sa mère était allée à Oniria avec le sablier, et qu'elle y avait croisé La Bête.

Dès lors, il n'eut plus qu'une obsession : poser la question à Mamilou.

C'est pourquoi il fut heureux de trouver le mot de Christine sur la table de la cuisine.

Eliott, je suis partie en avance avec les jumelles. N'oublie pas tes clés. Les filles vont au solfège ce soir. C'est la maman d'Amélie qui les raccompagnera à la maison. Je rentrerai tard. Mais n'oublie pas que tu es consigné. N'espère pas profiter de mon absence pour sortir. J'appellerai régulièrement pour vérifier que tu es bien là.

Pour le dîner, il y a des plats surgelés au congélateur. Tâche de bien te comporter à l'école aujourd'hui !

Christine

P.S. N'oublie pas de préparer ton sac pour le week-end, nous prenons l'Eurostar juste après la fin des cours demain.

Eliott chiffonna le papier et le fourra dans sa poche, puis attrapa son sac à dos, son blouson et ses clés et quitta l'appartement sans prendre de petit déjeuner. Il monta en courant jusqu'au quatrième étage et sonna à la porte de Mme Binoche. Une créature en robe de chambre beige, la tête couverte de bigoudis, lui ouvrit la porte.

— Eliott, s'écria Mme Binoche, je suis contente de te voir ! Mais dis-moi, tu as une mine épouvantable, ça ne va pas ?

— Si, si, tout va très bien, mentit Eliott, qui avait l'impression que sa tête était une enclume et qu'on lui tapait dessus à grands coups de marteau. Est-ce que Mamilou est là ?

— Je suis désolée, mon garçon, répondit la vieille dame, elle vient tout juste de partir. Je lui dirai que tu es passé, d'accord ?

Déçu, Eliott sortit de sa poche le mot chiffonné de Christine et le tendit à Mme Binoche.

— S'il vous plaît, vous pourrez lui donner ça quand elle rentrera ? Et lui dire que je dois absolument la voir aujourd'hui.

— Bien sûr, je n'y manquerai pas, répondit la vieille dame.

Eliott lança un remerciement rapide et disparut dans la cage d'escalier.

La faim et la fatigue rattrapèrent Eliott pendant le dernier cours de la matinée. Les gargouillis de son ventre se firent de plus en plus sonores, et il dut lutter pour garder les yeux ouverts pendant que Mlle Mouillepied dictait la leçon de géographie. Un passage glouton à la cantine résolut le problème de la faim, mais celui de la fatigue restait entier. L'après-midi, Eliott fit les plus mauvaises performances de la classe au lancer de javelot, et le cours de latin qui suivit fut une torture. Mais le pire fut le cours d'anglais. La voix de Mme Pickles était si faible et si monotone qu'Eliott finit par s'endormir, bien au chaud contre le radiateur du fond de la classe. Il se réveilla en sursaut lorsque retentit la sonnerie de 5 heures et se dirigea comme un zombie vers la sortie du collège. Il pleuvait de nouveau. Eliott rentra machinalement la tête dans les épaules, les yeux rivés sur le trottoir. Ses paupières se fermaient toutes seules. Il avait à peine fait trois pas qu'il percuta une femme de plein fouet. Il marmonna un mot d'excuse et reprit son chemin, mais la femme le rattrapa par le col, l'obligeant à relever la tête. Yeux bleus, cheveux blancs, parapluie rouge à points noirs en forme de coccinelle...

— Mamilou! s'exclama-t-il. Je suis content de te voir!

— Pourtant tu as failli me marcher dessus sans me remarquer! répondit Mamilou. Allez, viens vite, mettons-nous à l'abri.

Mamilou emmena son petit-fils dans un café délicieusement chauffé. Elle choisit une table à l'abri des oreilles indiscrètes et commanda deux chocolats chauds.

— On aurait mieux fait de rentrer à l'appartement, dit Eliott dès que le serveur se fut éloigné. Tu as lu le mot de Christine ? Elle ne va pas tarder à appeler pour vérifier que je suis bien là.

— Oui, j'ai vu, dit Mamilou. Mais je préfère éviter l'appartement. On ne sait jamais, Christine pourrait rentrer plus tôt que prévu. Tu imagines si elle me trouvait chez vous sans son autorisation ?

— Elle serait furieuse, c'est sûr, mais...

— En ce qui te concerne, ne t'inquiète pas, j'y ai pensé.

Mamilou fouilla dans son sac et en tira une feuille de papier qu'elle tendit à Eliott avec un sourire satisfait.

— Tiens, dit-elle. Tu mettras ça dans ton carnet de correspondance.

Eliott attrapa le papier avec étonnement. C'était un mot de sa professeur d'anglais, Mme Pickles, avec l'en-tête du collège. Il détaillait les horaires des cours de soutien auxquels Eliott était tenu de participer. Le premier cours avait lieu aujourd'hui même, jusqu'à 18 heures. Le mot était daté de deux semaines auparavant et signé par Mamilou. Eliott ne l'avait jamais vu, pas plus que sa prof d'anglais n'organisait de cours de soutien.

— Mais, qu'est-ce que... Comment tu as fait ? s'écria Eliott.

— Oh, le fils de la concierge sait faire beaucoup de choses avec un ordinateur, dit Mamilou avec un clin d'œil. Et Christine était en voyage, il y a quinze jours : elle ne s'étonnera pas que ce soit moi qui aie signé le papier. Elle n'y verra que du feu. Les jumelles ne rentrent pas du solfège avant 18 h 30, donc il suffit que tu sois chez toi à 18 h 15 et tout ira bien.

— Alors là, tu m'épates ! dit Eliott.

— Il faudra quand même que tu m'expliques pourquoi tu as été consigné, dit Mamilou en fronçant les sourcils.

— Je me suis enfui du collège pendant ma colle de maths, hier.

— Quoi !

— Je suis allé voir papa, ajouta Eliott. J'en avais besoin.

Le serveur posa sur la table deux grandes tasses fumantes et deux verres d'eau, et Mamilou garda pour elle les remontrances qu'elle s'apprêtait à formuler. Elle observa son petit-fils avec tristesse.

— Tu as l'air fatigué, mon chéri, dit-elle simplement.

— Oui, je suis crevé, confirma Eliott. Mes yeux se ferment tout seuls, je me suis même endormi en cours d'anglais.

— C'est à cause des voyages à Oniria, dit Mamilou. Tu ne te reposes pas autant que d'habitude et ton corps commence à fatiguer. Il faut que tu passes plusieurs nuits sans le sablier pour récupérer.

— Tu crois ? demanda Eliott.

— J'en suis sûre. Il faut vraiment que tu fasses une pause, je suis sérieuse. Sinon, tu vas t'écrouler.

— Mouais, marmonna Eliott, j'ai surtout très mal dormi cette nuit après être rentré d'Oniria.

— Que s'est-il passé ? demanda Mamilou d'un air inquiet.

Eliott regarda sa grand-mère droit dans les yeux.

— Mamilou, demanda-t-il, est-ce que maman est allée à Oniria avec ton sablier ?

Mamilou se figea, interloquée, et reposa prudemment sa tasse dans sa soucoupe.

— Qu'est-ce qui te fait dire ça ? demanda-t-elle.

— Tu sais, le dragon, sur le dessin de maman, dans le bloc que tu m'as donné l'autre jour ?

— Oui…

— Eh bien, je l'ai rencontré cette nuit.

Mamilou sursauta et se cogna le genou, faisant trembler la table et tout ce qu'il y avait dessus. Plusieurs têtes se tournèrent vers eux.

— Tu es sûr que c'est bien le même ? chuchota-t-elle après avoir gratifié les curieux d'un sourire. Rien ne ressemble plus à un dragon qu'un autre dragon !

— C'est le même, affirma Eliott, j'en suis sûr.

Mamilou ne répondit pas. Elle paraissait sous le choc.

— Non, murmura-t-elle, c'est impossible.

— Qu'est-ce qui est impossible ?

Mamilou releva la tête. Elle avait l'air d'un fantôme.

— Quand ta mère est morte, il y a dix ans, commença-t-elle… Tout cela était tellement bizarre ! Mourir si jeune, dans son sommeil…

Eliott se redressa, le cœur battant.

— Quand c'est arrivé, j'étais à l'hôpital depuis plusieurs jours pour une opération. Alors, quand j'ai appris la nouvelle, j'ai tout de suite pensé que Marie était allée chez moi en mon absence, qu'elle avait trouvé mon sablier, qu'elle l'avait utilisé et que quelque chose avait mal tourné…

— Pourquoi ne m'en as-tu jamais parlé ? dit Eliott.

— Parce que ce n'est pas ce qui s'est passé, assura Mamilou. Je suis rentrée chez moi dès le lendemain, et j'ai tout
de suite vérifié dans mon placard. Le sablier était à sa place,
exactement là où je l'avais laissé. Il n'avait pas bougé.

— Mais peut-être que…

— Eliott, dit Mamilou avec autant de fermeté que de
douceur, crois-moi, ta mère n'a jamais utilisé le sablier.
Elle ne connaissait même pas son existence…

— Mais le dragon ! Je suis sûr que c'est le même.

— Tu n'es sûr de rien ! dit Mamilou. Ce ne sont que
des suppositions. Et quand bien même tu aurais raison,
cela ne prouverait rien. Le Mage de ta mère a très bien
pu rencontrer ce dragon au cours d'un rêve, s'en souvenir
en se réveillant et le dessiner ! Les apparences sont souvent
trompeuses, tu sais. Il ne faut pas tirer des conclusions
trop hâtives… Je n'aurais jamais dû te parler des doutes
que j'ai eus à l'époque. C'était idiot de ma part, je suis
désolée. Parlons d'autre chose, veux-tu ?

Eliott connaissait suffisamment Mamilou pour savoir
qu'il était inutile de continuer à discuter. Mais les argu-
ments de sa grand-mère ne l'avaient pas convaincu. Il
était CERTAIN que c'était bien La Bête, sur le dessin. Et
il était persuadé qu'on ne pouvait pas se souvenir d'une
créature d'Oniria avec autant de précision sans le sablier.
Amer, il prit la tasse chaude entre ses mains toujours
gelées et but une longue gorgée chocolatée.

— Et si tu me racontais plutôt tes aventures, dit
Mamilou sur un ton qui se voulait enjoué. As-tu réussi
à trouver Jov' ?

— Non, marmonna Eliott. Et ça ne risque pas d'arriver.

— Pourquoi ?

— Parce que ton ami est devenu l'ennemi numéro un du Royaume d'Oniria.

— Quoi ! s'exclama Mamilou en manquant de s'étouffer avec la gorgée d'eau qu'elle venait d'avaler.

Alors Eliott expliqua à Mamilou tout ce qui lui était arrivé depuis deux jours : comment il n'avait pas réussi à trouver Jov'. Comment il avait libéré Farjo de la maison-aquarium de Neptane. Comment ils avaient failli être capturés par un escadron et s'étaient échappés in extremis. Ce que Katsia et Farjo lui avaient appris, et leur refus de l'aider. Comment Aanor lui avait fourni sa première piste sérieuse en lui parlant de la caravane d'Oza-Gora, et comment il n'avait pas pu empêcher son enlèvement par La Bête. Comment le griffon avait essayé de lui prendre son sablier, et comment les jumelles l'avaient sauvé.

Plus Eliott parlait, plus les joues de Mamilou perdaient leur belle couleur rosée. À la fin, elle était devenue si pâle qu'elle en avait l'air malade.

— Voilà, conclut Eliott. J'avoue que je compte sur toi pour m'aider à trouver cette caravane. Ou au moins l'entrepôt royal, ce serait déjà un début. Parce que je ne sais pas trop comment m'y prendre. Tu as des infos intéressantes à me donner ?

Mamilou ne répondit pas. Elle fixait Eliott, une main devant la bouche.

— Mamilou ? demanda Eliott. Ça va ?

— Eliott, dit Mamilou d'un ton grave, ces voyages sont devenus beaucoup trop dangereux pour toi.

— Oui, je sais, admit Eliott. J'ai eu chaud la nuit dernière.

— Eliott, insista Mamilou, je suis sérieuse. Je ne veux pas que tu retournes à Oniria. S'il t'arrivait quelque chose dans le monde des rêves, ce serait uniquement ma faute. C'est moi qui t'ai envoyé là-bas. Je ne pourrais pas le supporter.

— Mais on ne peut pas tout arrêter comme ça ! s'enflamma Eliott. Surtout maintenant qu'on a une piste !

— C'est trop dangereux, Eliott, objecta Mamilou.

— Mais si je ne le fais pas, je m'en voudrai toute ma vie ! s'énerva Eliott. À quoi ressemblera ma vie si je renonce, hein ? À quoi ressemblera-t-elle ?

— ...

— Aller vivre à Londres avec Christine, loin de toi, en sachant que j'aurais pu sauver mon père mais que je ne l'ai pas fait ? Je préfère encore mourir !

— Eliott, dit Mamilou d'une voix tremblante, sois raisonnable, tu ne penses pas ce que tu dis. Tu es fatigué, tu ne réfléchis pas correctement.

— C'est toi qui dis n'importe quoi ! cria Eliott, s'attirant les regards de toute la salle.

Eliott attendit quelques secondes avant de continuer, à voix basse.

— Mamilou, dit-il avec une assurance qui le surprit lui-même, je dois continuer. Je ne peux pas faire autrement. Et toi, tu dois m'aider à trouver cette caravane.

Mamilou tendit la main au-dessus de la table. Elle avait les larmes aux yeux.

— Eliott, dit-elle, donne-moi le sablier, s'il te plaît.

— Non.

— Eliott !

— J'ai dit non, dit Eliott avec fermeté. Je n'abandonnerai pas papa. Et si tu ne veux pas m'aider, tant pis. Je n'ai pas besoin de toi. Je trouverai cette caravane tout seul.

Eliott se leva en faisant grincer sa chaise.

— Merci pour le chocolat, dit-il d'un ton glacé.

Puis il sortit du restaurant, sans un regard en arrière.

Eliott se hâta jusqu'à la rue de Lisbonne sans même se rendre compte qu'il pleuvait des cordes. Le téléphone se mit à sonner dès qu'il eut refermé la porte.

— Je suis là, beugla-t-il dans le combiné.

Et il raccrocha sans laisser à Christine le temps de parler. Puis il se précipita vers la salle de bains et prit une douche brûlante dont il sortit rouge comme un homard. Il venait juste d'enfiler son pyjama quand la sonnette retentit. Il fit entrer les jumelles, sortit un plat surgelé du congélateur, le fit chauffer au four à micro-ondes et le jeta sur la table de la cuisine.

— Mais Eliott, protesta Chloé, ce n'est pas l'heure de…

— Bon appétit, coupa Eliott. Je ne dîne pas. Trop fatigué. Débrouillez-vous pour être au lit quand Christine rentrera. Si elle appelle, répondez mais ne me réveillez pas.

Puis il entra dans sa chambre et s'effondra sur son lit. Là, emmitouflé dans sa couette, il s'endormit immédiatement.

Sans son sablier.

LA PRISON DE SOIE

Si l'on avait demandé deux jours plus tôt à Eliott qui, de sa grand-mère ou d'Aanor, était celle sur laquelle il pouvait compter, il aurait haussé les épaules et répondu sans hésiter : Mamilou. Pourtant, en ce vendredi soir, Eliott était convaincu que la seule personne qui souhaitait – et pouvait – encore l'aider à sauver son père était Aanor. Mais la jeune princesse était retenue prisonnière par les cauchemars. La suite était évidente. Eliott devait délivrer Aanor. Il s'en sentait capable. Sa nuit sans sablier et la sieste qu'il avait faite dans l'Eurostar lui avaient permis de reprendre quelques forces, et il se sentait d'attaque pour repartir à Oniria. S'endormir en pensant à Aanor. Lui prendre la main. L'emmener loin de sa prison, par déplacement instantané. Le plan était simple. Il pouvait fonctionner.

Mais il fallait déjà qu'il réussisse à s'endormir. Ce qui était loin d'être évident avec le raffut infernal que faisaient les jumelles.

Christine, Eliott, Chloé et Juliette s'étaient installés dans un hôtel situé en plein centre de Londres. C'était un établissement luxueux, avec groom en livrée rouge et chambres grandes comme des salles de classe. Les jumelles étaient tellement excitées qu'elles n'arrêtaient pas de jacasser. Christine avait déjà ouvert à trois reprises la porte mitoyenne qui séparait sa chambre de celle des enfants pour leur ordonner de se coucher. Mais dès que leur mère refermait la porte, Chloé et Juliette recommençaient à sauter sur le lit « queen size » qu'elles partageaient en faisant semblant de parler anglais.

N'y tenant plus, Eliott bondit de son lit, les attrapa toutes les deux par le bras et menaça de les enfermer en chemise de nuit sur le balcon glacial. Il devait être diablement convaincant car les jumelles consentirent enfin à se coucher. Elles chuchotèrent encore quelques minutes, puis finirent par s'endormir.

Il put enfin fermer les yeux.

Eliott s'attendait à trouver Aanor enfermée dans un cachot sombre et humide, avec pour seuls compagnons quelques rats faméliques et un vieillard à moitié fou. C'est au contraire au milieu d'un excès de luxe et de dorures qu'il retrouva la jeune princesse. Elle était assise devant une coiffeuse aux courbes compliquées, pensive et minuscule dans cette chambre démesurée digne du château de Versailles.

— Eliott ! s'écria-t-elle dès qu'elle aperçut dans le miroir le reflet du jeune Créateur.

Elle se leva aussitôt pour se précipiter vers son sauveur.

Mais les femmes-araignées furent plus rapides. En quelques secondes, Eliott et Aanor furent immobilisés, emmaillotés chacun de leur côté dans une solide toile.

Eliott tenta de rejoindre Aanor en faisant des bonds, mais deux des femmes-araignées se précipitèrent sur lui et le plaquèrent au sol. La troisième maintenait Aanor à distance. Ils étaient à moins de deux mètres l'un de l'autre. Mais inutile d'espérer se rapprocher davantage. Ces maudites créatures avaient une poigne d'acier et leurs camisoles de soie ne bougeaient pas d'un pouce.

— Va-t'en ! le pressa Aanor. Vite. Tu n'es pas en sécurité ici. Si La Bête te voit, il n'hésitera pas, il te tuera.

— Mais dis-moi au moins...

— Pas le temps de discuter, coupa Aanor. Il sera ici dans un instant. Sauve-toi vite, je t'en supplie.

De lourds pas pressés se firent entendre dans le couloir. Aanor avait raison. La Bête arrivait. Face à lui, Eliott ne ferait pas le poids. Furieux de son échec, il se força à fermer les yeux.

Il disparut au moment où la porte de la chambre s'ouvrait.

Eliott avait fait des progrès. Son déplacement instantané réussit du premier coup, malgré l'arrivée imminente de La Bête. Peut-être certains refuges étaient-ils plus faciles à atteindre que d'autres. Parce qu'il les connaissait si bien qu'il n'avait pas besoin de réfléchir pour les visualiser. Ou peut-être avait-il réussi parce qu'à aucun moment il n'avait douté de sa capacité à s'enfuir. En fait, il n'avait même pas eu peur. Eliott ne s'expliquait pas cette confiance qui l'habitait alors même que sa dernière incursion à Oniria s'était soldée par un fiasco. Mais depuis sa dispute avec Mamilou, il était plus déterminé que jamais. Il ne savait ni comment ni quand, mais il réussirait à sauver son père. C'était une certitude.

Eliott s'étendit sur son lit, les yeux rivés sur la tache brunâtre qu'avait laissée un ancien dégât des eaux dans le plafond de sa chambre. Cette fois, c'était le jour, dans sa chambre onirienne. Il entendait les pigeons roucouler sur la corniche de l'immeuble.

Eliott était seul. Il était en sécurité. C'était le moment de faire le point.

Aanor semblait en bonne santé et correctement traitée, c'était rassurant. Et cela laissait un peu de temps à Eliott pour échafauder un nouveau plan pour la délivrer. Car si elle était gardée en permanence par ces femmes-araignées, il allait falloir trouver un plan plus rusé qu'un simple déplacement instantané. Surtout qu'il ne bénéficierait plus désormais de l'effet de surprise.

Eliott réfléchit quelques minutes à d'autres plans possibles pour délivrer la princesse. Mais, chaque fois, le constat était le même : il n'avait pas suffisamment d'informations. Il ne savait ni où elle était, ni qui étaient les cauchemars qui la gardaient, ni ce qu'ils faisaient de leurs journées. En fait, il n'avait aucun moyen de connaître leur point faible. Et, sans cette information cruciale, il ne pouvait rien faire. Furieux de son impuissance, Eliott dut se résoudre à remettre le sauvetage d'Aanor à plus tard. Il espérait seulement que la princesse continuerait à être bien traitée, et tenta de se rassurer en se disant que La Bête avait besoin d'elle vivante pour faire chanter la reine...

Eliott se retourna rageusement dans son lit. Puisqu'il ne servait à rien de mobiliser son cerveau sur un plan de sauvetage de la princesse, il décida de focaliser toute son attention sur l'autre sujet qui le préoccupait : trouver l'entrepôt royal. Mais cela ne s'annonçait pas plus simple. Eliott ne pouvait plus compter sur Aanor pour le guider, et il n'avait aucune envie de se renseigner à l'aveuglette : son expérience avec Neptane lui avait servi de leçon. Si Jov' ou Oza-Gora étaient des sujets tabous dans ce monde, pourquoi pas l'entrepôt royal !

Eliott se redressa brusquement, un sourire aux lèvres. Il y avait une personne à qui il pouvait poser la question sans crainte. Une personne qui ne le dénoncerait pas à la CRAMO et ne le prendrait pas pour ce qu'il n'était pas. Une personne qui avait toujours une dette envers lui.

Farjo.

VOLTE-FACE

Le moine ne posa pas de questions. Il observa Eliott avec attention, puis fouilla dans son habit. Il en tira une carte postale chiffonnée représentant un phare dressé au milieu d'une île paradisiaque. Au dos de la carte, deux mots seulement : « Merci. Katsia. »

— Et c'est loin ? demanda Eliott.

— Une vingtaine de Portes, répondit maître Kunzhu. Mais le chemin est périlleux pour qui ne le connaît pas. Je te conseille plutôt d'y aller par tes propres moyens...

Eliott scruta le visage impassible du vieux maître. Il savait. Il connaissait l'identité d'Eliott. Les avait-il espionnés, l'autre jour, lorsque Eliott, Farjo et Katsia avaient discuté dans la cour du monastère ? Ou avait-il vu Eliott apparaître comme par enchantement, quelques minutes auparavant, dans la salle aux trois portes rouges où ils s'étaient rencontrés pour la première fois ?

— Tu peux utiliser cette carte, continua le moine. Mais, si cela ne t'ennuie pas, c'est moi qui vais la tenir. J'aimerais la conserver.

— Merci, dit Eliott.

Il n'y avait rien d'autre à dire.

Eliott concentra son attention sur la carte postale que maître Kunzhu tenait devant ses yeux. Il observa chaque détail, chaque particularité : l'architecture du phare, l'emplacement des fenêtres, les proportions de la lampe... Il mémorisa chaque rocher, chaque cocotier, chaque méandre de la plage de sable fin, chaque nuance de l'eau translucide. Quand il fut prêt, il adressa un signe de tête à maître Kunzhu.

— Bonne chance, dit le moine.

Et Eliott ferma les yeux.

La minuscule île était plus belle encore que sur la carte postale. C'était l'un de ces endroits qui font rêver : un lagon bleu turquoise, des cocotiers, des fleurs de toutes les couleurs, un soleil radieux... et un majestueux phare blanc dressé sur le point culminant de l'île. C'était donc dans ce décor enchanteur qu'habitaient Farjo et Katsia !

L'attention d'Eliott fut vite détournée par un bruissement de feuilles. Il tourna la tête vers un groupe de cocotiers situé à quelques pas de lui.

— Eliott, mon pote ! s'écria Farjo en dégringolant d'une glissade experte le long de l'un des troncs. Ça me fait plaisir de te voir. Je pensais à toi, justement.

— Salut, Farjo. Je...

— Bienvenue sur notre île ! Tu veux peut-être boire quelque chose ? Ou manger ? Une noix de coco peut-être ?

— Rien du tout, merci. J'ai juste une question à te poser. C'est à propos de...

— Tu es venu comment ? coupa le singe. Tu as pensé à ton vieux copain Farjo en t'endormant ?

— Non, j'étais déjà à Oniria, expliqua Eliott. Mais je ne voulais pas attendre la nuit prochaine pour te voir, alors je me suis souvenu que le moine de l'autre jour connaissait bien Katsia et…

— Ah, c'est maître Kunzhu qui nous a vendus ? grogna Farjo. D'habitude, on n'aime pas trop que des intrus viennent chez nous. Peu de gens connaissent le chemin.

Eliott se mit à douter de l'inspiration qui l'avait poussé à venir jusqu'ici.

— Mais bon, t'es pas vraiment un intrus, toi, ajouta Farjo d'un ton joyeux. Allez, viens ! Je vais te faire visiter !

— Katsia est là ? demanda Eliott, qui ne tenait pas du tout à croiser l'aventurière.

— Non, répondit Farjo en entraînant le jeune garçon vers le phare. Elle est partie tout à l'heure. Elle a refusé que je l'accompagne.

Farjo poussa la porte du phare et invita Eliott à y entrer. Tout le rez-de-chaussée était occupé par une grande pièce claire qui servait à la fois de cuisine, de salon et de salle à manger. Eliott suivit le singe dans l'escalier en colimaçon qui menait aux étages supérieurs. Au premier étage, Farjo montra à Eliott une étrange salle de bains dans laquelle une douche à jets ultramoderne côtoyait une série des bacs en plastique de différentes tailles. Certains étaient remplis d'eau, d'autres de sable, d'autres encore de boue. L'un d'eux était même surmonté d'un perchoir.

— Comme ça, j'ai de quoi faire ma toilette quelle que soit la forme que j'ai envie de prendre, expliqua fièrement le singe.

— Ah, dit Eliott, que ce spectacle laissait perplexe.

— Mais bon, je ne peux pas non plus me transformer en hippopotame, hein ! précisa Farjo. Je n'arriverais pas à monter l'escalier.

Au fur et à mesure que l'on montait, l'escalier devenait plus étroit et plus sombre. Seules de minces meurtrières percées dans le mur permettaient d'y voir clair. Curieusement, certaines des meurtrières apportaient beaucoup plus de lumière que les autres. Eliott s'approcha d'une meurtrière moins lumineuse. Il eut le souffle coupé par le spectacle désolé qui s'offrait à lui : un ciel noir, des trombes de pluie, un vent violent et une mer déchaînée.

— Dis donc, le temps a changé drôlement vite ! s'écria-t-il.

— Oh non, rien n'a changé, rétorqua Farjo. Mais l'île est comme ça : d'un côté il fait toujours très beau, de l'autre toujours très mauvais. La séparation entre les deux zones passe exactement au milieu du phare. La porte d'entrée est située du côté du beau temps, heureusement. Mais, si tu contournes le phare, tu te retrouveras dans une véritable purée de pois !

— Je ne comprends pas, s'exclama Eliott. Tout à l'heure, il faisait beau sur toute l'île !

— C'est une illusion. Si tu passes de l'autre côté, tu auras l'impression qu'il fait mauvais sur toute l'île. Je ne te conseille pas l'expérience, mon pote, c'est flippant !

Eliott grimpa une série de marches jusqu'à la meurtrière suivante. De ce côté-ci, le ciel était toujours aussi bleu.

— Ça me sidère ! murmura-t-il.

Ils passèrent devant la chambre de Katsia, puis devant celle de Farjo, toutes les deux dissimulées derrière de petites portes en bois. Enfin, au dernier étage, l'escalier débouchait sur une pièce ronde faiblement éclairée par deux petites fenêtres – l'une claire, l'autre sombre – où régnait une agréable odeur de musc et de vieux parchemin.

— Et voici le bureau de Katsia ! claironna Farjo en allumant la lumière.

Eliott découvrit, sur toute la longueur du mur circulaire, des étagères encombrées d'un bric-à-brac de caisses et de boîtes, ainsi que d'une quantité impressionnante de livres. Le sol était tapissé d'épaisses couvertures et d'une multitude de coussins qui invitaient à la détente. Et, au milieu de la pièce, entouré de tubes de gouache et de pinceaux éparpillés, trônait un chevalet.

— Je n'aurais pas imaginé que Katsia peignait ! s'exclama Eliott.

— Peindre, c'est un grand mot ! railla Farjo. On n'achèterait même pas une banane avec ce qu'elle fait !

— Quoi, c'est si mauvais que ça ? demanda Eliott.

— Regarde toi-même, dit Farjo en retournant le chevalet.

Eliott hoqueta de surprise en découvrant la toile peinte par Katsia. Deux ronds, quatre traits, deux points… C'était un bonhomme patate. Ce que dessinent les enfants en première année de maternelle. Le degré zéro de la peinture.

— Ça fait cinq ans qu'elle s'exerce, commenta Farjo. Elle met toutes ses économies dans l'achat de livres pour apprendre à peindre et à dessiner. Elle a même pris des cours.

— Mais alors…

— Alors, Katsia ne sait pas peindre et elle ne saura jamais, expliqua Farjo. Son Mage en a décidé ainsi, c'est comme ça.

— Mais, puisque c'est perdu d'avance, pourquoi continue-t-elle à essayer ? demanda Eliott.

— Je ne sais pas, dit Farjo en secouant la tête. Elle a aussi essayé la musique, ça a été un fiasco total. Et la cuisine, pareil. Elle ne sait même pas faire cuire un œuf au plat.

Farjo resta pensif un instant.

— En tout cas, ne lui dis surtout pas que je t'ai montré ça, dit-il en retournant le chevalet. Elle serait furieuse !

— Ne t'inquiète pas, dit Eliott. Je ne dirai rien.

Farjo s'assit sur un gros coussin rouge et fit signe à Eliott de prendre place en face de lui. Dès que le jeune Créateur fut assis, le singe se pencha en avant, plissa les paupières et regarda Eliott d'un air inquisiteur.

— Alors, dit-il, dis-moi ce que je peux faire pour le nouvel ennemi numéro un du Royaume.

— Quoi ! s'écria Eliott.

— T'es pas au courant ? s'étonna Farjo. Exit, mister Jov' ! Maintenant, l'homme le plus recherché d'Oniria, c'est toi, mon pote.

— Mais ce n'est pas possible ! s'exclama Eliott. C'est une erreur... Tu te moques de moi ! C'est une blague, c'est ça ?

— Pas du tout, dit le singe. Attends, je vais te montrer.

Farjo sautilla jusqu'à une étagère et attrapa un flacon en plastique violet de forme tubulaire dont il dévissa le couvercle argenté. De retour sur le gros coussin rouge, il souffla dans le cercle argenté attaché au bouchon, et une dizaine de bulles de différentes couleurs s'envolèrent.

La première bulle, de couleur violette, se mit à grossir jusqu'à atteindre la taille d'une boule de bowling. Puis quelque chose s'anima à l'intérieur : la bulle émettait des images que l'on voyait parfaitement bien depuis n'importe quel endroit de la pièce. C'était encore mieux qu'une télévision ! Une jeune femme très élégante parlait d'une voix claire :

— Mesdames, mesdemoiselles, messieurs, bonjour. Aujourd'hui, au sommaire des infobulles : *Sécurité*, un reportage sur le sauvetage d'une famille de ramoneurs par un escadron de la CRAMO ; *Sécurité toujours,* trois témoins ont été entendus hier soir dans le cadre de l'enquête sur la disparition de la princesse Aanor ; *Trafic*, un embouteillage monstre a été créé ce matin…

Farjo éclata la bulle en la touchant du doigt, mettant fin à l'exposé de la présentatrice, et une deuxième bulle grossit à son tour. Farjo éclata la deuxième bulle, puis plusieurs autres. Une bulle de couleur rouge vif grossit alors, et Eliott blêmit en voyant son propre visage apparaître à l'intérieur. Un bruit de sirène assourdissant retentit, puis une voix effrayante résonna dans toute la pièce :

ALERTE ! ALERTE ! Ce personnage, répondant au prénom d'Eliott, est recherché dans le cadre de l'enquête sur l'enlèvement de la princesse Aanor. Il est extrêmement dangereux. Toute personne ayant des informations permettant de le localiser doit immédiatement alerter la CRAMO. Ordre de la reine. Toute personne soupçonnée de l'aider sera sévèrement punie.

Eliott n'en revenait pas.

— Mais je n'ai rien fait ! s'écria-t-il.

— Ah bon ? dit une voix féminine dans le dos d'Eliott.

Eliott se retourna précipitamment. Katsia se tenait sur la plus haute marche de l'escalier.

— Je ne t'avais pas entendue arriver, s'excusa Farjo. On peut s'installer ailleurs, si tu veux...

— C'est bon pour cette fois, dit Katsia d'un ton glacial.

L'aventurière pénétra dans la pièce et délogea Farjo de son coussin pour s'y installer.

— Donc, ce n'est pas toi qui as enlevé la princesse ? interrogea-t-elle.

— Jamais de la vie ! se défendit Eliott. Au contraire, j'ai essayé de la protéger.

— Dommage, dit Katsia, tu commençais à remonter dans mon estime. L'enlèvement est un bon moyen de faire parler les individus les plus récalcitrants.

Eliott en resta bouche bée. Décidément, entre Farjo le Chapardeur et Katsia sans Scrupules, les deux Oniriens avaient une notion plutôt laxiste du bien et du mal...

— Et qui a enlevé la princesse, si ce n'est pas toi ? demanda Katsia.

— Un cauchemar, dit Eliott d'un ton maussade. On l'appelle La Bête.

— La Bête ! s'écria Farjo.

— Lui-même, confirma Eliott. Je n'ai rien pu faire. Et les faucons de la CRAMO non plus. Lui et ces satanées femmes-araignées sont trop forts.

— La Bête a réussi à s'échapper d'Ephialtis ! s'alarma Farjo. Et à venir enlever la princesse dans l'enceinte même du palais royal ?

— Oui.

— Mais c'est très grave ! déclara Farjo. Il est censé être sous haute surveillance. Je comprends que les infobulles passent cette information sous silence, la population entière serait affolée si elle savait que ce monstre a échappé à la vigilance des escadrons. Ce serait la panique, la débandade, le sauve-qui-peut, le…

— Je crois qu'on a compris, le coupa Katsia. Est-ce que La Bête a dit ce qu'il voulait ?

— Il a laissé un parchemin, expliqua Eliott. Il veut que les cauchemars soient libérés, qu'ils aient des représentants au Grand Conseil et que la CRAMO soit dissoute.

— Ah ça, moi aussi j'aimerais bien que la CRAMO soit dissoute ! dit Farjo.

— C'est sûr qu'on se passerait bien de ces guignols… murmura Katsia. Et toi, qu'est-ce que tu as fait exactement pour que ça te retombe dessus ?

— Je n'en sais rien ! dit Eliott.

— Eh ben, va falloir que tu le saches, mon pote, dit Farjo. Les infobulles diffusent ton portrait en boucle à tous les habitants d'Oniria depuis l'enlèvement. D'ici à trois jours, tu ne pourras plus faire un pas sans être reconnu.

— Qu'importe la raison qu'ils ont inventée pour le justifier, dit Katsia, ils te cherchent. Oublie l'enlèvement, ce n'est qu'un prétexte. Et essaie de trouver pourquoi ils souhaitent tant te mettre la main dessus. Ils veulent toujours que tu crées une armée ?

— Non, ils…

Eliott laissa sa phrase en suspens. Bien sûr ! Il savait parfaitement pourquoi la reine le faisait rechercher dans tout le Royaume !

— C'est à cause du griffon, dit-il.

— Sigurim ? Le directeur de la CRAMO ? demanda Katsia en grimaçant.

— Oui, dit Eliott. Ce n'est pas moi qu'il veut, c'est mon sablier. J'ai réussi à m'échapper de justesse, mais il a failli me l'arracher.

— Ton sablier ! s'affola Farjo. Mais pour quoi faire ?

— Il veut envoyer un agent dans le monde terrestre pour tuer le Terrien qui a créé La Bête. D'ailleurs, je n'ai pas compris pourquoi il voulait faire ça. La Bête est ici. S'il veut le tuer, il n'a qu'à envoyer un agent à Ephialtis ! En quoi ça concerne celui qui l'a créé ?

Les deux autres ne répondirent pas. Le visage de Katsia s'était crispé, et Farjo se mordillait frénétiquement la queue.

— Ils violent les lois immuables… murmura l'aventurière d'une voix d'outre-tombe.

— Ils violent quoi ? demanda Eliott.

— Les lois immuables, répéta Katsia, les yeux dans le vide. Des lois dont les rois et reines successifs d'Oniria sont les garants, et qui ne doivent en aucun cas être enfreintes, sous peine de porter atteinte à la stabilité et à l'harmonie de notre monde. Il y a en a dix. Loi immuable numéro un : « Aucun Onirien ne doit se rendre maître du Sable, ni directement ni à travers quelqu'un d'autre. »

Eliott repensa aux Chercheurs de Sable et à l'interdiction de leur adresser la parole.

— Loi immuable numéro deux, récita Farjo : « Aucun Onirien ne doit aller dans le monde terrestre. Jamais, et sous aucun prétexte. »

— Et cette deuxième loi n'a jamais été enfreinte ? demanda Eliott.

— Jamais dans toute l'histoire d'Oniria, répondit Katsia. D'autres lois immuables ont été enfreintes par le passé, et ça a toujours provoqué des catastrophes.

— Mais comment le Marchand de Sable fait-il sa distribution s'il n'a pas le droit de voyager dans le monde terrestre ? demanda Eliott.

— J'ai dit les Oniriens, précisa Farjo, pas les Oza-Goriens. Les Oza-Goriens peuvent évidemment se rendre dans ton monde. La loi immuable ne les concerne pas. Mais elle concerne le griffon et toute sa clique... Il faut à tout prix empêcher ton sablier de tomber entre leurs mains.

— Bon, il ne me reste plus qu'à bien me cacher, alors ! dit Eliott en se forçant à prendre un ton léger pour détendre l'atmosphère.

— Tu l'as dit, mon pote, dit Farjo en lui assénant une grande claque dans le dos.

— Ça ne sera pas suffisant, déclara Katsia.

L'aventurière fixait Eliott d'un air déterminé.

— Tu as toujours l'intention de partir à la recherche d'Oza-Gora ? demanda-t-elle.

— Oui, répondit Eliott.

— Après tout ce que je t'ai dit, tu n'as pas renoncé ?

— Non, dit Eliott. Je trouverai le Marchand de Sable et je sauverai mon père.

Katsia scruta le jeune Créateur sans rien dire. Eliott s'étonna lui-même de soutenir avec tant d'assurance le regard perçant de l'aventurière. Il était plus déterminé que jamais.

— Tu es têtu, hein ! dit-elle finalement.

Eliott ne parvint pas à déterminer si l'aventurière voyait cela comme une bonne ou une mauvaise chose.

— Alors, à partir de maintenant, annonça Katsia, quand tu seras à Oniria, je ne te lâcherai plus d'une semelle. Je te protégerai de la CRAMO.

Eliott n'en croyait pas ses oreilles. Katsia venait-elle réellement de lui proposer – ou plutôt de lui imposer – son aide ?

— C'est vrai ? demanda-t-il. Tu ferais ça ?

— Oui, dit Katsia. Tant que tu resteras près de moi, personne ne prendra ton sablier. Je m'en porte garante.

— Et moi aussi ! s'écria Farjo.

Un sourire radieux se dessina sur les lèvres d'Eliott. Deux alliés pour l'aider à rejoindre l'inaccessible Oza-Gora. C'était inespéré !

— Merci, les amis, dit-il. Je dois dire que je n'aurai pas trop de deux gardes du corps !

Cette idée fit éclater de rire Farjo, qui se mit à faire gonfler ses biceps. Quant à Katsia, on aurait dit qu'elle avait avalé un hérisson.

— T'enflamme pas, petit, dit-elle d'un ton parfaitement désagréable. Je n'ai pas dit qu'on était amis. Juste que je ne voulais pas que la CRAMO mette la main sur ton sablier.

Eliott était estomaqué par le manque de sensibilité de cette fille. Il tourna les yeux vers Farjo, qui le réconforta d'une grimace complice.

— J'ai un plan pour aller à Oza-Gora, déclara Katsia d'un ton badin.

Eliott la dévisagea. Elle qui prétendait deux jours plus tôt qu'il était impossible de rejoindre le domaine où habitait le Marchand de Sable avait subitement un plan pour le faire ?

— Je suis allée rendre une petite visite au vieux Bonk, dit-elle comme si cela avait toujours été prévu ainsi.

Farjo s'approcha et Eliott se redressa, tout ouïe.

— À force de persuasion, continua l'aventurière, j'ai réussi à lui faire cracher tout ce qu'il savait.

Eliott préféra ne pas demander si les méthodes de persuasion de Katsia incluaient l'usage de ses mains, de ses pieds ou de tout autre instrument de son arsenal personnel…

— Le seul moyen de se rendre à Oza-Gora est de suivre un Oza-Gorien qui s'y rend. Apparemment, il y a souvent des Oza-Goriens, des jeunes surtout, qui se promènent incognito à travers Oniria.

— Et à quoi reconnaît-on un Oza-Gorien ? demanda Farjo.

— Ils ressemblent en tout point aux hommes, dit l'aventurière. Aucun signe distinctif visible au premier abord. Mais, d'après Bonk, si on les attaque, ils sont capables de se sauver en se déplaçant à une vitesse trois fois supérieure à celle des humains.

— Et quel est le plan ? demanda Eliott.

— Eh bien, c'est assez simple, dit Katsia. J'attaque tous les humains que nous rencontrons, et s'il y en a un qui s'enfuit à une vitesse anormale, Farjo se transforme en guépard et le rattrape. Ensuite, on se débrouille pour le forcer à nous emmener jusqu'à Oza-Gora. Toi, tu restes près de moi, c'est tout.

Eliott en resta bouche bée. Ce plan était aussi violent que manifestement inefficace. Comment faire comprendre à Katsia qu'il était pressé et que ce genre de méthode digne d'un troll en quête de nourriture ne les avancerait à rien ?

— Ça risque de prendre du temps, commença-t-il.

Katsia le dévisagea durement.

— Tu as un meilleur plan, peut-être ? l'agressa-t-elle.

Eliott fit un effort pour rester courtois.

— Je crois, oui. Une idée d'Aanor.

— Et elle t'a dit quoi, la mijaurée ?

— Aanor est une fille courageuse, elle n'a rien d'une mijaurée et son plan est bien meilleur que le tien ! s'énerva Eliott.

Katsia afficha une moue amusée.

— Eh bien, tu vois ! dit-elle. Tu es beaucoup plus crédible quand tu arrêtes de jouer les poules mouillées. Alors, elle t'a dit quoi, la fille courageuse ?

La colère d'Eliott explosa en plein vol. La seule chose à faire, maintenant, c'était de répondre à la question.

— Elle m'a parlé d'une caravane, expliqua Eliott. Une caravane qui vient fréquemment dans les environs d'Hedonis pour approvisionner Oza-Gora. Le chargement part de l'entrepôt royal et rejoint la caravane dans un lieu tenu secret. Seuls la reine et le grand intendant sont au courant. L'idée, c'est d'aller dans l'entrepôt royal et de repérer le chargement. Les marchandises nous mèneront à la caravane, et la caravane à Oza-Gora.

— Génial ! s'écria Farjo. Absolument génial !

Tous les deux se tournèrent vers Katsia. L'aventurière se tenait immobile, les yeux mi-clos.

— Excellent plan ! déclara-t-elle soudain. Je marche.

— Super ! s'exclama Eliott. La seule chose avec ce plan, c'est qu'il a une date limite de validité.

— Pourquoi ? demanda Farjo.

— Parce qu'une saleté d'oiseau espion, un certain Bogdaran, a entendu ma conversation avec Aanor. Pour l'instant, il est en disgrâce. Mais dès qu'il aura retrouvé l'oreille de la reine, il lui racontera tout. Elle saura que j'ai l'intention de monter à bord de la prochaine caravane et elle m'attendra au tournant.

— Alors il n'y a pas une minute à perdre, conclut Katsia. Farjo, tu m'as bien dit un jour que tu étais déjà entré à l'intérieur de l'entrepôt royal ?

— Absolument.

— Tu pourrais nous y emmener ?

— Bien sûr, confirma Farjo en bombant le torse. Pour la plupart des gens c'est impossible, l'endroit est trop bien gardé. Mais pour moi, l'illustre Farjo, roi de la transformation, c'est un jeu d'enfant, une formalité, fastoche, les doigts dans le nez, élémentaire-mon-cher-Watson, j'y rentre comme dans du beurre, comme dans un moulin, comme dans une chaussure trop grande, comme dans une eau à vingt-huit degrés, comme…

Pour la toute première fois depuis leur rencontre, Eliott et Katsia échangèrent un regard dénué de tension. Ils n'eurent pas besoin de mots pour se comprendre. Eliott ferma les yeux et imagina un énorme seau plein d'eau, juste à côté de Katsia. Il eut à peine le temps de les rouvrir pour voir l'aventurière déverser avec délectation trente litres d'eau froide sur la tête du singe. Farjo poussa un hurlement de fureur et se mit à vociférer en se trémoussant, sous le regard goguenard des deux autres.

Un sentiment de bien-être s'empara d'Eliott.

Enfin, il n'était plus seul.

HAUTE SURVEILLANCE

Cela faisait vingt minutes au moins qu'Eliott et Katsia fauchaient sans relâche pour se frayer un passage dans cette brousse épaisse et deux fois plus haute qu'eux. Farjo s'était transformé en girafe et indiquait la direction à suivre.

— Tu es sûr de toi ? répéta Katsia pour la troisième fois. J'ai l'impression que tu nous fais tourner en rond.

— T'inquiète, je maîtrise la situation, assura Farjo. Mais on est obligés de faire des détours pour éviter les herbes hautes.

— Il y en a encore pour longtemps ? demanda Eliott en s'essuyant le front avec son tee-shirt.

— On sera bientôt sortis des herbes, dit Farjo. Après, c'est le parcours d'obstacles.

— Et là non plus, je suppose que je n'aurai pas le droit de créer une montgolfière ou quoi que ce soit d'autre pour aller plus vite, râla Eliott.

— T'as tout compris, mon pote, dit Farjo. Plus on approche de l'entrepôt, plus il faut se faire discret.

— Humpf, grogna Eliott en donnant un coup de faux rageur.

Les trois compagnons arrivèrent enfin dans une zone moins dense, et Eliott fit disparaître les faux devenues inutiles. Il en profita également pour changer de tee-shirt et boire un peu d'eau. Il était fourbu.

— Mon pote, j'ai une surprise pour toi ! déclara Farjo.

— Quel genre de surprise ? se méfia Eliott.

— Grimpe sur cette tige et tu verras, dit Farjo en désignant du menton un étrange arbre au tronc étroit et long, surmonté d'un panache de feuilles blondes.

Eliott rassembla toutes les forces qui lui restaient pour grimper dans l'arbre. Quand il arriva au niveau des feuilles, il faillit s'étrangler de surprise. Devant lui se dressait une forêt de pins hauts comme des gratte-ciel. Même en tordant le cou, il ne parvenait pas à en voir la cime. Quant au sol, il était couvert d'un tapis d'aiguilles de pin épaisses comme des troncs d'arbres. C'était donc ça, le fameux parcours d'obstacles !

— Donc, quand tu parlais de cette brousse épaisse en disant « l'herbe », balbutia Eliott, ce n'était pas une métaphore…

— Non, c'est vraiment de l'herbe, confirma Farjo. Mais, comme tout ici, elle est cinquante fois plus grande que dans le reste d'Oniria.

Eliott avala douloureusement sa salive. Ce spectacle était prodigieux, mais il n'aimait pas du tout avoir la taille relative d'un asticot !

— Et l'entrepôt ? demanda-t-il. Où est-il ?

— On ne le voit pas encore, il est caché par ce buisson, dit Farjo en désignant un roncier qui devait être aussi haut qu'une barre HLM.

— Allez, finie la pause ! annonça Katsia. On a encore du chemin à faire.

— J'arrive, dit Eliott.

Le jeune Créateur s'apprêtait à entamer sa descente quand Katsia poussa un cri :

— Attention, Eliott, derrière toi !

Eliott se retourna juste à temps pour voir un bourdon démesuré fondre sur lui à pleine vitesse. Eliott desserra les cuisses et se fit glisser le long du tronc. Mais la vitesse et les aspérités de la tige écorchaient ses mains et ses jambes. À mi-parcours, la sensation de brûlure était tellement intense qu'elle l'obligea à lâcher prise. Il crut un instant qu'il réussirait à se réceptionner correctement. Mais il avait pris trop de vitesse. Lorsqu'il toucha le sol, ses jambes plièrent sous son poids et il s'affala de tout son long. Sa tête heurta violemment un caillou mal placé.

Il vit des étoiles danser devant ses yeux. Puis plus rien.

— Tiens, on n'a qu'à s'installer ici. Si on s'approche plus près, ils vont nous repérer.

— Super, j'en peux plus d'être une mule.

— T'es toujours une tête de mule, quoi qu'il arrive, tu sais.

— Aha, très drôle. Allez, descends-le de là s'il te plaît.

Deux mains qui attrapent. Un corps qui glisse. Boum, les pieds sur le sol. Chkrrrr, les jambes traînées par terre. Fouichhhh, le plongeon dans un édredon douillet.

Paf. Une baffe.

Des paupières qui s'ouvrent. Deux yeux bleus écarquillés.

— Ah, je savais bien qu'il était en train de se réveiller, dit Katsia. Suffisait de l'aider un peu !

— Je... Que s'est-il passé ? balbutia Eliott.

— T'es tombé dans les pommes, expliqua l'aventurière. Mais maintenant que tu es réveillé, tu vas pouvoir nous créer des jumelles pour qu'on puisse observer.

— Observer quoi ?

— Viens voir, dit Farjo redevenu singe en tirant Eliott par le bras.

Eliott se releva. L'édredon douillet sur lequel il pensait avoir été étendu était en réalité le chapeau d'un gros champignon plat. Ils étaient au pied de l'un des pins géants qu'il avait vus tout à l'heure. Farjo entraîna Eliott à l'assaut d'une pomme de pin grosse comme un rocher. Le jeune Créateur fut vite doublé par Katsia, qui grimpait aussi rapidement et silencieusement qu'un chat. Mais il parvint au sommet sans difficulté.

— Waaaaaaah ! s'exclama-t-il.

À environ un kilomètre de leur cachette se dressait l'imposante masse sombre en forme de dôme d'une fourmilière haute comme une cathédrale. Des milliers, peut-être des millions de fourmis grandes comme de petits chiens entraient et sortaient de l'entrepôt. La plupart étaient saucissonnées par de solides courroies qui maintenaient sur leur dos des paniers en osier, des citernes ou encore des conteneurs métalliques dix fois plus volumineux qu'elles. D'autres s'y mettaient à plusieurs pour transporter des objets plus lourds, comme des meubles, d'extravagantes plantes ou bien de savantes machines. Des dizaines de Portes s'ouvraient et se fermaient sans arrêt aux alentours de la fourmilière, laissant passer dans les deux sens des colonnes d'ouvrières. Cela grouillait. Mais les manœuvres, supervisées par des fourmis ailées qui s'agitaient au-dessus des autres, s'effectuaient en silence et dans un ordre impeccable.

— Alors c'est ça, l'entrepôt royal ! s'exclama Eliott.

— Ouais, c'est ça, confirma Farjo.

— Il ne reste plus qu'à repérer les marchandises destinées à la caravane, dit Katsia en attrapant la paire de jumelles ultra-puissantes que lui tendait Eliott.

— Mais à quoi va-t-on les reconnaître ? demanda le jeune Créateur.

— Aucune idée, dit Farjo.

— Alors, il vaut mieux aller mener l'enquête à l'intérieur, suggéra Eliott. Sinon, on peut rester ici des jours. Mais ça va être compliqué de rentrer, il y a des gardes partout.

En effet, chaque Porte, chaque entrée de galerie, chaque minuscule issue était gardée par un duo de fourmis rousses aux aguets.

— T'as raison, p'tite tête, dit Katsia, faut rentrer à l'intérieur. Farjo, tu vas jouer les éclaireurs ? Essaie de trouver une issue moins bien gardée par laquelle Eliott et moi pourrions rentrer.

— C'est comme si c'était fait ! claironna le singe.

Aussitôt, Farjo dégringola de la pomme de pin puis se transforma en jaguar pour traverser plus facilement le parterre d'aiguilles de pin. Derrière leurs jumelles, Eliott et Katsia l'observaient. Le jaguar avançait en silence, furtivement. Il s'approcha d'un gros champignon qui abritait une Porte et se tapit derrière le pied, aux aguets. La Porte s'ouvrit au bout de quelques minutes, et une colonie de fourmis chargées de paniers vides apparut. Lorsque la dernière fourmi passa devant lui, le jaguar bondit en direction du panier qu'elle portait. En plein saut, il disparut.

— Ça y est, il s'est transformé en une petite bête qui passera inaperçue dans le panier. Il n'y a plus qu'à attendre, maintenant, dit Katsia en baissant ses jumelles.

L'aventurière descendit lestement de la pomme de pin et s'allongea sur le champignon. Eliott allait entamer sa descente quand quelque chose d'invisible lui fit perdre l'équilibre. Il se rattrapa in extremis à l'une des écailles.

— Ben alors, s'amusa Katsia, t'as des jambes en coton ?

— Te moque pas, dit Eliott. C'est quelque chose qui m'a fait tomber, on aurait dit… On aurait dit un fantôme.

— Arrête de dire n'importe quoi, dit Katsia, tous les fantômes sont à Ephialtis.

— Mais je te jure que j'ai vu une forme…

— Eliott, tu es tombé sur la tête tout à l'heure, et là tu commences à délirer ! dit Katsia. Il n'y a pas de fantôme ici. C'était probablement un courant d'air. C'est ça d'avoir la taille d'un scarabée, ça rend plus vulnérable au vent.

— Peut-être, concéda Eliott en terminant sa descente. Il s'assit sur l'une des aiguilles-troncs.

— Tu crois que Farjo en aura pour longtemps ? demanda-t-il.

— Ça dépend, répondit Katsia.

— Ça dépend de quoi ?

— Ça dépend s'il arrive à rester discret. Il n'a pas son égal pour fouiner et chaparder. Mais il manque de prudence. Une fois sur deux, quand il trouve un truc qui l'intéresse, il oublie tout le reste et il se fait prendre.

— Et là, s'il se fait prendre, que risque-t-il ? demanda Eliott. Il ne va quand même pas être envoyé à Eph…

— Chut !

Katsia s'était redressée, les oreilles aux aguets. D'un geste expert, elle dégaina son revolver. Elle fit signe à Eliott de rester en retrait, puis contourna le champignon lentement, sans un bruit. Elle resta figée un instant, puis bondit derrière une aiguille-tronc en pointant son arme vers le sol. Au bout de quelques interminables secondes, elle se détendit et remit le revolver à sa ceinture.

— J'avais cru entendre quelque chose, commenta-t-elle en revenant s'asseoir sur le chapeau du champignon.

— Moi j'ai des visions, et toi tu entends des voix ! s'exclama Eliott. À nous deux, on fait une belle équipe.

L'aventurière laissa échapper un soupir amusé. Puis elle releva brusquement la tête, agrippa Eliott par le bras et l'entraîna précipitamment sous les écailles les plus basses de la pomme de pin. Cette fois, il n'y avait aucun doute : quelque chose approchait. Une respiration haletante. Le bruit sourd d'un corps qui retombe. Eliott n'osait pas faire un geste.

Quelques secondes plus tard, il était là.

Un guépard. C'était Farjo. Il les cherchait des yeux. Katsia et Eliott sortirent de leur cachette.

— On a été repérés ! dit Farjo d'une voix essoufflée dès qu'il les aperçut. Le bourdon de tout à l'heure, c'était une sentinelle. Il avait une caméra sur lui. Ils savent que nous sommes ici et ils ont reconnu Eliott. Il faut partir tout de s...

Farjo n'eut pas le temps de terminer sa phrase. Deux créatures encagoulées surgies de nulle part le happèrent et le bâillonnèrent avec une rapidité incroyable. Eliott subit le même traitement avant même de réaliser ce qui se passait. Quelqu'un plaqua sous son nez un linge imbibé d'une substance nauséabonde. Aussitôt, sa tête se mit à tourner et sa vision s'obscurcit. Il aperçut encore Katsia, qui mettait l'un des assaillants à terre en lui dégainant un coup de pied rotatif en pleine tête.

Quelques secondes plus tard, tout devint noir.

OMBRE ET LUMIÈRE

Lorsque Eliott reprit connaissance, il était dans le noir complet, allongé sur un sol froid et métallique. Il entendait, tout près de lui, la respiration régulière d'une personne endormie. Il s'approcha à tâtons et effleura du bout des doigts une longue chevelure féminine. Était-ce Katsia ? Des effluves de musc parvenaient par vagues à ses narines. Il savait qu'il avait senti cette même odeur récemment, mais où ? Il renifla encore. Bien sûr ! C'était l'odeur du bureau de Katsia ! Eliott chercha de la main la besace dont l'aventurière ne se séparait jamais et ne tarda pas à la trouver : aucun doute, c'était bien elle qui était allongée par terre, évanouie. Elle avait donc été capturée elle aussi… Leurs ravisseurs n'étaient pas des amateurs. Mais qui étaient-ils ? La CRAMO ? Eliott eut des sueurs froides à l'idée qu'on lui avait peut-être volé son sablier. Il tâta fébrilement son torse… Le pendentif était toujours là.

Momentanément rassuré, Eliott s'écarta du corps endormi de Katsia et s'adossa à un pan de mur tout aussi métallique et froid que le sol. Il frissonnait. Il ferma les yeux et s'imagina emmitouflé dans un gros pull douillet qui apparut aussitôt. Bien au chaud, il était dans de meilleures dispositions pour réfléchir. Il tenta de scruter l'endroit en plissant les yeux, mais en vain : il ne voyait strictement rien. Il n'y avait même pas un petit rai de lumière sous une porte pour attirer son œil. En revanche il entendit s'élever à quelques mètres de lui le ronflement sonore de quelqu'un qui a trop mangé. Ce n'était quand même pas Farjo qui faisait un tel boucan !

Eliott se dirigeait à quatre pattes vers l'origine de ce bruit quand son attention fut détournée par un froissement d'ailes. Un oiseau. Il s'immobilisa, les oreilles aux aguets. Mais le ronflement était devenu tellement puissant qu'il lui était impossible d'entendre quoi que ce soit d'autre.

Brusquement, sortis de nulle part, deux yeux orange ronds et lumineux apparurent juste devant lui. Il étouffa un cri et recula instinctivement. Mais il fut bientôt bloqué par un autre mur métallique. Acculé, il n'osait plus faire un geste.

— On ne voit rien, ici ! claironna la voix de Farjo. J'ai été obligé de me transformer en chouette pour te retrouver.

— Ah, c'est toi ? Tu m'as fait peur ! protesta le jeune Créateur avec un soupir de soulagement.

— Désolé, s'excusa Farjo.

— Pas grave, dit Eliott. Mais puisque tu y vois quelque chose, dis-moi où nous sommes et d'où vient ce ronflement.

— Eh bien… Pour le ronflement, il y a une espèce de gros balèze qui vrombit comme un moteur à l'autre bout de la pièce. Sinon, la moitié de la pièce est pleine d'étagères remplies jusqu'au plafond. J'imagine qu'on est dans une sorte de cave.

— Probablement, acquiesça Eliott. Mais *à qui* appartient-elle ?

— On a peut-être été capturés par les fourmis ? suggéra Farjo. Si ça se trouve, on est à l'intérieur de la fourmilière.

— Tu crois ? Moi j'avais plutôt pensé que c'était la CRAMO qui nous avait retrouvés.

— Oh là là, si c'est la CRAMO, il vaut mieux ne pas traîner ici, dit Farjo. Tu nous tires de là vite fait ?

— Attends, je voudrais d'abord savoir où nous sommes. Si on est dans la fourmilière, il suffit de sortir de cette cave et on pourra obtenir toutes les informations qu'on cherchait... Tu veux bien aller voir ce qu'il y a sur les étagères ? On pourra peut-être en déduire l'identité de nos ravisseurs.

— Ça va pas, non ? s'écria Farjo. C'est toi, mon passeport pour la liberté. Je ne m'éloigne pas de plus de vingt centimètres de toi !

— Bon, d'accord, je viens avec toi.

— Et Katsia ? demanda Farjo.

— Ne t'inquiète pas, on ne va pas la laisser ici. On ne va pas loin, on reviendra la chercher si quelque chose cloche.

— Bon, d'accord. Mais au moindre truc bizarre on rentre au phare, OK ?

— OK. Tu me guides ?

— Ben, pourquoi tu ne crées pas une lampe de poche ?

— Pour rester discret... Je n'ai pas du tout envie de réveiller notre ami le ronfleur en lui envoyant un rayon lumineux dans la figure ! On ne sait pas comment il peut réagir...

— Ah, OK. Tu sais que t'es malin, mon pote, très malin même !

— Bon, on y va, oui ou non ?

Farjo la Chouette entraîna Eliott du côté des étagères. Ils y trouvèrent d'énormes sacs de farine et de sucre, des œufs, des fruits, de la levure, du beurre et du chocolat en quantités impressionnantes, mais aussi des plateaux bourrés de petits gâteaux, de madeleines, de tartelettes et de mini-viennoiseries, ainsi que de formidables paquets de bonbons. On se serait cru dans l'arrière-cuisine d'une gigantesque pâtisserie.

— On n'est pas plus avancés, soupira Eliott.

— Tu l'as dit, mon pote, confirma Farjo en léchant sa patte gauche, qu'il venait de tremper dans un pot de confiture. On va chercher Katsia et on décolle ?

— Non, il y a encore des étagères qu'on n'a pas regardées.

— Oh non, il n'y a rien d'intéressant... Ne restons pas ici, cet endroit me donne la chair de poule !

— Tu fais ce que tu veux, mais moi j'avance, déclara Eliott d'un ton décidé.

— Eh, attends-moi ! s'écria Farjo.

Ils avancèrent un peu plus loin pour inspecter des étagères qui se trouvaient dans un recoin de la pièce. Eliott avançait à tâtons, essayant d'identifier ce qu'il touchait du bout des doigts, pendant que Farjo voletait et vérifiait ce qui se trouvait sur les rayonnages les plus hauts. Au bout de quelques minutes à sonder toujours les mêmes sacs de farine et de sucre, Eliott mit la main sur quelque chose de nouveau : des vêtements. Des tas de vêtements bien pliés dont se dégageait une odeur étrange et nauséabonde reconnaissable entre mille : l'odeur du produit qui avait été utilisé pour les endormir.

— Farjo, viens voir par ici, dit Eliott, je crois que j'ai trouvé quelque chose.

— Alors, voyons voir, dit Farjo en scrutant les marchandises stockées devant Eliott. Je vois des tenues de camouflage, des bouteilles remplies de liquide bizarre, des filets, des scalpels, des pinces... Oh là là, ne me dis pas que ces gens pratiquent la torture ! Il y a aussi des pistolets violets, des...

— Des pistolets violets, souffla Eliott. La CRAMO ! Viens, on récupère Katsia et on file d'ici.

Sans attendre la réponse de Farjo, Eliott rebroussa chemin, les mains tendues en avant comme un aveugle. Au bout de quelques pas, il se heurta à une masse beaucoup plus haute que lui. Une masse qui n'était pas là tout à l'heure.

C'est seulement alors qu'Eliott réalisa que le ronflement qui emplissait la pièce auparavant avait disparu.

— Cou-cou ! articula une voix forte et grave qui le fit frissonner jusqu'en bas du dos.

Le propriétaire de la voix alluma ce qui ressemblait à une lanterne. D'abord aveuglé par cette lumière soudaine, Eliott réussit peu à peu à distinguer la silhouette monumentale qui lui barrait la route. C'était un géant d'au moins deux mètres cinquante, plus musclé qu'un lanceur de marteau aux jeux Olympiques. Il n'avait qu'un œil, situé au milieu du front, et de sa bouche dépassait une rangée d'effrayantes dents triangulaires. Il regardait Eliott en souriant, un filet de bave dégoulinant de la commissure de ses lèvres.

— Un ogre ! s'écria Eliott. Ils nous ont enfermés avec un ogre !

— Vous devez me suivre, dit l'ogre. Le chef veut vous voir.

— Le chef ? s'étonna Eliott.

— On est à Ephialtis ! cria Farjo. On a été enlevés par les cauchemars !

— Vous devez me suivre, répéta l'ogre en tendant vers Eliott une grosse main pataude.

Aussitôt, une boule de plumes se jeta sur lui : Farjo battait des ailes avec frénésie devant le grossier visage du géant et parvint à le déstabiliser. Mais l'ogre reprit rapidement son équilibre et fendit l'air de ses énormes mains, chassant l'oiseau comme on se débarrasse d'une mouche. Farjo revint à la charge une deuxième puis une troisième fois. Agacé, l'ogre finit par poser sa lanterne sur le sol et, avec une rapidité qu'Eliott n'aurait pas soupçonnée de la part d'un être si gigantesque, attrapa l'oiseau entre ses deux mains. Puis, sans autre forme de procès, il ouvrit son immense bouche et y enfourna la chouette, qu'il avala goulûment avant d'émettre une puissante éructation qui résonna dans toute la pièce.

Il venait tout simplement de manger Farjo.

Eliott était paralysé par la terreur. Farjo ! Disparu de la pire manière qui soit ! Il jeta un coup d'œil de côté.

Dans la pénombre, faiblement éclairée par la lanterne de l'ogre, Katsia était toujours endormie à une dizaine de mètres de lui. Il ne pouvait pas l'abandonner ici ! Il fallait qu'il trouve un moyen de la rejoindre pour l'emmener avec lui dans quelque retraite sécurisée. Avec l'énergie du désespoir, il tenta le tout pour le tout : profitant d'un instant d'inattention de l'ogre, il se précipita vers le corps endormi de Katsia. S'il parvenait à agripper son bras ou sa jambe, il pouvait la sauver. Mais l'ogre réagit au quart de tour et le plaqua par terre. Eliott percuta brutalement le sol et laissa échapper un cri de douleur. Dès qu'il eut retrouvé ses esprits, il tenta de ramper pour rejoindre Katsia. Mais l'ogre l'attrapa par la cheville et le souleva en l'air, tête en bas.

— J'ai faim, articula le géant de sa grosse voix.

— Non ! hurla Eliott. Laissez-moi !

Mais l'ogre était sourd aux protestations. Il ouvrit grand sa bouche, prêt à croquer le mollet du garçon.

À cet instant précis, une porte s'ouvrit, inondant la pièce de lumière.

— Chrouf ! couina une voix masculine, haut perchée mais autoritaire. J'ai dit de ne pas toucher au garçon. Lâche-le immédiatement !

L'ogre abandonna sa prise et Eliott tomba par terre avec un choc sourd.

— Je vois que la jeune fille dort encore, poursuivit la voix, mais qu'as-tu fait du troisième ?

— Désolé, Votre Majesté, j'avais des chatouilles dans le ventre... s'excusa l'ogre en montrant du doigt son énorme estomac.

— Tu es vraiment incorrigible ! reprit la voix sur un ton plein de reproche. Bon, allez, ne reste pas planté là. Amène-nous la fille, elle va bien finir par se réveiller.

L'ogre se pencha sur Katsia et la prit dans ses bras avec une délicatesse inattendue.

— Quant à toi, mon garçon, reprit la voix, suis-moi, s'il te plaît. Et excuse les manières de ce goujat.

Eliott mit un moment à réaliser que c'était à lui que la voix s'était adressée. Il n'avait aucune envie d'obéir. Mais il était hors de question d'abandonner Katsia seule et inanimée en plein Ephialtis. Il ramassa donc la besace de l'aventurière et se dirigea vers la porte. Qui était donc cette créature que l'ogre appelait « Votre Majesté » ? Y avait-il un roi des cauchemars ? Et pour quelle raison réservait-il à Eliott un traitement « de faveur » en demandant à l'ogre de ne pas le toucher ?

Eliott pénétra dans la pièce d'à côté, talonné par le géant. L'endroit était aussi lumineux que la cave était sombre, si bien qu'Eliott resta ébloui pendant de longues secondes avant de réussir à distinguer celui qui était venu les chercher. C'était un homme dans la fleur de l'âge, de toute petite taille, joufflu comme un gros bébé et portant un manteau d'hermine, une couronne d'or et un sceptre surmonté d'une pomme du même métal. C'était donc bien un roi. Mais, avec son sourire et ses yeux pétillants qui tranchaient avec l'air hébété de l'ogre, il n'avait pas du tout l'allure d'un cauchemar.

— Bienvenue chez moi ! dit le petit homme d'un ton joyeux. Veuillez m'excuser pour la manière dont je vous ai fait amener ici, elle était fort peu courtoise, j'en conviens. Mais vous enlever était le seul moyen d'entrer rapidement en contact avec vous sans me faire remarquer. Quand les fourmis m'ont signalé votre présence près de l'entrepôt, je n'ai pas hésité un instant : c'était une occasion à saisir !

Eliott n'écoutait qu'à moitié le discours du petit homme. Une seule chose occupait son esprit : si Farjo était mort, c'était sa faute et uniquement sa faute. C'était lui qui avait entraîné Katsia et Farjo à l'entrepôt royal.

— Quant à votre petit séjour dans ma cave, continua l'homme, c'est à cause de la solution que mon équipe a utilisée pour vous endormir, le dodorum. C'est beaucoup plus efficace et moins douloureux qu'un coup de massue sur la tête, mais malheureusement cela dilate les pupilles. C'est pour cela que vous deviez rester dans le noir. Chrouf était chargé de me prévenir dès votre réveil, mais visiblement il a cru bon d'outrepasser les consignes.

Le petit roi jeta un regard noir à l'ogre, qui baissa son œil unique vers le sol.

— Cet ogre a mangé mon ami ! gémit le jeune Créateur.

— C'est fâcheux ! admit son interlocuteur d'un ton léger.

— C'est tout ce que vous trouvez à dire ? s'emporta Eliott. Et puis, qui êtes-vous d'abord ?

— Oh, sapreski, je manque à tous mes devoirs ! dit le petit homme de sa voix haut perchée. Vraiment, quelle tête de linotte je fais !

Il passa son sceptre dans la main gauche et tendit la droite à Eliott, qui ne bougea pas d'un pouce. Le petit homme reprit sa pose initiale sans se démonter.

— Je suis le roi Jovigus Ier, souverain de la Bonbonnière, roi de la Sucrerie et grand prince de la Pâtisserie,
déclara-t-il. Mais la plupart des gens m'appellent Jov'.

— Jov' ! s'écria Eliott.

— Moi-même, reprit le roi. Il fallait bien que je rencontre le fameux Eliott qui a pris ma place en tête de
liste des personnes les plus recherchées par la CRAMO.
De plus, on m'a dit que tu me cherchais, jeune homme.
Ou plutôt devrais-je dire jeune Créateur ?

— Vous... vous savez que je suis un Créateur ?

— Il faut avoir des yeux et des oreilles partout quand
on veut rester caché, dit l'homme avec un sourire énigmatique.

Eliott était complètement déstabilisé. Était-ce là l'ami
de Mamilou ? Cet homme qui l'avait enlevé, enfermé dans
une cave, et qui était indirectement responsable de la mort
de Farjo ? Quand Katsia et Farjo lui avaient parlé de Jov',
le chef des rebelles, l'ennemi numéro un du Royaume,
il avait imaginé un homme grand, fort, qui imposait le
respect au premier regard. Pas un petit bonhomme jovial
au ventre rebondi, avec une voix fluette et un sceptre en
forme de pomme !

Une idée frappa l'esprit d'Eliott. Non, cet homme ne
pouvait pas être Jov'. C'était forcément un imposteur.

Soudain, Chrouf fut pris de soubresauts. Le géant déposa
précipitamment sur le sol le corps endormi de Katsia et
se mit à tousser de plus en plus fort, se pliant en deux
à chaque spasme.

— Écarte-toi ! dit l'imposteur en tirant Eliott par la manche.

Une quinte encore plus forte que les autres arracha un vagissement au géant, et il recracha, à l'endroit même où Eliott se tenait quelques secondes plus tôt, une boule de plumes recouverte d'une substance visqueuse.

— Farjo ! s'écria Eliott en se précipitant vers le corps inerte de la chouette.

Farjo gisait sur le sol métallique, reconnaissable à la tache orange qui entourait son œil gauche. Eliott s'agenouilla près de lui. Alors qu'il caressait les plumes visqueuses de l'animal inerte, il sentit une colère incontrôlable l'envahir. Sans réfléchir, il se releva d'un bond et fonça droit sur le géant borgne.

— C'était mon ami ! cria-t-il en tambourinant sur le ventre mou du monstre. Regarde ce que tu as fait de lui !

— Tape plus fort, mon pote, ce gros lourdaud l'a bien mérité !

Cette voix !

Eliott fit immédiatement volte-face. Il n'avait pas rêvé, c'était bien Farjo qui avait parlé. Farjo en pleine forme, debout sur ses pattes de singe et se frottant énergiquement le pelage pour se débarrasser du liquide gluant dont il était toujours couvert malgré sa métamorphose.

— Farjo, tu es vivant ! s'écria Eliott en se jetant dans les bras poisseux de son ami.

— Évidemment ! rétorqua le singe.

— Comment ça, évidemment ? Tu as été mangé par un ogre !

Farjo regarda Eliott d'un air interloqué. Puis, sans transition, il partit d'un grand éclat de rire bientôt suivi par les deux autres. Chrouf se tapait les cuisses, Farjo se roulait en boule sur le sol et le prétendu Jov', les larmes aux yeux tellement il riait, n'arrêtait pas de dire « Arrêtez, j'ai mal au ventre ! » entre deux soubresauts.

Eliott était furieux.

— Mais qu'est-ce que j'ai dit de si drôle ? hurla-t-il.

Les trois autres s'arrêtèrent d'un coup. On n'entendit plus que le hoquet de Chrouf.

— Sapreski, dit le roi, tu as vraiment cru que tu avais perdu ton ami ?

— Bien sûr ! Que devais-je croire d'autre ? s'énerva Eliott.

— Oh, je suis désolé, reprit l'homme en s'essuyant les yeux avec un mouchoir, j'aurais dû te prévenir. Nous autres, les Oniriens, nous ne pouvons pas mourir.

— Vous… Vous ne pouvez pas mourir ? répéta Eliott abasourdi.

— Non. Nous pouvons être gravement blessés, souffrir sous la torture, être mangés et digérés, déchiquetés par les dents d'un requin, mais nous revenons toujours à notre forme habituelle au bout d'un certain temps.

— Mais c'est quand même TRÈS désagréable d'être mangé ! intervint Farjo en jetant à Chrouf un regard noir.

— Je suis désolé que vous ayez eu à subir cela, cher ami, s'excusa le roi d'un air contrit.

— Pas grave, ça en valait la peine, dit Farjo. Je suis tellement content de vous rencontrer, monsieur Jov' ! Car c'est bien vous, n'est-ce pas ?

— C'est bien moi. Mais pas de « monsieur », appelez-moi Jov'... Ou Votre Majesté, si vous préférez. Restons simples !

— Bon, eh bien, Jov', vous avez meilleure mine que sur la photo des infobulles !

L'homme n'avait donc pas menti. Ce n'était pas un imposteur. C'était bien Jov', l'ami de Mamilou, celui en qui elle avait une confiance aveugle. Celui qui pouvait aider Eliott à rejoindre Oza-Gora ! Pour la première fois depuis son réveil dans la cave, Eliott se détendit un peu. Farjo, quant à lui, paraissait tout à fait à son aise et n'arrêtait plus de bavasser.

— Je vous admire beaucoup, vous savez ! dit-il. Quatre ans à rendre fadas ces imbéciles de la CRAMO, ce n'est pas rien.

— Oui, dit Jov' avec un petit sourire, je dois avouer qu'imaginer Sigurim en train de s'arracher les plumes à force de ne pas me trouver me procure un plaisir inouï.

— J'espère qu'on réussira à en faire autant avec Eliott, ajouta Farjo en donnant un coup de coude au jeune Créateur.

— Je l'espère aussi, dit aimablement Jov'. Mais pourquoi Sigurim te recherche-t-il avec tant d'ardeur, Eliott ? Car tu n'as pas vraiment participé à l'enlèvement de la princesse Aanor, n'est-ce pas ?

— Non, j'ai même essayé de la protéger, dit Eliott. Ce n'est qu'un prétexte. En fait, Sigurim veut mon sablier.

— Ton sablier ? Pour quoi faire ? demanda Jov', soudain grave.

— Il veut envoyer un agent dans le monde terrestre pour tuer La Bête, répondit Farjo.

— Sapreski ! s'écria Jov'. Mais il est fou ! C'est ainsi qu'il pense mater la révolte des cauchemars ?

— Il faut croire que oui, dit Farjo.

— Attendez une minute ! intervint Eliott. Si les Oniriens ne peuvent pas mourir, comment le griffon compte-t-il tuer La Bête ?

— Excellente question, dit Jov'. C'est d'ailleurs ce qui explique l'intérêt de ce maudit griffon pour ton sablier. Je t'ai dit que nous ne pouvions pas mourir, et c'est la stricte vérité. Mais nous ne sommes pas pour autant éternels.

— Qu'est-ce que ça veut dire ? demanda Eliott.

— C'est très simple, expliqua Jov'. Lorsqu'un Terrien meurt, tous les Oniriens qu'il a créés au cours de sa vie disparaissent avec lui.

— Ils disparaissent ! s'étonna Eliott. Comme ça ! Sans devenir vieux ? Sans être malades ? Sans être renversés par un bus ?

— Sans rien de tout ça, confirma Jov'. Un jour nous disparaissons, c'est tout.

— Mais c'est terrible ! s'écria Eliott.

— Oh, pas tellement, répondit Jov'. Contrairement à vous les Terriens, nous n'avons pas besoin d'être prudents, de nous soigner ou de manger sainement pour prolonger notre existence, puisque cela ne changerait rien. Nous vivons donc dans l'insouciance. C'est très agréable ! Tiens, moi par exemple je ne mange que des bonbons, des glaces, des gâteaux et du chocolat. Tu imagines quelqu'un faire ça dans le monde terrestre ?

— Pas vraiment, non, ce serait mauvais pour sa santé.

— Eh bien voilà, conclut Jov' en souriant. Tu viens de saisir la différence entre une vie dans le monde terrestre et une existence à Oniria.

— Mmmh, dit Eliott, perplexe. Donc, ce que veut faire Sigurim, c'est tuer le Terrien qui a créé La Bête pour faire disparaître le dragon avec lui ?

— Exactement, confirma Farjo.

— Mais ce Terrien n'y est pour rien, il faut empêcher ça !

— Et il faut empêcher le griffon d'enfreindre les lois immuables, ajouta Farjo.

— Ce qui revient au même, conclut Jov'. Il faut à tout prix empêcher Sigurim de mettre la main sur ton sablier. Il va falloir être plus prudent à l'avenir, jeune homme ! Votre petite escapade à l'entrepôt royal aurait pu mal tourner.

Eliott sentit sa gorge se nouer. S'il se faisait attraper par la CRAMO, non seulement son esprit resterait coincé à Oniria, mais il serait responsable de la mort d'un innocent !

— Une dernière question, dit Jov'. La reine a-t-elle donné son accord pour que Sigurim envoie un agent dans le monde terrestre ?

— Elle n'a rien dit explicitement, répondit Eliott, mais elle a ordonné à ses gardes de m'immobiliser. Ensuite elle a fait un signe de tête, et Sigurim s'est approché pour prendre mon sablier. Je l'ai suppliée de me laisser partir, mais elle a fait celle qui n'entendait pas.

Jov' ferma les yeux un instant.

— De quelle couleur était sa robe ? demanda-t-il.

— De quelle… Quoi ? demanda Eliott, qui crut avoir mal compris la question tellement elle lui paraissait saugrenue.

— La robe de la reine, précisa Jov', quand elle a fait ce signe de tête à Sigurim. De quelle couleur était-elle ?

— Eh bien, se souvint Eliott, il y a eu plusieurs couleurs… Je me rappelle qu'à un moment c'était comme si le bleu et le rouge se livraient un duel, c'était assez bizarre !

— Mais est-ce que tu te souviens du moment précis où elle a pris sa décision ? insista Jov'.

Eliott réfléchit un instant.

— Elle était rouge, trancha-t-il.

— Tu es sûr ?

— Oui, quand elle a fait signe à Sigurim, sa robe était rouge vif. C'est important ?

— Disons que ça me rassure un peu, dit Jov'. Cela veut dire que la reine n'a pas complètement perdu la tête et qu'elle peut encore revenir à la raison…

— Je ne vois pas le rapport, dit le jeune Créateur.

— La couleur de sa robe reflète les émotions de la reine, expliqua Jov'. La plupart du temps, elle est violette. C'est la couleur de la tempérance, de l'action réfléchie, de la lucidité. Telles étaient les qualités de la reine Dithilde lorsqu'elle a été élue… avant que Sigurim ne devienne son conseiller. Mais le violet est aussi la couleur de la dissimulation. C'est la couleur que prend sa robe quand la reine parvient à cacher ses émotions.

— Sa robe était violette quand elle m'a demandé de créer une armée, la première fois que je l'ai rencontrée, se rappela Eliott. Mais elle était rose quand j'ai créé des objets pour elle et sa cour.

— Le rose est la couleur de l'excitation, de l'enthousiasme, du plaisir. On m'a parlé de ton audience à la cour. Il paraît que tu es très doué. Ton petit spectacle a dû être à son goût !

— Et le bleu et le rouge, que signifient-ils ? demanda Eliott.

— Le bleu est la couleur de la réflexion, expliqua Jov'. Si la reine avait acquiescé à la suggestion de Sigurim avec une robe bleue, cela aurait signifié que sa décision était parfaitement réfléchie, irrévocable. Mais tu me dis que sa robe était rouge, elle a donc agi sous l'emprise de la colère. C'est plutôt bon signe. Cela veut dire que l'on peut espérer qu'elle se rendra compte de son erreur, une fois sa colère apaisée. Mais je suppose que pour cela il faudrait que La Bête lui rende sa fille...

— Vous savez que c'est La Bête qui a enlevé Aanor ? s'étonna Eliott.

— J'ai mes informations, répondit Jov' d'un air énigmatique.

Eliott comprit qu'il n'en saurait pas plus pour l'instant. Malgré sa curiosité, il n'insista pas. Il avait bien autre chose en tête.

— Je te trouve bien pensif, dit Jov'.

— Je pense à Aanor, expliqua Eliott. Maintenant, je sais que La Bête ne peut pas la tuer, ça me rassure un peu. Mais ça ne veut pas dire qu'il va continuer à bien la traiter...

— « Continuer » à bien la traiter ! répéta Jov' en fronçant les sourcils. Comment sais-tu si la princesse est bien traitée ?

— J'ai essayé de la libérer, tout à l'heure, expliqua Eliott. Je l'ai retrouvée en m'endormant. Je voulais l'emmener avec moi par déplacement instantané. Mais je n'ai même pas réussi à m'approcher d'elle.

Jov' regarda Eliott d'un air sévère.

— Écoute, jeune Eliott, dit-il. Nous ne nous connaissons pas encore très bien, mais je vais me permettre de te donner un conseil. Tu as sans doute de bonnes raisons de vouloir sauver cette petite princesse, et je suppose qu'elle mérite l'intérêt que tu lui portes, mais je serais toi, je laisserais tomber. En tout cas pour l'instant. Tu as déjà la CRAMO sur le dos, ce n'est pas la peine d'aller au-devant des ennuis. Tu penseras à réaliser ce genre d'exploits quand tu seras un Créateur plus aguerri. Et quand tu connaîtras mieux Oniria, aussi.

Eliott fit la grimace : il avait l'impression d'entendre Mamilou. Mais ce Jov' pouvait dire ce qu'il voulait, il n'avait aucune intention d'abandonner Aanor entre les griffes de La Bête.

Eliott profita du silence qui suivit pour regarder autour de lui. La froideur des murs métalliques était compensée par un débordement de lumière et de couleurs. Dans un coin qui devait être le salon, des fauteuils aux couleurs criardes entouraient une table basse couverte de chocolats, de gâteaux apéritifs et de pâtisseries. De l'autre côté de la pièce, une immense table rectangulaire d'allure futuriste était bordée de tabourets hauts. Et partout, des lampes qui conféraient à l'ensemble une atmosphère de parade de Noël.

Jov' pria Eliott de le suivre dans le salon. Farjo s'était déjà installé sur un tabouret jaune fluo, juste à côté d'un bol de cacahuètes qu'il grignotait en faisant claquer sa langue. Chrouf avait allongé Katsia sur un canapé vert pomme. Eliott s'assit à côté d'elle, anxieux de la voir toujours endormie.

— Je perçois ton inquiétude, dit Jov' en s'asseyant sur un minuscule fauteuil mauve. Mais ton amie va se réveiller. Mes hommes ont dû s'y mettre à quatre pour réussir à la maîtriser. Du coup, ils lui ont administré une dose de dodorum qui aurait suffi à endormir un troupeau d'éléphants.

— Je la croyais presque invincible, dit pensivement Eliott. Elle avait promis de me protéger !

— Et c'est ce qu'elle a fait, répondit Jov' d'une voix réconfortante. C'est toi qu'elle a essayé de défendre… avec la rage d'une louve blessée ! Et elle aurait réussi si mes équipes ne lui avaient pas administré du dodorum à distance à l'aide d'un pulvérisateur super-puissant.

Jov' tendit à Eliott un plateau de pâtisseries. Il choisit une madeleine bleue, qui crépita au contact de sa langue.

— Si tu me disais plutôt qui tu es, reprit Jov', et pour quelle raison un jeune Créateur qui débarque à Oniria était à ma recherche ?

— Je m'appelle Eliott Lafontaine, commença le jeune garçon. C'est ma grand-mère qui m'a parlé de vous. Je crois que c'était une de vos amies, il y a longtemps.

C'était une Créatrice elle aussi. C'est elle qui m'a donné ce sablier.

Eliott tira son pendentif de sous son pull et le montra à Jov'.

— Lou ! s'écria celui-ci.

Il releva les yeux vers Eliott, un immense sourire aux lèvres.

— Sapreski, tu es le petit-fils de Louise Marsac ? s'écria-t-il.

— Maintenant, elle s'appelle Louise Lafontaine. Marsac, c'était son nom de jeune fille. Mais oui, c'est ma grand-mère.

— Dans mes bras, mon garçon ! s'écria Jov'.

Le roi bondit de son fauteuil mauve et se précipita sur Eliott, qu'il serra contre lui comme s'il s'agissait de son propre fils de retour d'un très long voyage.

— Aïe, protesta une voix féminine.

C'était Katsia. Elle s'était enfin réveillée et paraissait d'une humeur massacrante.

— Oh, excusez-moi, mademoiselle, dit Jov'. J'ai dû vous bousculer dans mon enthousiasme de rencontrer le petit-fils d'une amie très chère.

Katsia dévisagea le petit homme qui s'agitait à côté d'elle.

— Jov' ! s'écria-t-elle. C'est vous qui nous avez fait enlever !

— Jovigus Ier, souverain de la Bonbonnière, roi de la Sucrerie et grand prince de la Pâtisserie, pour vous servir, dit Jov' en s'inclinant avant de faire un pompeux baisemain à l'aventurière. Vous êtes mes invités.

— Drôle de façon d'inviter les gens ! maugréa Katsia en retirant sa main.

— Les affres de la clandestinité, ma chère, répondit Jov' d'un ton espiègle. Je pouvais difficilement vous envoyer un carton d'invitation !

— C'était carrément déloyal, votre machin pour nous endormir ! s'insurgea-t-elle.

— Totalement déloyal, confirma Jov'. Mais c'était le seul moyen de déjouer votre vigilance. Vous êtes une combattante redoutable !

La jeune fille avait le visage aussi fermé qu'un parapluie un jour de beau temps.

— Et qui êtes-vous pour savoir si bien vous défendre ? demanda Jov' en se rasseyant sur son fauteuil mauve.

— Katsia, aventurière, dit-elle. Je parcours Oniria à la recherche de sensations fortes et…

Katsia fut interrompue par un bruit de succion peu ragoûtant. Farjo avait trouvé un jus de banane et terminait son verre en se léchant les babines.

— … et lui, c'est mon ami Farjo, ajouta-t-elle. Il m'accompagne dans tous mes voyages.

— Katsia et Farjo sont mes amis et mes gardes du corps, expliqua Eliott, ce qui lui valut un regard noir de Katsia.

— Je vois, dit Jov'. Et que diable manigançaient un jeune Créateur, une aventurière et un singe glouton près de l'entrepôt royal ?

— Ce ne sont pas vos affaires, répondit sèchement Katsia. Expliquez-nous plutôt ce que nous faisons ici.

— Vous avez raison, mademoiselle, dit Jov', je vous dois une explication. J'ai appris qu'Eliott était à ma recherche et j'étais intrigué par sa présence dans les infobulles depuis quelques jours. Je voulais le rencontrer et lui poser des questions.

— Quelles questions ? insista Katsia.

— Katchia, intervint Farjo, la bouche pleine de cacahuètes, je crois qu'on peut faire confianche à Jov'. Et puis, de toute fachon, qu'est-che qu'on richque ? Ch'est quand même pas lui qui va livrer Eliott à la CRAMO qu'il combat depuis toujours !

L'aventurière réfléchit un moment, puis se tourna vers le jeune Créateur.

— Eliott, dit-elle, c'est toi qui décides.

— Je fais confiance à Jov', dit Eliott. Et je crois qu'il pourra nous aider.

— Vous aider à quoi ? demanda le roi rebelle.

— À rejoindre Oza-Gora. C'est pour ça que je vous cherchais l'autre jour, et c'est aussi pour ça que nous étions à l'entrepôt royal. Nous voulions repérer les marchandises destinées à la caravane d'Oza-Gora. C'est Aanor qui m'a donné l'idée.

— Tiens donc ! Et pour quelle raison voulez-vous aller à Oza-Gora ? demanda Jov' en observant Katsia et Farjo d'un air suspicieux.

— Nous accompagnons Eliott pour le protéger de la CRAMO, répondit l'aventurière.

— Bien sûr, bien sûr, approuva Jov'. Mais ne me dites pas que vous n'avez pas une motivation personnelle pour vous rendre là-bas...

— Nous ne sommes pas des Chercheurs de Sable, si c'est ce que vous croyez, intervint Farjo.

Jov' scruta tour à tour le singe et l'aventurière. Il attendait.

— OK, d'accord, il y a une autre raison, avoua Katsia.

— À la bonne heure ! s'exclama Jov'. Et quelle est-elle, s'il vous plaît ?

— Je suis une aventurière, dit Katsia. Partir au hasard, prendre des risques, découvrir de nouveaux endroits, c'est ce que j'aime et ce que j'ai toujours fait. Mais plus rien ne me surprend à Oniria. Alors qu'Oza-Gora, ça, c'est un endroit fascinant ! C'est pour ça que je veux y aller.

— Heureux de te l'entendre dire ! s'exclama Farjo. Non pas que je ne le savais pas, hein ! Ça fait longtemps que j'avais deviné. Mais bon, c'est agaçant les gens qui ne sont pas capables d'admettre...

— Je fais confiance à Katsia et à Farjo, intervint Eliott.

— Je vois, marmonna Jov'. Et toi, Eliott, pourquoi veux-tu aller à Oza-Gora ?

— Pour rencontrer le Marchand de Sable, dit le jeune Créateur.

Jov' fixa Eliott d'un air inquiet.

— Et pourquoi le petit-fils de Lou veut-il rencontrer le Marchand de Sable ? demanda-t-il. Sapreski ! Ne me dis pas qu'il est arrivé quelque chose à ta grand-mère...

— Non, dit Eliott, ma grand-mère va bien. C'est mon père qui est en train de mourir. Il fait des cauchemars sans interruption depuis six mois et semble ne jamais devoir se réveiller. Le pire c'est que, à force d'être endormi en permanence, son corps ne fonctionne plus correctement. Si on ne fait rien, il sera mort dans peu de temps. C'est pour ça que Mamilou m'a envoyé ici. Elle pense que quelqu'un utilise le Sable pour manipuler papa. Elle dit aussi que seul le Marchand de Sable pourra le guérir.

— Je suis désolé d'entendre ça, dit Jov' d'un air contrit. Ce qui arrive à ton père est terrible. Et ta Mamilou a raison. Je ne vois guère que le Marchand de Sable pour résoudre un problème de ce type. Je vais t'aider à le rencontrer.

— Vous pouvez m'aider à rejoindre Oza-Gora ! s'écria Eliott.

— Disons que je peux te proposer un moyen plus efficace que d'épier les entrées et sorties de l'entrepôt royal, dit Jov' avec un clin d'œil. Et plus sûr aussi.

— Si ça ne vous dérange pas, j'aimerais que Katsia et Farjo m'accompagnent, dit Eliott.

Jov' observa longuement ses invités en tapotant le bras de son fauteuil mauve.

— C'est d'accord, dit-il finalement. Vous partirez tous les trois.

DES GOÛTS ET DES ODEURS

Une femme encore plus petite que Jov' et tout aussi ronde entra dans la pièce. Elle avait des tresses nouées autour de la tête et des joues rebondies qui lui donnaient l'allure d'une poupée. Elle arborait une robe au tissu chatoyant et un chaleureux sourire.

— Ah, voici la reine Pommerelle, mon épouse bien-aimée ! s'exclama Jov'.

La reine posa une marmite sur la table de la salle à manger et rejoignit Eliott, Katsia, Farjo, Jov' et Chrouf d'un pas vif.

— Bonjour à tous, dit-elle avec un accent chantant.

— Ma Pom' Pom' chérie, je te présente Eliott, qui nous vient du monde terrestre. C'est le petit-fils de notre chère amie Lou.

— Le petit-fils de Lou ? s'écria Pommerelle. Oh, ça alors, quelle bonne surprise !

La petite reine se précipita sur Eliott et le serra si fort dans ses bras potelés que celui-ci faillit étouffer.

— Bonjour, madame, articula-t-il lorsqu'il put respirer à nouveau.

— Pas de ça entre nous, dit-elle. Tu peux m'appeler Pom'.

Puis elle l'attrapa par le bras et l'entraîna avec une vigueur étonnante vers la table de la salle à manger.

— Mon époux a dû t'ennuyer avec tout un tas de questions, et je suis sûre que maintenant tu as envie de goûter !

— Eh bien...

— Ça tombe bien, j'ai préparé un bon chocolat chaud pour tout le monde. Tu m'en diras des nouvelles ! Il a été élu meilleur chocolat chaud d'Oniria lors du concours gastronomique il y a quinze ans.

C'est ainsi que tous se retrouvèrent autour de la table pour un goûter gargantuesque. Des robots de service avaient couvert la table de gâteaux, de tartes, de crêpes, de gaufres, de sirops, de montagnes de madeleines et, bien sûr, de bols démesurés que la reine avait généreusement remplis de son fameux chocolat chaud.

Eliott en était à sa troisième part de brioche quand un groupe de créatures encagoulées armées de pistolets violets entra brusquement dans la pièce. Il faillit tomber de son tabouret.

— Ne t'inquiète pas, le rassura Jov'. C'est l'une de mes équipes qui rentre d'une petite mission que je leur avais confiée. Ils ont les mêmes pistolets que les attrapadeurs de la CRAMO. Grâce à ce petit truc, tout le monde les laisse tranquilles, même les vrais escadrons de la CRAMO.

Les membres de l'équipe enlevèrent leur cagoule. Il y avait un homme d'apparence humaine, une femme à la peau bleue et aux cheveux jaune paille, et une créature qui ressemblait à une grosse limace avec beaucoup d'yeux. Plus deux fantômes qui, eux, n'avaient pas besoin de cagoule.

— Ah, tu vois ! chuchota Eliott en se penchant vers Katsia. Je savais bien que j'avais vu un fantôme !

Jov' sauta de son tabouret et se dirigea d'un pas vif vers le petit groupe.

— Vous l'avez trouvée ? demanda-t-il.

— Elle est là, dit la femme bleue en désignant une forme recouverte d'un drap noir qui se tenait au milieu d'eux. Les deux fantômes soulevèrent le drap et Eliott vit apparaître la sorcière la plus caricaturale qu'on puisse imaginer : nez crochu, verrues, balai, chapeau pointu, vieux manteau troué, chaudron à la main et chat noir sur les épaules, rien ne manquait au tableau. Le Mage qui l'avait créée avait eu le souci du détail !

Jov' s'approcha d'elle les mains tendues en signe d'accueil.

— Gisèle, dit-il, sois la bienvenue chez moi !

— Jov', je suis contente de te voir, répondit la sorcière d'une voix chevrotante. Mais tu prends des risques en me faisant venir chez toi, la CRAMO aura vite fait de me retrouver.

— Tu as raison, il n'y a pas de temps à perdre. Chrouf, le dodorum, s'il te plaît.

Chrouf se leva et se rendit dans la cave, d'où il revint avec une bouteille de dodorum, un chiffon rose fuchsia et une petite valise de la même couleur.

— Ma chère Gisèle, nous allons procéder à une petite intervention chirurgicale. Si tu veux bien t'allonger ici, ajouta-t-il en désignant le canapé vert.

Pommerelle se leva à son tour. Pendant que Chrouf endormait la sorcière en lui faisant respirer un chiffon imbibé de dodorum, la petite reine ouvrit la valise rose et en sortit une blouse, un masque et une paire de gants dont elle se revêtit. Puis elle attrapa le scalpel que lui tendait Chrouf et pratiqua une large incision dans le cou de la sorcière. Du sang jaillit. Beaucoup. La petite reine s'en trouva recouverte des pieds à la tête. Mais cela ne paraissait pas la perturber, ni personne d'autre dans la pièce hormis Eliott. Au contraire, après avoir prié les nouveaux venus de se mettre à table avec eux, Jov' avait repris sa place à côté d'Eliott ; il dégustait une énorme part de gâteau aux noix en poussant de petits soupirs de satisfaction à chaque bouchée, indifférent au spectacle répugnant qui se déroulait juste derrière lui.

De son côté, Pommerelle avait plongé sa main dans la blessure de la sorcière. Elle fouilla dans le cou, puis retira sa main ensanglantée au bout de quelques instants. Elle tenait quelque chose entre le pouce et l'index. Chrouf lui tendit un éclair au chocolat dans lequel elle inséra la chose. Puis elle sortit du fil orange fluo et une aiguille de la même couleur et fit quelques points de suture pour refermer la plaie de la sorcière, avant de se débarrasser de son accoutrement de chirurgien improvisé. Chrouf emporta l'éclair et le reste du matériel dans la cave pendant que les petits robots nettoyaient le sang qui avait taché la moitié des meubles du salon.

Comme si de rien n'était, Pommerelle revint à table et entreprit de servir son chocolat à l'équipe qui avait amené la sorcière. Eliott avait beau savoir à présent que les corps des Oniriens ne réagissaient pas comme ceux des Terriens, il était à deux doigts de tourner de l'œil.

— Tu sais, dit Jov', la blessure de Gisèle va se refermer toute seule en un rien de temps. Et si tout va bien, elle n'aura même pas mal grâce au dodorum.

Il proposa à Eliott une part de gâteau aux noix que celui-ci refusa : il aurait été incapable d'avaler quoi que ce soit après ce qu'il venait de voir !

— Alors ce n'est pas un mythe, dit Katsia avec un soupçon d'admiration dans la voix. Vous avez réellement trouvé un moyen de neutraliser les puces-trace ?

— Oui, dit Jov'. Une trouvaille de ma chère épouse. Les puces-trace deviennent totalement inoffensives dès qu'elles sont plongées dans le chocolat.

— Incroyable ! s'extasia Farjo.

— Et tellement simple, ajouta Katsia. Mais il fallait y penser !

— C'est quoi, exactement, une puce-trace ? demanda Eliott. Une balise de localisation ?

— Exactement, dit Jov'. Une balise qui est injectée à chaque cauchemar dès sa création, et qui permet à la CRAMO de repérer systématiquement tout cauchemar qui se trouve en dehors d'Ephialtis.

— Mais Mamilou m'a assuré que rêves et cauchemars vivaient tous ensemble, à l'époque où elle venait souvent ici, objecta Eliott. Que s'est-il passé pour que les cauchemars soient traqués et enfermés comme ça ?

Jov' termina sa bouchée de tarte aux fraises.

— Tout d'abord, commença-t-il, il faut que tu saches que les cauchemars, s'ils sont effrayants pour les Terriens, ne sont le plus souvent animés d'aucune mauvaise intention. Tiens, par exemple, Chrouf est le cauchemar d'un enfant de sept ans qui avait dû lire une histoire d'ogres avant de s'endormir. Mais il ne ferait pas de mal à une mouche.

— Oui, enfin, il mange quand même tout ce qui lui tombe sous la dent ! fit remarquer Eliott.

— Mais tu as vu que, dans notre monde, cela n'a aucune importance, objecta Jov'. Cela ne fait pas de lui un danger public. Tout au plus un désagrément quand il croque quelqu'un contre son gré.

— Un désagrément très désagréable ! s'insurgea Farjo en faisant une horrible grimace qui déclencha les rires tout autour de la table.

— Et s'il m'avait croqué, moi ? demanda Eliott.

— Là, évidemment, ça aurait été différent, admit Jov'. Les cauchemars peuvent représenter un danger pour les Créateurs. Mais uniquement en raison de leur ignorance. J'aurais dû prévenir Chrouf que tu étais un Créateur. Il ne t'aurait pas touché.

— Pourquoi pas ?

— Parce que la loi immuable numéro quatre interdit de porter atteinte à l'intégrité physique ou mentale d'un Créateur, expliqua Jov'.

— Et les cauchemars respectent cette loi ? s'étonna Eliott.

— Bien sûr ! s'exclama Jov'. Aucun Onirien sain d'esprit ne violerait une loi immuable en connaissance de cause.

— Alors Sigurim et la reine Dithilde ont vraiment perdu la tête, commenta Eliott. Séquestrer mon esprit à

Oniria pour envoyer un agent dans le monde terrestre, c'est violer deux lois immuables.

— Je crains fort que ces deux-là ne se croient au-dessus de nos lois, dit Jov' en hochant tristement la tête. Quoi qu'il en soit, il n'y a pas si longtemps, rêves et cauchemars vivaient en harmonie, et chacun choisissait l'endroit où il souhaitait vivre. Le système judiciaire punissait les actes réellement malfaisants ; cela suffisait à maintenir la paix. Mais il y a eu un événement tragique, il y a dix ans. Une jeune femme, une Créatrice, a été tuée par un cauchemar.

Le cœur d'Eliott fit un bond dans sa poitrine. Il y a dix ans. Une Créatrice. Sa mère était morte dix ans auparavant, dans son sommeil. Était-il possible que...

— Savez-vous qui était cette Créatrice ? demanda-t-il vivement.

— Non, répondit Jov', personne ne le sait. On n'a jamais retrouvé sa trace. Un couple de promeneurs a retrouvé son corps inanimé, ils sont partis donner l'alerte. Quand ils sont revenus avec les policiers, le corps avait disparu.

— Mais on est sûr que c'était une Créatrice ? demanda Eliott. C'était peut-être une Onirienne qui a ressuscité quelques minutes plus tard ?

— Oh non, c'était bien une Créatrice, dit Jov'. On a retrouvé des cheveux. Une analyse ADN a été pratiquée. Les experts ont été formels : le corps était celui d'une Terrienne.

— Et ça ne pouvait pas être un Mage ? demanda Eliott d'une voix étranglée.

— Les Mages ne meurent pas, à Oniria, expliqua Jov'. Ou s'ils meurent, ils se réveillent tout de suite et il n'y a pas de cadavre à découvrir. C'était une Créatrice, aucun doute là-dessus. En revanche, personne ne sait rien sur elle : ni qui elle était, ni comment elle est morte, ni comment son corps a disparu.

Eliott frissonna. Cette coïncidence était troublante... Et pourtant, Mamilou avait forcément raison ! Si sa mère était morte à Oniria, le sablier aurait été retrouvé autour de son cou, pas dans l'armoire de Mamilou !

— Ça va, Eliott ? demanda Pom'. Tu es livide !

— Oui, je...

— Ne t'en fais pas, Eliott, intervint Jov', nous te protégerons. Cela ne t'arrivera pas à toi.

— Merci, balbutia Eliott en s'efforçant de chasser ses idées folles de son esprit.

— Toujours est-il que cet événement a beaucoup marqué les esprits, reprit Jov'. L'enquête de police n'a pas abouti et le coupable est resté en liberté. Mais partout on chuchotait que c'était un cauchemar qui l'avait tuée. La rumeur s'est amplifiée, elle n'a pas été démentie par les autorités et, peu à peu, les créatures de rêve ont commencé à se méfier des cauchemars.

— Je me souviens, intervint l'un des fantômes. Je ne pouvais plus aller acheter mes infobulles sans que tout le monde s'enfuie en courant. Quelle honte, moi qui avais toujours été un citoyen exemplaire, j'en étais mortifié !

Pommerelle adressa un sourire de réconfort au malheureux fantôme. Chacun autour de la table s'était tu et écoutait attentivement ce que disait Jov'. L'émotion était lisible sur tous les visages.

— Certains cauchemars n'ont pas supporté d'être montrés du doigt, continua Jov'. Des bandes de jeunes ont commencé à faire un peu de provocation, semant la zizanie ici et là. La reine Dithilde était désemparée, elle voulait protéger son peuple. Et c'est là qu'elle a commis une gigantesque erreur.

— Laquelle ? demanda Eliott.

— Elle a engagé Sigurim pour assurer la sécurité d'Oniria. Et ça a été le début d'une spirale infernale. D'abord, un grand recensement a été organisé. Un morceau d'ADN a été prélevé sur chaque Onirien. Il fallait donner un cheveu, un bout d'ongle, une goutte de sang, n'importe quoi...

— L'ADN, encore ! remarqua Eliott d'un air pensif.

— Tu n'imagines pas le nombre de Mages qui se croient dans des séries policières ! intervint Pom'. Du coup, nous avons des enquêteurs spécialisés, des biologistes et des médecins légistes par treize à la douzaine !

— Comme tu le sais peut-être, poursuivit Jov', l'ADN est une molécule présente dans toutes les cellules d'un être vivant. Chez vous les Terriens, l'ADN renferme toutes les informations nécessaires au développement et au fonctionnement du corps. L'ADN d'un Onirien est un peu différent, il comporte toutes ses informations identitaires : sa date et son lieu de création, l'identité de son Mage, ses compétences, ses caractéristiques physiques... Avec ça, Sigurim a un dossier complet sur chaque habitant ! À l'époque du recensement, la plupart des Oniriens ont obtempéré volontairement, ils étaient convaincus que c'était pour leur bien.

— Quelle bande de crétins, s'indigna Katsia. Renoncer si facilement à sa liberté ! Ça me donne envie de vomir.

— Tu n'as pas donné ton ADN, toi ? demanda Eliott.

— Je ne l'ai pas donné, mais ils l'ont eu quand même, bougonna Katsia. C'est trop facile, on sème de l'ADN partout ! Un jour, un imbécile m'a insultée en pleine rue. Un de ces tas de muscles avec un petit pois à la place du cerveau. Nous nous sommes battus. Il a réussi à me faire une belle entaille sur l'arcade sourcilière. Il y avait du sang partout, y compris sur le poing qu'il venait de m'envoyer en plein visage. Tout à coup, il a cessé le combat. Il a épongé sa main ensanglantée avec une sorte de papier buvard violet frappé du sceau de la reine, et il est parti en riant. Il avait mon ADN.

— C'est carrément malhonnête ! s'écria Eliott.

— Totalement, confirma l'aventurière. Mais on ne se paie pas ma tête impunément ! Depuis ce jour-là, je me suis juré que le griffon paierait pour ça. Et je vous promets qu'un jour il va regretter d'avoir été créé...

— Je partage votre aversion envers ce griffon, mademoiselle, dit Jov'. Il est la source de bien des maux. Car il n'en est pas resté là ! Après le grand recensement, tous les cauchemars ont été assignés à résidence à Ephialtis. Puis Sigurim a créé la CRAMO pour traquer ceux qui refusaient d'y aller. Le niveau de sécurité autour d'Ephialtis n'a cessé de croître et c'est devenu une véritable prison, gérée par des cauchemars payés par la CRAMO. Finalement, une puce-trace a été injectée à chaque cauchemar pour que la CRAMO puisse savoir en permanence où ils se trouvaient.

— Mais comment la CRAMO a-t-elle déterminé qui était un cauchemar et qui n'en était pas un ? demanda Eliott. C'est aussi écrit dans l'ADN ?

— C'est une bonne question, répondit Jov', et la source de nombreux problèmes. Non, ce n'est pas écrit dans l'ADN. La notion de rêve ou de cauchemar est subjective. Sont considérés comme cauchemars tous ceux qui ont été créés par un Mage sous l'effet de la peur. Traditionnellement, les vampires, les sorcières, les fantômes sont des cauchemars. Mais pas toujours. Les gens de la CRAMO n'ont voulu prendre aucun risque : tout ce qui était plus ou moins effrayant a été envoyé à Ephialtis. Et c'est encore le cas aujourd'hui.

— Moi, j'ai failli y être envoyé un jour où je m'étais transformé en loup, intervint Farjo. Ils ne sont pas très malins, ces gars-là, si tu veux mon avis ! Maintenant je fais attention : si je croise un escadron de la CRAMO, je me transforme en gentille petite bête.

Farjo se transforma en un adorable agneau et se mit à bêler d'un air implorant pour que quelqu'un lui donne quelque chose à manger. La femme bleue, attendrie, s'empressa de le nourrir sous les taquineries de ses compagnons.

— Gisèle est une amie de longue date, continua Jov'. Comme c'est une sorcière, elle a été capturée parmi les premiers. Jusqu'ici, je n'avais pas réussi à la sortir d'Ephialtis. Pourtant, le Mage qui l'a créée l'appelle souvent à l'extérieur. Alors, lorsqu'un ami commun m'a dit l'avoir aperçue tout à l'heure, j'ai tout de suite envoyé l'équipe et ils ont réussi à la récupérer avant la CRAMO. La suite, tu la connais : Pom' lui a retiré sa puce-trace et maintenant elle va pouvoir vivre ici avec nous, comme Chrouf et tous les autres cauchemars que nous avons libérés.

— C'est donc ça qui vous vaut d'être recherché par la CRAMO ? Vous libérez des cauchemars, c'est tout ? demanda Eliott.

— C'est tout, confirma Jov'. Mais, pour nos amis cauchemars, c'est déjà beaucoup : cela signifie qu'il y a un espoir.

— Mais où sommes-nous, exactement ? demanda Katsia. Qu'est-ce qui vous rend si sûr que la CRAMO ne trouvera pas votre arche de Noé ?

— Sapreski, s'écria Jov', c'est vrai que je ne vous ai pas fait faire la visite des lieux. Suivez-moi !

Jov' attrapa son sceptre, sauta de son tabouret trop haut pour lui et se dirigea en trottinant vers l'une des nombreuses portes découpées dans les murs métalliques de la pièce, suivi par Eliott, Katsia et Farjo. Il actionna un bouton et la porte s'ouvrit, dévoilant un spectacle auquel Eliott ne s'attendait pas. Dans une immense salle, des personnages tout droit sortis d'un film de science-fiction s'affairaient autour de tableaux électroniques garnis d'écrans gigantesques. Une monumentale baie vitrée laissait paraître un ciel d'ébène, où brillaient des milliers et des milliers d'étoiles.

— Bienvenue dans la salle des commandes de mon vaisseau spatial, dit Jov'. C'est ici que mon épouse et moi-même habitons depuis quatre ans.

— Un vaisseau spatial ! s'extasia Eliott.

— La classe, s'écria Farjo. C'est la première fois que je mets les pieds dans un engin pareil.

— Ça alors ! souffla Katsia. Ne me dites pas que nous sommes en train de naviguer dans le…

— Le Réseau intergalactique, si, confirma Jov' avec fierté.

— Vous l'avez trouvé ! s'exclama-t-elle, admirative. J'en étais venue à me demander si ce n'était pas un mythe.

— C'est grâce à cela que la CRAMO n'arrive pas à me mettre la main dessus depuis plus de quatre ans, dit Jov'.

— C'est quoi le Réseau intergalactique ? demanda Eliott.

— Un espace sans fin qui a une Porte d'accès vers chacun des lieux qui existent à Oniria, expliqua Farjo.

— Ça fait des années que je cherche le Réseau dans tout Oniria sans le trouver ! s'exclama Katsia. J'ai fouillé de fond en comble certains endroits, mais je n'ai jamais trouvé aucune Porte qui y menait.

— C'est parce que les Portes qui mènent au Réseau sont un peu spéciales, expliqua Jov'. Elles sont souvent très bien cachées, mais surtout on ne les ouvre pas en posant la main dessus comme les autres.

— Ah bon ? s'étonna Farjo. Et comment les ouvre-t-on, alors ?

— Eh bien, ces Portes-là, il faut les lécher…

— Les lécher ! s'écrièrent en même temps Katsia, Farjo et Eliott.

— Mais comment vous en êtes-vous rendu compte ? demanda Eliott.

Jov' rougit légèrement et murmura en baissant les yeux.

— Par hasard, avoua-t-il. C'était dans notre maison d'Hedonis. Un jour où ma chère épouse Pommerelle avait préparé son fameux chocolat chaud, j'ai malencontreusement renversé mon bol sur la table de la cuisine. Je n'ai pas voulu laisser se perdre un si bon chocolat. Pom' était sortie de la pièce… Alors j'ai léché la table. Elle ne m'aurait jamais laissé faire ça si elle avait été là ! Il se trouve que notre table de cuisine était une Porte qui menait à l'une des planètes du Réseau intergalactique.

— Alors je suis vraiment étonnée que Farjo n'ait jamais trouvé le Réseau ! dit Katsia d'un ton moqueur. Il passe son temps à lécher tout ce qui ressemble même très vaguement à de la nourriture.

Tout le monde rit, sauf Farjo, qui s'éloigna en croisant les bras avec ostentation. Mais la curiosité du singe l'obligea à se rapprocher du petit groupe quand l'un des extraterrestres vint à leur rencontre. L'étrange créature avait une tête d'un bleu profond, allongée dans le sens horizontal. À chaque extrémité se trouvait un œil, et sa bouche sans dents s'ouvrait au sommet de son crâne.

— Je vous présente Zrrrrk, capitaine de ce vaisseau, dit Jov'. Il connaît très bien le Réseau et sait la plupart du temps nous mener là où nous le souhaitons. Sans lui, nous serions totalement perdus.

— Bonjour, dirent en chœur Eliott, Katsia et Farjo.

— Zrrrrk, je te présente Eliott, un jeune Créateur qui nous vient du monde terrestre, et ses amis Katsia et Farjo.

L'alien se mit à émettre des sifflements, des grincements et des vibrations qui laissèrent les trois compagnons sans voix.

— Sapreski, s'écria Jov', j'ai oublié les sous-titres.

Le roi fouilla dans la poche de son manteau d'hermine et en tira un petit objet rond qui ressemblait à une caméra numérique. L'objet se déplaça dans les airs et vint se placer juste en face de l'extraterrestre. Aussitôt, l'image du capitaine Zrrrrk apparut en gros plan sur plusieurs des écrans de la salle. Le capitaine recommença à émettre des sons étranges. Mais, cette fois-ci, des sous-titres apparurent en grosses lettres blanches sur chacun des écrans.

— Bienvenue dans mon vaisseau, lut Eliott. Les amis de Jov' sont mes amis.

Eliott était subjugué.

— Et lui, il comprend ce que nous disons ? demanda-t-il.

— Oh oui, dit Jov', il a dans l'oreille un micro qui lui fait la traduction simultanée.

— Mais… où est l'interprète ? demanda Eliott en tournant la tête en tous sens.

— Ah, ça, bonne question ! répondit Jov'. Excellente, même. Je n'en ai absolument aucune idée. Mais ça n'a pas d'importance, n'est-ce pas ?

Eliott en resta bouche bée. Il y avait décidément beaucoup de choses dans ce monde qu'il ne fallait pas essayer de comprendre ! De quoi rendre folle Christine, pour qui tout ce qui n'a pas une explication rationnelle n'est qu'un tas de sornettes.

Lorsque le petit groupe regagna la salle à manger, Gisèle la sorcière était assise à table avec les autres, les yeux protégés par des lunettes noires. Elle avait posé son chaudron à côté de sa chaise, et son chat dans le chaudron. Dès qu'Eliott se fut installé, il regretta d'avoir pris place à côté d'elle. Elle dégageait une odeur épouvantable qui n'était pas sans rappeler celle du fromage moisi. Eliott eut un haut-le-cœur et refusa le deuxième bol de chocolat chaud que Pommerelle lui proposait.

— Comment vas-tu, ma chère Gisèle ? demanda Jov'.

— Bien, merci. Je ne sais comment te remercier de m'avoir sortie de ce trou à rats qu'est devenu Ephialtis, répondit la sorcière.

— Ephialtis n'a jamais été l'endroit le plus agréable de notre monde, remarqua Jov'.

— C'est vrai, confirma Gisèle, mais c'est en train de devenir un véritable enfer.

— Encore pire que lorsque Jov' m'a libéré il y a un an ? demanda le fantôme-citoyen-exemplaire.

— Bien pire ! se lamenta Gisèle. La Bête et sa bande ont pris le contrôle de la ville et sèment la terreur au nom de la révolution. Ceux de la CRAMO ne contrôlent plus rien.

Une rumeur s'éleva autour de la table.

— La Bête, murmura Jov'. On peut dire qu'il fait parler de lui, celui-là ! Il est sorti de nulle part il y a six mois, et il est déjà devenu le cauchemar le plus redouté de tout le monde des rêves...

— La Bête a été créé il y a seulement six mois ? demanda Eliott.

— C'est difficile à dire avec précision sans disposer de son ADN, répondit Jov'. Mais il ne doit pas être beaucoup plus ancien que ça. En tout cas, personne n'en avait entendu parler auparavant.

Pour Eliott, c'était la douche froide. Si La Bête avait été créé il y a si peu de temps, il était évident que sa mère ne l'avait jamais rencontré. Elle avait dessiné un dragon qui ressemblait à La Bête ? Et alors, qu'est-ce que ça prouvait ? Rien du tout. Mamilou avait raison. Marie n'avait jamais mis les pieds à Oniria. Quant à la Créatrice tuée il y a dix ans, ça pouvait être n'importe qui.

— Ce n'est pas tout, reprit Gisèle. Tous les cauchemars qui sont appelés régulièrement à l'extérieur par leur Mage sont mis sous pression pour semer la zizanie avant d'être rattrapés par la CRAMO. La Bête leur promet la liberté, le pouvoir, la vengeance. Beaucoup sont enfermés là-bas depuis plus de huit ans… C'est long, huit ans, dans un taudis comme Ephialtis ! Alors certains se laissent séduire par ce genre de discours. Ils sont prêts à tout pour faire payer à la CRAMO et à la reine Dithilde ce qu'ils ont fait.

— Quelle tristesse, soupira Jov'.

— Il faut dire que La Bête a trouvé un moyen infaillible d'impressionner les masses, ajouta Gisèle.

— Lequel ? demanda Jov'.

— Je ne sais pas comment il s'y prend, mais chaque jour il acquiert de nouvelles capacités, toutes plus effrayantes les unes que les autres. Un jour, il peut modifier sa taille pour devenir immense ou tout petit. Le lendemain, sa tête noire, celle qui crache du vent, déclenche des tornades assez puissantes pour dévaster un quartier entier. Récemment, j'ai même entendu dire qu'il était capable de se déplacer où bon lui semblait en un clin d'œil. Mais il est difficile de dénouer le vrai du faux. Les rumeurs vont bon train.

— Il a trouvé un moyen pour acquérir de nouvelles capacités ! s'écria Katsia.

— Mais je croyais que c'était impossible ! objecta Eliott.

— Absolument, confirma Gisèle, c'est bien pour cela que c'est si impressionnant. D'autant plus qu'il a le culot d'annoncer en avance les capacités qu'il aura le lendemain.

— Quoi ! s'exclamèrent en chœur tous les convives.

— Certains à Ephialtis pensent que La Bête est une sorte de divinité, continua Gisèle.

— Et si cela s'ébruite, dit Jov' d'un air préoccupé, les créatures de rêve ne tarderont pas à lui tresser des couronnes. Acquérir chaque jour de nouvelles capacités, c'est du jamais vu à Oniria ! Mais il y a forcément une explication rationnelle.

— En tout cas, une chose est sûre, conclut Gisèle, même s'il en fascine beaucoup, il fait peur à tout le monde. Nombre de mes amis sont dans un état d'inquiétude épouvantable.

— Et toi, s'inquiéta Pommerelle, tu arrivais à tenir le coup ?

— Oh moi, tu sais, tant que j'ai mon chaudron et de bons ingrédients pour mes inventions, ça va.

— Vos inventions ? questionna Eliott.

— Oh oui, je suis chimiste, répondit Gisèle. Enfin, chimiste version sorcière ! J'utilise des ingrédients comme des pattes de crapaud et de l'urine de chauve-souris. Et j'arrive à des résultats très intéressants. Tiens, par exemple, ma dernière invention est la pâte podifrice.

— Qu'est-ce que c'est ? demanda Eliott.

— C'est comme du dentifrice, mais pour les pieds, pour les empêcher de sentir mauvais. Car il faut bien se rendre à l'évidence : les savons traditionnels sont tout à fait insuffisants. Je vais te faire une petite démonstration !

Gisèle se déchaussa un pied et enleva sa chaussette. Son pied était noir et couvert de verrues. Eliott en eut la nausée. Mais le pire, c'était l'odeur insupportable qui s'en dégageait. Un mélange de fruits en décomposition, d'égout, de fromage trop fait et de couche sale. Eliott regarda autour de lui : les convives avaient tous cessé de goûter, et leurs visages avaient pris des teintes verdâtres. Même celui de la femme bleue avait changé de couleur. Seuls les fantômes paraissaient ne se rendre compte de rien. Peut-être n'avaient-ils pas d'odorat... Quant à Pommerelle, elle devait se cramponner à la table pour ne pas tomber de son tabouret. Gisèle sortit de son chaudron une grande brosse à long manche, étala dessus une sorte de pommade brunâtre et se frotta énergiquement le pied. Au bout de quelques secondes, l'odeur disparut, remplacée par un léger parfum de noisette.

— En effet, c'est très impressionnant, confirma Jov' en s'efforçant de sourire. Merci de nous avoir fait partager ce, cette...

— Cette invention miraculeuse ! compléta Pom', qui se remettait à peine de l'attentat olfactif.

La sorcière se rechaussa, au grand soulagement de tous les convives. Car même si l'odeur avait disparu, la vue de son pied demeurait répugnante. Pom' en profita pour servir une nouvelle tournée de son chocolat chaud.

— Et alors, comment comptez-vous nous envoyer à Oza-Gora ? demanda Katsia.

19

LA PIERRE DE SABLE

Eliott fut arraché à sa troisième dégustation du pain perdu de Pom' par un cri strident. Il regarda autour de lui, hébété. Une chambre d'hôtel, des prospectus touristiques écrits en anglais sur la table de nuit et deux fillettes en chemise de nuit qui se battaient à coups de traversin.

Londres. Samedi matin.

Dès qu'elles virent que leur frère était réveillé, les jumelles se ruèrent sur lui. Eliott attrapa deux oreillers et fit de grands moulinets avec les bras pour les empêcher d'approcher. S'ensuivit une gigantesque bataille de polochons. Les forces en présence étaient relativement équilibrées : Eliott était plus grand et plus costaud que les fillettes, mais elles avaient l'avantage du nombre et ne manquaient pas d'idées pour détourner l'attention de leur frère afin de mieux l'atteindre. Tous les trois riaient à en avoir mal au ventre. Une Christine ébouriffée et furieuse débarqua dans leur chambre, beuglant que ce n'était pas une manière convenable de se tenir, surtout à une heure aussi matinale. Pour toute réponse, Juliette lui envoya un oreiller en pleine figure. Erreur : Christine entra dans une colère noire qui mit immédiatement fin à la bonne humeur matinale des trois enfants.

Deux heures et une bonne dose d'œufs brouillés au bacon plus tard, tous les quatre étaient debout devant les grilles du palais de Buckingham, attendant la relève de la garde sous une pluie fine et pénétrante. Les jumelles demandaient toutes les vingt secondes environ si la reine allait être présente, et Christine, à l'abri sous son petit parapluie noir, répondait distraitement qu'elle n'en avait aucune idée tout en pianotant sur son téléphone. Au bout d'une attente interminable, la nouvelle garde arriva enfin. Eliott, que le spectacle de gardes en uniforme remplaçant d'autres gardes en uniforme lassait au plus haut point, fut définitivement convaincu que Londres était la ville la plus ennuyeuse du monde et qu'il était hors de question de venir y habiter.

Il traîna ainsi sa mauvaise humeur toute la journée. Pour le déjeuner, Christine les emmena dans un pub typique, et Eliott déclara en goûtant le « fish & chips » que la nourriture anglaise était immangeable et que ce serait cruel de vouloir leur imposer cela tous les jours. Pure mauvaise foi : en réalité, il se régalait. Mais Christine adorait la capitale anglaise et voulait y emménager, et cela était aux yeux d'Eliott un argument suffisant pour qu'il décidât de détester Londres ainsi que ses habitants et tout ce qui s'y rapportait.

L'après-midi fut un calvaire. Ils visitèrent un magnifique appartement, spacieux, lumineux, calme et idéalement situé, auquel Eliott ne trouva que des défauts. Christine s'énerva et promit à Eliott que s'il continuait à râler, elle mettrait sa chambre dans la cave. Eliott ne put s'empêcher de sourire. Il savait bien, lui, qu'ils ne viendraient jamais habiter ici. Grâce à Jov', il rencontrerait bientôt le Marchand de Sable, il sauverait son père et tout redeviendrait comme avant.

Le plan de Jov' était simple. En fait, c'était exactement le même que celui d'Aanor. La différence, c'était que Jov' avait les moyens de le réaliser. La fourmi qui supervisait les livraisons destinées à Oza-Gora faisait partie des nombreux amis de Jov'. Elle avait prévenu qu'une caravane devait justement quitter Hedonis pour Oza-Gora cette nuit-là. À la demande du roi rebelle, elle avait parlé avec le chef des caravaniers et l'avait convaincu d'emmener Eliott, Katsia et Farjo avec lui jusqu'à la ville du Sable. Le caravanier avait donné rendez-vous aux deux Oniriens dans un recoin discret d'Hedonis, que le vaisseau de Jov' pouvait atteindre aisément. Quant à Eliott, il n'avait aucun rendez-vous. Il devrait seulement rejoindre la caravane en cours de route, par une technique qu'il maîtrisait bien désormais : s'endormir en pensant à Farjo ou à Katsia. C'était incroyable de voir à quel point, avec Jov', tout devenait plus simple ! Oza-Gora l'inaccessible était soudain devenue une destination presque comme les autres…

Presque.

Car rien, à Oza-Gora, ne fonctionnait comme dans le reste d'Oniria. Jov' avait prévenu Eliott. Là-bas, il n'aurait plus aucun pouvoir de Créateur. Il serait simplement Eliott, aussi normal que dans le monde terrestre. Mais surtout, lorsque Katsia et Farjo seraient à l'intérieur du domaine d'Oza-Gora, ils deviendraient inaccessibles : même s'il pensait à eux en s'endormant, Eliott ne pourrait pas les rejoindre. Il devait donc impérativement rallier la caravane *avant* qu'elle n'arrive à destination.

C'est pourquoi, à peine rentré du théâtre où il avait assisté avec Christine et les jumelles à la représentation d'une comédie musicale, Eliott se précipita au lit, plus excité que s'il allait rencontrer la reine d'Angleterre en personne.

Eliott se retrouva nez à nez avec une paire d'yeux orange qui étincelaient dans le noir. Farjo s'était à nouveau transformé en chouette.

— Oh non, bougonna le jeune Créateur, ne me dis pas que nous sommes encore dans la cave de Jov' !

— Pas du tout, répondit la chouette en jubilant, on est à bord de la caravane, mon pote !

Eliott entendit le bruit distinct d'une allumette craquée juste à côté. Une lampe à huile s'alluma et il put distinguer le visage de Katsia.

— Bienvenue dans le chargement à destination d'Oza-Gora, dit la jeune fille avec un sourire qui lui allait bien.

— Vous n'avez pas eu de soucis ? demanda le jeune garçon.

— Aucun souci, répondit Katsia. Les équipes de Jov' sont très efficaces.

— On a aperçu le chef des caravaniers tout à l'heure, ajouta Farjo, mais on ne lui a pas trop parlé. Il nous a cachés avec la marchandise en attendant qu'on s'éloigne de la capitale. Apparemment, la CRAMO a mis en place un barrage qui encercle une large zone autour d'Hedonis. Ils surveillent tout ce qui entre ou sort de la zone.

— Comme tu es recherché, continua Katsia, hors de question de te faire voyager à découvert. Nous sortirons de là quand le barrage sera loin derrière nous.

— Alors, croisons les doigts pour que tout se passe bien ! dit le jeune Créateur.

Eliott entreprit de visiter la soute. Les trois compagnons étaient cachés au milieu d'une cargaison d'animaux fabuleux enfermés dans des cages. C'était un bric-à-brac invraisemblable ! Il y avait des poules aux œufs d'or, des moutons à cinq pattes, des grenouilles énormes et des bœufs minuscules, ainsi que d'autres animaux étranges auxquels Eliott aurait été incapable de donner un nom. Un peu plus loin, Eliott trouva des arbres en pot sur lesquels poussaient des choses improbables : des fromages, des bonbons, des cadeaux emballés dans des papiers dorés et argentés, des partitions de musique et même des livres… Eliott sourit en pensant qu'un arbre où poussent des livres était exactement le genre de chose qui devait plaire à Aanor. Il se promit que s'il réussissait un jour à libérer son amie, il lui offrirait un arbre comme celui-ci.

— Eliott, dit une voix dans le dos du jeune Créateur.

Eliott se retourna. Katsia se tenait juste derrière lui, les doigts entortillés et le regard fuyant.

— Je voulais te dire merci, jeta-t-elle comme si ce mot lui brûlait la bouche.

— Merci de quoi ? s'étonna Eliott.

— Merci de nous avoir emmenés avec toi. Tu n'étais pas obligé. Maintenant que tu es le petit protégé de Jov', tu n'as plus vraiment besoin de nous pour te défendre contre la CRAMO.

— Mais j'ai toujours besoin de mes amis, dit Eliott.

Katsia mima une grimace et asséna une série de petits coups de poing sur l'épaule d'Eliott. Puis elle repartit sans rien dire. Eliott la regarda s'éloigner en se massant l'épaule. Cette fille était vraiment une handicapée des sentiments. Encore pire que Christine ! Mais elle avait fait l'effort de venir remercier Eliott. Son cas n'était peut-être pas si désespéré que ça, finalement.

Un mouvement régulier balançait tout ce chargement de droite et de gauche, faisant glisser légèrement les cages d'un côté puis de l'autre. Eliott s'allongea à côté de Farjo, loin de tout objet susceptible de l'écraser. Puisqu'il ne pouvait pas voir le paysage, il essaya de deviner à l'ouïe les endroits qu'ils traversaient. Il reconnut successivement les cris joyeux d'une plage bondée, ceux de supporters déchaînés dans un stade de foot, puis un orage assourdissant, le crépitement caractéristique d'un feu d'artifice tiré au loin, le pépiement d'oiseaux, le rythme d'un tam-tam…

Soudain, le mouvement cessa et l'ensemble des cages devint aussi immobile qu'un tas de pierres. Eliott se redressa. Katsia et Farjo étaient déjà aux aguets. Des éclats de voix et des cris étouffés retentissaient à l'extérieur. Katsia éteignit la lampe d'un souffle, attrapa Eliott par le col de son tee-shirt et l'entraîna précipitamment derrière la cage d'un gros chien à trois têtes qui ronflait comme un bienheureux.

— Le barrage, chuchota-t-elle. Pas un bruit.

Eliott retint son souffle. Son cœur battait tellement fort qu'il avait l'impression qu'on pouvait l'entendre à plusieurs mètres. Les voix extérieures s'approchèrent jusqu'à devenir compréhensibles.

— Nous devons fouiller tout le chargement, beugla une voix nasillarde.

— Nous transportons une livraison spéciale pour le Marchand de Sable, répondit une voix grave. Vous n'avez pas le droit de fouiller.

— Vous avez un laissez-passer ? demanda la voix nasillarde.

— Oui, répondit la voix grave, avec le cachet de l'entre-pôt royal. Tenez.

Il y eut un bref silence. Eliott croisa les doigts, espérant que l'oiseau espion Bogdaran n'ait pas encore fait part à la reine de son intention de voyager à bord de la caravane.

— C'est bon, dit la voix nasillarde. Tout est en ordre, vous pouvez avancer.

Le mouvement reprit. Ils étaient passés.

Katsia et Eliott attendirent que le brouhaha du barrage ait laissé place au sifflement d'un vent de bord de mer pour sortir de leur cachette. Farjo, lui, resta pelotonné contre le mouton à cinq pattes, dans la cage duquel il avait trouvé refuge.

— Sa laine est super-douce, un vrai oreiller ! se justifia-t-il.

Rassurés et bercés par le balancement régulier du convoi, les trois compagnons se laissèrent glisser dans une douce torpeur.

Ils furent réveillés par la voix grave et chaleureuse d'un homme qui les interpellait :

— Ohé, les passagers clandestins, réveillez-vous. Nous sommes suffisamment éloignés d'Hedonis maintenant, vous allez pouvoir respirer un peu d'air frais.

L'homme jeta une échelle de corde par l'ouverture située juste au-dessus d'eux. Eliott grimpa le premier. Arrivé au sommet, il fut ébloui par la vive clarté qui régnait au-dehors. Il prit appui sur ce qu'il imaginait être le solide rebord d'une trappe afin de s'en extirper, mais cela se déroba sous ses mains : il bascula vers l'avant et, après un plongeon fort disgracieux, atterrit la tête la première sur un tapis de pâquerettes. L'homme eut un rire franc et court, puis l'aida à se relever.

— C'est la première fois que tu voyages à dos de caméléon, n'est-ce pas ? dit-il.

— À dos de quoi ? demanda Eliott en se frottant les coudes et les genoux.

— Retourne-toi.

Eliott fit volte-face. Tout ce qu'il vit était un décor de jolies collines recouvertes de fleurs. Pas la moindre trace de la soute pleine de marchandises dont il venait de sortir.

— Mais qu'est-ce que... balbutia-t-il.

— Donne-moi ta main, dit l'homme.

Eliott s'avança et tendit sa main droite. L'homme l'attrapa doucement et l'approcha de l'endroit d'où le garçon était sorti quelques secondes auparavant. Eliott sursauta en sentant sous ses doigts une matière chaude et soyeuse. Déconcerté, il fit quelques pas en arrière. L'homme détacha la longue cape en laine brune qu'il portait sur le dos et la jeta devant lui. La cape ne tomba pas par terre : elle flotta à environ deux mètres du sol, figée dans une étrange posture. Elle faisait penser à ces draps blancs dont Mamilou recouvrait les canapés du salon, chaque été, avant le départ en vacances de toute la famille. Eliott s'approcha de nouveau et observa avec attention tout ce qui se trouvait à proximité de la cape.

C'est alors qu'il les vit. Deux yeux impassibles qui le regardaient d'un air idiot. C'était un animal. Un animal invisible ! La bête bougea légèrement et le décor de collines se troubla l'espace d'un instant. Eliott remarqua alors d'autres détails visibles : quatre sabots sur le sol, quelques dents qui apparaissaient par intermittence et le bout d'une queue qui fouettait l'air. Puis, peu à peu, ses yeux s'habituèrent et il finit par distinguer les contours de l'animal. Il ressemblait à un chameau, avec ses deux bosses et ses épaisses lèvres tombantes. Il était assis et mâchait tranquillement des pâquerettes.

— C'est un chaméléon, expliqua l'homme. Nous l'appelons ainsi car il ressemble à un chameau, mais sa peau prend les couleurs de ce qui l'entoure, un peu comme celle d'un caméléon. Il est difficile de le voir quand on n'y est pas habitué.

— Incroyable ! souffla Eliott. Mais j'étais dans un endroit immense, avec des tas d'animaux et de plantes…

— Tu étais dans l'une des sacoches que porte ce chaméléon. Les sacoches en peau de chaméléon, en plus d'être pratiquement invisibles, ont la caractéristique d'être beaucoup plus grandes à l'intérieur qu'à l'extérieur. On peut y mettre de nombreuses choses, et le porteur n'en sent presque pas le poids. Leur fabrication est la spécialité de mon peuple.

Pour la première fois, Eliott observa avec attention son interlocuteur. Il était grand, large d'épaules, avait la peau mate et burinée des grands voyageurs, et des yeux très clairs. De son visage émanaient à la fois beaucoup de fermeté et une grande gentillesse. Il était habillé d'une tunique couleur sable, maintenue par une large ceinture d'où dépassaient plusieurs poignards. Il portait à la main droite un anneau surmonté d'une étrange pierre blanche qui diffusait une douce lumière.

— C'est vous, le chef des caravaniers ? demanda Eliott.

— C'est moi. Je m'appelle Sherpak, dit l'homme en tendant la main à Eliott. Et tu dois être le jeune Créateur dont on m'a parlé, je suppose ?

— Oui, répondit Eliott en serrant la main de Sherpak. Je m'appelle Eliott. Merci beaucoup d'avoir accepté de nous emmener avec vous à Oza-Gora.

— Le Marchand de Sable n'aurait pas refusé de rendre service à son ami Jov'. Il était naturel que j'accepte de t'emmener.

— Et pour Katsia et Farjo ? demanda Eliott. Je veux dire… Les Oniriens ne sont pas censés se rendre à Oza-Gora. C'est une loi immuable.

— Faux. Ils ne doivent pas se rendre maîtres du Sable, mais rien ne les empêche d'entrer à Oza-Gora s'ils n'ont aucune intention malfaisante. Je fais confiance à Jov'. S'il a demandé à ce qu'ils t'accompagnent, c'est qu'ils ne poseront pas de problème.

Eliott était sidéré et touché de la confiance que leur accordait Jov' alors qu'il venait à peine de les rencontrer.

— Hé ! ho ! dit une voix étouffée en provenance du caméléon. Ça ne vous dérangerait pas de nous sortir de là ?

Sherpak se hâta de retirer sa cape du dos du caméléon et se pencha au-dessus de la sacoche, d'où il tira un Farjo vitupérant.

— J'étais en train de grimper à l'échelle de corde, mais tout d'un coup l'ouverture s'est bouchée et je suis tombé sur le derrière, râla-t-il.

— Je suis désolé, dit Sherpak, j'étais occupé à expliquer à Eliott ce qu'était un caméléon et je vous ai oubliés.

— Eh bien, je n'aime pas du tout être oublié ! dit Farjo en se frottant énergiquement le postérieur.

— Farjo, je te jure que si tu n'arrêtes pas de te plaindre tout de suite, je t'enferme dans la sacoche jusqu'à la fin du voyage ! menaça Katsia, dont la tête venait d'apparaître.

— Eh bien ! Le voyage promet d'être animé ! soupira Sherpak alors que Katsia sautait lestement à terre. Allez, venez ! Nous allons rejoindre le reste de la caravane.

Le caravanier donna une grande tape sur le flanc du caméléon et guida les trois compagnons de l'autre côté d'une colline couverte de tulipes jaunes et rouges. Là, près d'un petit lac, se tenaient une dizaine de femmes et d'hommes et autant de caméléons, que les yeux à présent avertis d'Eliott pouvaient distinguer plus facilement. Les Oza-Goriens saluèrent chaleureusement les nouveaux venus et la caravane se remit rapidement en route.

Sherpak et Katsia marchaient en tête, suivis par Eliott, qui s'efforçait de ne pas se laisser distancer par les pas énergiques du caravanier et de l'aventurière. Quant à Farjo, il s'était perché sur l'un des chaméléons situés à l'arrière de la caravane et beuglait des chansons idiotes, au grand dam des caravaniers les plus proches de lui.

Régulièrement, Sherpak ralentissait sa course et tendait sa main droite vers l'avant en fermant les yeux. Puis il modifiait plus ou moins sa trajectoire.

— Comment savez-vous où nous devons aller ? demanda Katsia alors que le caravanier venait d'ordonner un énième changement de direction.

— Vous savez sans doute qu'Oza-Gora change de position en permanence ? dit Sherpak.

— Oui, nous sommes au courant, dit Eliott.

— Le seul moyen de retrouver notre domaine est de se laisser guider par la Pierre de Sable que je porte sur cet anneau, dit Sherpak en montrant la bague qui ornait sa main droite.

— Et c'est quoi, cette Pierre de Sable ? demanda Katsia.

— C'est le nom que l'on donne à cette pierre blanche. On la trouve dans les carrières de Sable. Elle est attirée par une autre Pierre de Sable, beaucoup plus grande, située à Oza-Gora. C'est elle qui nous indique les Portes que nous devons traverser.

— C'est fabuleux, s'extasia Eliott. Comme deux aimants surpuissants !

— Exactement, confirma Sherpak.

— Et si quelqu'un vole la Pierre de Sable ? demanda Katsia. Les Chercheurs de Sable paieraient probablement une fortune pour en posséder une !

— C'est un risque, acquiesça Sherpak. Mais la Pierre de Sable sait repérer les intentions de celui qui l'utilise. Seule une personne qui veut trouver Oza-Gora pour de nobles raisons peut se laisser guider par elle. Si un Chercheur de Sable essayait de s'en servir, elle le ferait tourner en rond sans jamais l'emmener à destination.

— Mais vous, vous ne pourriez pas rentrer chez vous, remarqua Eliott.

— Nous avons des procédures d'urgence pour ce genre de cas, assura Sherpak. Mais jusqu'ici nous n'avons jamais eu à nous en servir. Très peu d'Oniriens connaissent l'existence des Pierres de Sable, et c'est très bien ainsi. Je vous demanderai d'ailleurs de garder cette information confidentielle.

— Vous pouvez compter sur nous, assura Katsia. Nous ne dirons rien.

Sherpak s'arrêta devant un énorme laurier-rose, situé au pied d'une colline qui en portait des centaines. Il toucha l'arbuste du bout des doigts, et une ouverture noire comme la nuit se matérialisa devant eux. Une Porte.

— Allons-y, ordonna Sherpak, c'est la Porte que nous devons franchir.

Toute la caravane le suivit. De l'autre côté, la caravane s'engagea dans un long couloir vide dont les murs étaient recouverts de grands rideaux de plastique orangé. L'endroit était aussi vide qu'oppressant.

— Nous sommes encore loin ? demanda Eliott.

— Impossible à dire, répondit Sherpak. Selon l'emplacement d'Oza-Gora, le trajet depuis Hedonis peut prendre de quelques heures à plusieurs jours. Nous ne le savons jamais à l'avance.

— Mais, s'alarma Eliott, si le trajet dure plusieurs jours, je vais me réveiller et vous risquez d'atteindre Oza-Gora sans moi !

— Ne t'inquiète pas, dit Sherpak. Mes hommes et les bêtes ont aussi besoin de repos. Si tu te réveilles, nous ferons halte et reprendrons notre chemin quand tu nous rejoindras le lendemain. Je te demanderai juste d'essayer de te coucher tôt pour ne pas trop nous retarder.

— Je ne sais pas comment vous remercier de tout ce que vous faites pour moi, dit Eliott.

— Alors ne me remercie pas, dit Sherpak. Je ne fais que mon travail.

PLEINE LUNE

Après plusieurs heures de marche, la caravane débarqua dans une étroite clairière, au beau milieu d'une forêt touffue. C'était la nuit. Une lune pleine étincelait dans sa robe de nuages noirs. Il faisait froid. On n'entendait rien d'autre que le hululement occasionnel de quelque oiseau de nuit. Un frisson glacé parcourut l'échine d'Eliott.

— Je connais cet endroit, murmura Katsia.

— Bon ou mauvais ? demanda Sherpak.

— Mauvais, déclara l'aventurière. Nous sommes tout près d'Ephialtis. De nombreux Mages font des cauchemars dans cette forêt, elle est très dangereuse. Sans compter ces imbéciles de la CRAMO qui rôdent régulièrement par ici.

— Il vaudrait peut-être mieux faire demi-tour ? proposa Eliott.

— Impossible, répondit Sherpak. La Pierre de Sable dit que c'est le chemin, nous devons passer par là. Je vais vous demander de vous cacher à nouveau, tous les trois.

— Hors de question, répondit Katsia en s'échauffant les épaules. S'il y a de la bagarre, je vous serai utile. Et Farjo est trop curieux pour accepter de retourner dans l'une de vos bétaillères. Pas la peine de lui demander, je connais déjà sa réponse.

Sherpak fixa l'aventurière d'un air interdit.

— Pas de panique, dit-elle, je sais ce que je fais.

— Comme tu veux, finit par dire Sherpak. Mais toi, Eliott, je préfère te savoir à l'abri. Et puis, il vaut mieux éviter qu'un escadron de la CRAMO ne te reconnaisse.

— Mais…

— Pas de mais, objecta fermement Sherpak. Tu es sous ma responsabilité, c'est moi qui décide. Tu retournes dans la sacoche ou tu quittes la caravane.

Eliott remonta à contrecœur dans la sacoche du chaméléon, et Sherpak rabattit le pan amovible du sac au-dessus de lui en lui recommandant de se cacher parmi les animaux. Mais Eliott ne l'entendait pas de cette oreille : lui aussi était trop curieux pour accepter de ne rien voir. Il resta tout en haut de l'échelle de corde et parvint à soulever légèrement le dessus de la sacoche sans attirer l'attention du caravanier. Il bénéficiait ainsi d'un extraordinaire poste d'observation.

Sherpak donna quelques instructions aux caravaniers : avancer en silence, très rapprochés les uns les autres, et surtout retourner leurs capes. Toutes les capes en laine des caravaniers étaient doublées en peau de chaméléon, ce qui leur permettait de se fondre dans le décor en cas de besoin. Sherpak sortit d'une sacoche une cape supplémentaire dont il équipa Katsia, et Farjo se transforma en papillon de nuit. Puis, sur un sifflement du chef, la caravane s'ébranla. Elle s'engagea dans un étroit sentier qui serpentait à travers les arbres. Eliott manqua de tomber de son échelle de corde lorsque le caméléon démarra, mais il finit par trouver une position stable. La pleine lune était suffisamment claire pour que les caravaniers n'aient pas besoin d'éclairage supplémentaire. Ils étaient à peine visibles. Seuls le claquement des sabots, le bruissement des feuilles qui jonchaient le sol et les blatèrements occasionnels des caméléons trahissaient leur présence aux yeux inexpérimentés. La caravane avança ainsi longtemps, s'enfonçant vers ce qui semblait être le cœur de la forêt.

Soudain, Sherpak s'arrêta.

— Que se passe-t-il ? murmura Katsia.

— Un bruit suspect qui nous suit depuis tout à l'heure, chuchota Sherpak. Quelque chose se cache dans ce buisson.

Sherpak émit un étrange sifflement et les Oza-Goriens se mirent aussitôt en position de défense. Il dégaina son poignard, aussitôt imité par Katsia. Les deux courtes lames étincelaient au clair de lune. Eliott retenait son souffle. Un bruissement de feuilles s'éleva du buisson désigné par le caravanier. Sherpak et Katsia s'avancèrent à pas de velours vers le taillis, puis s'immobilisèrent. On aurait entendu une mouche voler. Soudain, Katsia bondit derrière le fourré. Quelque chose détala et Sherpak, vif comme l'éclair, l'attrapa à mains nues. Le vieux Bonk n'avait pas menti sur la rapidité des Oza-Goriens : Eliott n'avait jamais vu aucun être humain se déplacer aussi rapidement. Sherpak approcha sa prise d'un rayon de lune pour mieux l'observer. Il s'agissait d'un animal étrange, sorte de croisement entre un lièvre et une chouette, avec quatre pattes plates, de grandes oreilles, deux yeux ronds immenses, un petit bec pointu, deux ailes recouvertes de plumes et un grand dos poilu. La bête se tortillait et glapissait bruyamment, prisonnière de la poigne de fer du caravanier. Visiblement soulagé, Sherpak posa la bête sur le sol et celle-ci détala vers l'intérieur de la forêt.

À ce moment précis, un hurlement retentit. Eliott dut se cramponner pour ne pas glisser de surprise. Puis un bruissement d'ailes. Une chouette passa dans le champ de vision d'Eliott. Il l'aurait reconnue entre mille : c'était Farjo. Farjo qui scrutait les abords du chemin avec sa vision d'oiseau de nuit. Et soudain, un coup de fusil. Puis une ribambelle de jurons. Eliott se hissa sur la pointe des pieds et tordit le cou pour voir ce qui se passait. Une inquiétante silhouette sortit d'un fourré et s'avança d'un pas rapide, fusil en joue pointé sur Farjo. L'homme portait l'attirail complet du chasseur, avec de grandes bottes, une tenue de camouflage, l'indispensable veste à poches et une besace sur l'épaule.

— Si vous me tirez encore dessus, je vous fais manger votre fusil, s'écria Farjo.

— Je tire sur qui je veux ! rétorqua le chasseur.

Sherpak ouvrit sa cape pour se rendre visible et s'approcha du chasseur.

— Cet animal est à moi, dit-il calmement, s'il vous plaît, laissez-le tranquille.

Dès qu'il aperçut Sherpak, le chasseur se précipita sur lui d'un air furieux. Eliott vit ses yeux pour la première fois : ils étaient blancs, c'était un Mage.

— Ah, c'est vous ! s'énerva-t-il. C'est vous qui avez fait détaler cette choulievrette que je pistais depuis des heures. C'est un scandale !

Il ouvrit sa besace d'un geste sec.

— Vous voyez ? continua-t-il avec véhémence. Rien ! Je n'ai encore rien attrapé, je suis bredouille, totalement bredouille. Les copains vont encore se moquer de moi.

— Mais non, dit Sherpak d'une voix posée en regardant le Mage droit dans les yeux. Tout va bien, vous avez fait une bonne chasse, vous avez attrapé des dizaines de choulievrettes. Regardez, votre besace est pleine !

Le chasseur baissa la tête vers sa besace. Il venait d'y faire apparaître une dizaine de choulievrettes bien dodues, sans s'en rendre compte.

— C'est vrai, dit-il d'un ton subitement enjoué. Les copains vont être épatés ! Je vais aller tout de suite leur montrer ce que j'ai attrapé.

Le chasseur fit quelques pas puis disparut comme par enchantement.

— Waouuuuuh, s'écria Farjo, vous êtes super-fort !

— Comment avez-vous fait ça ? questionna Katsia ébahie.

— Écarter un Mage menaçant n'est pas compliqué, dit Sherpak. Il suffit de le convaincre que tout va bien, et en quelques secondes son cauchemar se transforme en rêve.

— On peut faire ça ? s'étonna Katsia. J'ai toujours cru que sans le Sable on ne pouvait avoir aucun contrôle sur les Mages.

— Cela demande un peu d'entraînement, concéda Sherpak. Mais on ne peut utiliser ce petit tour de passe-passe qu'en cas de légitime défense, sous peine d'enfreindre la loi immuable numéro cinq.

— « Ne jamais chercher à influencer l'activité d'un Mage pour son intérêt personnel », récita Farjo. Jusqu'à aujourd'hui, je n'avais jamais compris à quoi servait cette loi !

— En tout cas, bon débarras, dit Katsia. Ce chasseur du dimanche était exaspérant !

— Pfff, souffla Farjo, maintenant il est probablement en train de déguster un festin de choulievrettes quelque part près d'Hedonis, en donnant à ses amis des détails très précis sur la façon héroïque dont il a attrapé chacune d'entre elles.

Un petit rire étouffé parcourut la caravane. Du haut de son observatoire, Eliott ne put s'empêcher de pouffer. Sherpak jeta un regard perçant dans sa direction, mais ne dit rien. Eliott aurait pu jurer que le caravanier l'avait vu.

La caravane se remit en route. Les consignes de sécurité étaient les mêmes qu'auparavant, mais l'épisode du chasseur avait détendu l'atmosphère : Eliott entendait des chuchotements bien peu discrets qui venaient de l'arrière de la caravane, et Sherpak rappelait régulièrement à l'ordre les caravaniers pour qu'ils resserrent leurs rangs. Le chef des caravaniers vérifiait de temps en temps que la Pierre de Sable indiquait toujours la même direction, et tous suivaient le sentier sans plus se laisser impressionner par l'ambiance sinistre de cette forêt. Eliott, qui trouvait ce chemin bien monotone, s'amusait à faire apparaître ici et là de petites lucioles colorées, apportant une touche de gaieté dans ce sombre décor.

Soudain, un cri déchirant retentit à l'arrière de la caravane. Puis plusieurs caravaniers poussèrent des exclamations affolées. Quelques secondes plus tard, Eliott vit apparaître juste devant Sherpak une bête immense qui devait faire au moins trois mètres de haut. Debout sur ses pattes arrière, poilue, griffue, armée d'une gueule pleine de crocs aiguisés : c'était un loup-garou. L'animal se jeta sur Sherpak, qui l'esquiva de justesse grâce à ses réflexes ultra-rapides d'Oza-Gorien. Un homme ordinaire aurait succombé à l'attaque. Le monstre termina sa course en percutant de plein fouet le chaméléon qui portait Eliott. Le jeune Créateur fut arraché à l'échelle de corde et projeté brutalement sur une cage. Il resta à terre de longues secondes, sonné par la violence du coup. Quand il essaya de se relever, il en était incapable : sa cheville était paralysée par la douleur. Il fit apparaître une lampe torche et balaya l'intérieur de la sacoche. Tout était sens dessus dessous. L'extrémité de l'échelle de corde gisait sur le sol, à quelques mètres de lui. En serrant les dents, il rampa jusqu'à elle et la suivit jusqu'à l'ouverture de la sacoche. Celle-ci n'était plus au-dessus de lui, mais sur le côté : le chaméléon était couché sur le flanc.

Eliott se figea d'horreur devant le spectacle qui l'attendait à l'extérieur. Une demi-douzaine de loups-garous s'étaient attaqués à la caravane. Katsia luttait au corps-à-corps avec l'un d'entre eux, déjouant avec souplesse la force brute du monstre. Pour l'instant, elle parvenait à esquiver toutes les attaques. Mais pour combien de temps ? De son côté, Sherpak tentait de se défendre contre un autre garou. Blessé au bras, il aurait succombé depuis longtemps aux assauts répétés de la bête sans l'aide providentielle d'une caravanière colossale, qui mesurait au moins deux mètres et tapait sur la bête avec une énorme hache. Mais cela aurait aussi bien pu être un jouet en mousse : la peau de la bête était tellement épaisse qu'elle n'avait même pas une égratignure.

Le corps d'Eliott s'était figé telle une statue de marbre dur et glacé. Il dut faire un effort surhumain pour tourner la tête vers l'arrière de la caravane. Plusieurs Oza-Goriens étaient à terre. Farjo, transformé en ours, se défendait contre une paire de garous qui le harcelaient de leurs griffes et de leurs crocs. Eliott eut l'impression que son cœur allait arrêter de battre.

Une patte griffue balaya l'air à quelques centimètres des yeux du jeune garçon. Ses muscles se dégelèrent d'un coup, et il referma le couvercle de la sacoche. Il se pelotonna, prostré contre l'échelle de corde. Sa cheville l'élançait. Mais le plus douloureux était d'entendre les plaintes des caravaniers qui se faisaient tailler en pièces à l'extérieur. Ils ne tiendraient pas longtemps contre cette horde déchaînée. La lutte était trop inégale. Seul Eliott pouvait les sauver, et il le savait.

Eliott ferma les yeux et se boucha les oreilles avec les mains. Comment faisait-il, quand il était petit, pour combattre les monstres qui hantaient ses cauchemars ? Il entendit dans sa tête résonner la voix de Mamilou : « Cherche le point faible, Eliott. » Mais ces garous n'avaient pas de point faible ! Ils étaient puissants, précis, infatigables, et aucune arme ne semblait les atteindre… Un cri qui n'avait plus grand-chose d'humain retentit à l'extérieur, arrachant à Eliott des larmes d'impuissance. Allez, tu es meilleur que ça, se répéta-t-il. Où est passé ton détaillomètre ? Ces bêtes ont forcément un point faible ! Mais lequel ? Eliott devait-il créer une horde de femelles pour les attirer plus loin ? Il y avait fort à parier que le goût du sang serait trop fort et qu'il n'arriverait pas à détourner l'attention de ces chasseurs sanguinaires aussi facilement. Mais alors quoi ? Quoi ?

Eliott rouvrit les yeux. Il devait les revoir. Il étendit son corps engourdi jusqu'à l'ouverture et souleva le couvercle juste assez pour laisser passer ses yeux. La lutte faisait rage. Le visage de Katsia était couvert de sang. Sherpak, trempé de sueur, était toujours plus rapide que n'importe quel homme, mais ses réflexes faiblissaient. Il ne parvint pas à esquiver un violent coup de patte du garou et s'affaissa sur le sol. Le garou se précipita sur sa victime, mais la femme colossale lui asséna un violent coup de hache en pleine tête qui le fit reculer. Le garou revint à la charge en poussant un grognement rageur. Ses yeux se rétrécirent, plus cruels encore qu'auparavant. Sous sa paupière droite coulait une unique goutte de sang.

Pour Eliott, ce fut un électrochoc. Il referma la sacoche le cœur battant. Les muqueuses. C'était ça, le point faible des garous. Les yeux au moins. Peut-être aussi les oreilles et la bouche. Il lui fallait une arme capable de viser précisément ces endroits. Mais les garous étaient rapides. Jamais il n'arriverait à tirer avec autant de précision, même avec le meilleur fusil. Non. Il fallait autre chose. Quelque chose qui pourrait s'attaquer à tous les garous en même temps.

Qui bougerait aussi vite qu'eux. Qui pourrait attaquer avec précision…

Eliott ferma les yeux. Il avait trouvé. Il se concentra pendant de longues secondes, visualisant ce dont il avait besoin. Quand il rouvrit les yeux, il était entouré d'une nuée bourdonnante qui attendait ses instructions. Un gigantesque essaim de guêpes prêtes au combat.

— Il y a des loups-garous, juste là, à l'extérieur, dit-il. Quand j'ouvrirai cette sacoche, vous allez vous attaquer à chacune de ces bêtes. Visez les yeux, les oreilles, la bouche, piquez partout où vous le pouvez et pourchassez-les dans la forêt jusqu'à ce que mes amis et moi-même en soyons sortis. Mais laissez tranquilles tous les humains, les caméléons et l'ours. C'est compris ?

Les guêpes émirent un bourdonnement sonore en signe d'approbation.

Eliott souleva le couvercle de la sacoche et brandit un poing rageur.

— À l'attaque ! hurla-t-il tel un général d'infanterie lançant ses troupes à l'assaut.

Des milliers de guerrières s'échappèrent aussitôt de la sacoche. Elles étaient tellement nombreuses qu'Eliott fut entouré d'un brouillard jaune et noir pendant un long moment. En écoutant avec angoisse les cris de surprise qui s'élevaient tout autour de lui, les yeux fermés, il priait pour ne pas s'être trompé. Quand le bourdonnement se dissipa, Eliott ouvrit les yeux. Méthodiquement, implacablement, les obéissantes guerrières s'étaient ruées sur les loups-garous. Les premières piqûres arrachèrent des hurlements de douleur aux bêtes enragées. En quelques instants, les garous furent incapables de se battre et il ne fallut que quelques minutes aux providentielles guêpes pour les mettre en fuite et les disperser à travers la forêt. Eliott avait vu juste. Il avait réussi.

Eliott attendit que les dernières plaintes se soient tues au loin pour se glisser entièrement hors de la sacoche. Sa cheville lui faisait toujours très mal et il dut s'aider d'un bâton pour se relever. Mais ce n'était rien à côté du spectacle désolant qui s'offrait à ses yeux. Le visage de Katsia était lacéré de coups de griffes. L'un des bras de Sherpak pendait, inerte, à son côté. Un peu plus loin, l'ours Farjo et plusieurs caravaniers, vêtements en lambeaux, corps affaissés par l'épuisement, s'étaient rassemblés autour d'un corps allongé par terre. La femme à la hache se précipita vers le petit groupe. Elle se fraya un passage, tomba à genoux devant le corps qui gisait par terre et poussa un hurlement, suivi par des sanglots déchirants.

— Mon frère ! gémissait-elle, mon tout petit frère...

Eliott s'approcha en boitant, suivi par Katsia et Sherpak.

— C'est lui qui fermait la marche, expliqua Farjo en les voyant arriver. Quand les garous ont attaqué, nous avons tous été surpris. Nous n'avons pas eu le temps de réagir. Pour lui, c'était trop tard.

Eliott ne voulait pas croire ce qu'il voyait.

— Il n'est quand même pas... demanda-t-il d'une voix étranglée.

— Mort, si, dit gravement Sherpak.

— Mais je croyais que les Oniriens ne pouvaient pas mourir !

— Les Oniriens non, répondit Sherpak. Mais pour nous les Oza-Goriens, c'est différent. Mon peuple n'a pas été créé par des Mages. Nous naissons et mourons exactement comme vous dans le monde terrestre.

La géante, les yeux pleins de larmes, se releva et se dirigea droit vers Eliott. Elle le souleva de terre et le serra longuement dans ses bras, puis le reposa sur le sol sans un mot. Eliott jeta à Sherpak un regard interrogateur.

— Je pense que Bachel a voulu te remercier à sa manière de nous avoir sauvés. Sans ton intervention, nous aurions tous subi le même sort que son pauvre frère. Nous te devons la vie. Merci.

Eliott ne sut pas quoi répondre. Et même s'il avait su, aucun son n'aurait pu sortir de sa gorge nouée. Il se contenta d'un hochement de tête. L'ours laissa sa place à Sherpak dans le cercle des caravaniers et, reprenant sa forme moins imposante de singe, s'approcha d'Eliott.

— Bonne idée, les guêpes, mon pote, dit-il. Tu as été malin sur ce coup-là ! Et brillant ! Tu sais créer des êtres vivants, je suis impressionné !

Eliott ne parvenait pas à se réjouir du compliment tant son cœur était envahi par le chagrin.

— Vous vous êtes bien battus aussi, Katsia et toi, dit-il sans enthousiasme.

— Tu parles, bougonna Katsia, on n'a rien fait. C'est toi le héros.

Eliott interrogea Farjo du regard.

— Ne t'occupe pas d'elle, dit Farjo en haussant les épaules. Madame n'est pas contente parce que madame n'a pas réussi à faire fuir tous les loups-garous à elle toute seule.

Eliott dévisagea l'aventurière. Elle avait une moue boudeuse accrochée aux lèvres. Farjo avait raison... Pourtant, l'heure n'était pas à savoir qui avait été le plus méritant : le frère de Bachel venait de mourir ! Cette fille était décidément bien difficile à cerner.

Brusquement, tel un chat qui vient d'apercevoir une souris, Farjo s'approcha du groupe des caravaniers endeuillés et ramassa quelque chose entre les pieds d'un jeune Oza-Gorien aux cheveux roux. Il jeta un coup d'œil à sa prise et releva un visage médusé.

— Regardez ce que j'ai trouvé ! s'exclama-t-il.

Le parchemin qu'il brandissait dans un rayon de lune ressemblait à s'y méprendre à celui que La Bête avait laissé aux pieds d'Eliott après avoir enlevé Aanor. Sherpak attrapa le parchemin et le lut.

— Où as-tu trouvé ça ? demanda-t-il vivement.

— Par terre, juste ici, répondit Farjo en désignant les bottes du rouquin.

— Qu'est-ce qui est écrit ? demanda Bachel.

Sherpak retourna le parchemin pour le rendre visible par tous.

— « Avec les compliments de La Bête », énonça-t-il.

— Alors ils savaient ce qu'ils faisaient, dit gravement Bachel. Ils ne nous ont pas attaqués par hasard.

— Difficile de dire s'ils savaient à qui ils s'attaquaient, mais ils avaient l'intention de nuire, c'est certain, acquiesça Sherpak. J'en aviserai l'Assemblée des Sages dès notre arrivée. En attendant, ne traînons pas ici.

Les Oza-Goriens commencèrent à s'affairer. Un caméléon avait péri sous les crocs des loups-garous, et celui qui transportait Eliott, toujours à terre, poussait des gémissements déchirants. Sherpak examina ses plaies et annonça qu'il fallait l'achever pour abréger ses souffrances. Il caressa le cou de l'animal, recula de quelques pas et pointa vers lui le revolver prêté par Katsia. Eliott détourna les yeux. Son cœur se serra lorsqu'il entendit la détonation, sèche et définitive. Cette pauvre bête lui avait probablement sauvé la vie.

Farjo se transforma en mule et insista pour que les caravaniers chargent deux sacoches sur son dos. Le chargement des deux autres sacoches fut réparti entre les chaméléons survivants. Eliott fit apparaître un brancard. Bachel y déposa délicatement le corps de son frère et le rouquin l'aida à le porter. À la demande de Sherpak, Katsia prit place à la fin de la caravane. En cas de nouvelle attaque, il valait mieux que la place la plus vulnérable soit occupée par une Onirienne. Quant à Eliott, il s'assit sur le dos du chaméléon de tête. Sa cheville blessée l'empêchait de marcher aussi vite que les autres. Sherpak lui fournit une cape pour le rendre moins visible. Précaution superflue aux yeux d'Eliott. Les loups-garous n'avaient pas eu besoin de les voir pour les repérer : leur flair avait suffi.

Plusieurs heures s'étaient écoulées et l'épuisement des hommes et des bêtes était visible lorsque la caravane pénétra dans une zone entièrement jonchée de déchets. L'espace entier était rempli par des montagnes de poubelles. L'odeur était tellement infecte qu'Eliott fut pris de nausée et dut descendre du chaméléon qu'il chevauchait pour aller libérer son estomac au milieu des sacs plastique, des bidons d'essence éventrés et des restes de nourriture en décomposition. Après plus d'une heure dans ce décor sordide, le caravanier entraîna hommes et bêtes à l'assaut d'une colline de déchets métalliques au sommet de laquelle gisait la carcasse rouillée d'une vieille voiture blanche. Les chaméléons glissaient, et Eliott dut terminer l'ascension à pied. Il grimpait tant bien que mal, évitant au maximum de se servir de ses mains de peur de les plonger dans quelque liquide gluant ou corrosif. Mais sa cheville blessée le gênait et il finit par s'étaler de tout son long au milieu d'un bric-à-brac de montres cassées, de cintres, de vis, de boulons et de pièces détachées d'ordinateur. Sa tête heurta une boîte de conserve, dont un énorme rat s'échappa en couinant.

C'en était trop. D'un seul coup, Eliott sentit toute la fatigue de cette longue et pénible route s'abattre sur ses épaules. Il resta à terre, incapable de faire un mouvement, se demandant ce qu'il faisait là et si tout cela en valait bien la peine. La tentation était forte de s'échapper vers l'un des endroits paradisiaques dont regorgeait le monde des rêves. Il lui aurait suffi de fermer les yeux et de se concentrer pour quitter ce lieu de mort et de puanteur et se retrouver dans un hamac, un jus de fruits frais à la main et les doigts de pieds en éventail…

Une large main apparut devant le regard embué d'Eliott. Le jeune Créateur leva les yeux vers le visage épuisé de Sherpak qui le regardait en souriant, ne laissant rien transparaître de la douleur que devaient lui causer la perte d'un équipier et la profonde blessure que le loup-garou lui avait infligée à l'épaule. Sherpak était probablement l'homme le plus courageux qu'Eliott ait jamais rencontré. En le regardant, Eliott réalisa qu'il n'avait pas le droit de flancher. Pas maintenant. Pas si près du but. Il puisa dans le regard bienveillant du caravanier une énergie qu'il ne pouvait plus trouver en lui-même, et attrapa sa main tendue. De son bras valide, Sherpak l'aida à se relever et l'entraîna sans un mot jusqu'à la vieille voiture rouillée. Puis il actionna la poignée de la portière avant de la voiture. Celle-ci s'ouvrit sur un espace noir comme la nuit. Une Porte, enfin !

— Aide-moi à l'agrandir, s'il te plaît, dit Sherpak en agrippant comme il pouvait le montant gauche de la portière.

Eliott lui lança un regard interrogateur.

— Attrape l'autre montant et tire de toutes tes forces, précisa le caravanier.

Eliott se plaça en face de Sherpak, prit appui sur sa jambe valide et tira de tout son poids sur l'encadrement de la portière. La voiture entière gonfla à vue d'œil, jusqu'à atteindre la taille d'une petite maison.

— Maintenant, les caméléons peuvent passer, dit Sherpak en adressant un clin d'œil au jeune garçon.

Eliott fut le premier à passer la Porte.

De l'autre côté, un désert de cailloux aussi gris et triste qu'un ciel de novembre. Et, au milieu du désert, une grille majestueuse. Savamment ouvragée, dorée de haut en bas, elle n'avait pas de poignée mais arborait en son centre un objet qu'Eliott reconnut immédiatement. Un sablier encastré dans une médaille parfaitement ronde.

Une réplique exacte du pendentif d'Eliott, en beaucoup plus grand.

— Bienvenue à Oza-Gora, Eliott ! dit derrière lui la voix du caravanier.

Eliott se retourna et lut dans les yeux de Sherpak le bonheur de toucher enfin au but. Un à un, les caravaniers passèrent la Porte. Chaque fois, le même soulagement éclairait leurs visages. Farjo et Katsia arrivèrent les derniers. Eliott leur adressa un franc sourire. Leurs yeux s'arrondirent et il sut qu'ils avaient compris.

Eliott s'approcha en boitant de l'imposante grille et la contempla avec émotion.

C'était derrière cette grille qu'habitait le Marchand de Sable.

C'était derrière cette grille que se trouvaient les réponses à toutes ses questions.

Merci à Alexandre, mon mari, mon premier lecteur et mon plus grand soutien, qui a cru en moi dès le premier jour, et qui supporte avec bienveillance et diplomatie mes doutes et mes angoisses.

Merci à Marion, ma précieuse complice dans cette aventure, avec qui j'espère aller jusqu'au bout du rêve, et à Reginald qui nous permet d'y croire.

Merci à Isabel et Cécile, qui ont décelé dans mon travail des trésors que je n'imaginais pas, et qui ont décidé de donner sa chance à Oniria. Je n'aurais pas pu mettre mon bébé de papier entre de meilleures mains.

Merci à Inès et Adèle, qui doivent partager leur maman avec un certain Eliott qui n'existe même pas en vrai.

Merci à tous ceux qui m'ont accompagnée pendant la création d'Oniria, famille et amis, et particulièrement à vous, jeunes et moins jeunes, qui avez été mes premiers critiques. Un merci particulier à mon fan-club familial, dont l'enthousiasme débordant est une source inépuisable de confiance en moi ; un autre à Diane et Nico, dont l'œil aiguisé m'a obligée à de salutaires remaniements.

CE ROMAN VOUS A PLU ?

Donnez votre avis et
discutez-en avec
d'autres lecteurs sur

[H] hachette s'engage pour
l'environnement en réduisant
l'empreinte carbone de ses livres.
Celle de cet exemplaire est de :

1,5 kg éq. CO$_2$
Rendez-vous sur
www.hachette-durable.fr

PAPIER À BASE DE
FIBRES CERTIFIÉES

« Pour l'éditeur, le principe est d'utiliser des papiers composés de fibres naturelles, renouvelables, recyclables et fabriquées à partir de bois issus de forêts qui adoptent un système d'aménagement durable. En outre, l'éditeur attend de ses fournisseurs de papier qu'ils s'inscrivent dans une démarche de certification environnementale reconnue. »

Composition et mise en pages
Nord Compo à Villeneuve-d'Ascq

Imprimé en Espagne par Rodesa
20.3850.3 – ISBN – 978-2-01-203850-9
Edition 03 – juillet 2015

Loi n° 49-956 du 16 juillet 1949
sur les publications destinées à la jeunesse